菜根谣

尹学芸——著

北京出版集团公司
北京十月文艺出版社

1

有一种野菜叫蓟草，它的学名叫大蓟。其实就是我们常说的起起牙，开紫红色的花，果实长椭圆形，全草可以做药。这是《辞海》里的话，被我随口说出来，感觉中就像我发明的一样。这是2月14日的一个晚上，一个普通的晚上。我洗完了澡，穿着棉睡袍，刚从浴室里出来电话就响了。如果沙沙在家，第一个接电话的永远也不会是我。虽然她已经上了床，还是光着脚丫跑了出来。沙沙问："你找谁?"沙沙的脚丫佝偻着，只脚趾和脚跟着地，我都感觉出了地有些凉。我把一双大拖鞋踢给了她，沙沙套好以后才对我说："找你的。"我小声问："谁?"沙沙说："伶俐阿姨。"我深感意外地把电话接了过来。我问："你在哪?"伶俐说她在外面的饭店里，不知为什么想给我打个电话。伶俐问我刚才在想什么，我愣了一下才告诉她，我刚才在洗澡，洗澡的时候我忽然想起了有一种野菜叫蓟草，它的学名叫大蓟，其实就是我们常说的起起牙，过些日子它们就要开花了。我说这话时不知为什么有些惆怅。也许因为身上的这件棉睡袍。我还穿着棉睡袍呢，可我已经幻想着地头长的野菜就要开花了。伶俐问我什么时候回罕村，我又随口说，起起牙开花的时候。我说这话的时候习惯性地朝挂钟看了一眼，神思恍惚，眼神空茫，是一种灵魂出窍的状态。既不清楚自己说了什么，也不清楚看了什么。伶俐嘲讽地说："你什么时候变成诗人了。"这话才把我往回拉了拉，我不满地说："我说我是诗人了吗？"

我每年都是那个时候回罕村。在田边地头走走，看羊归圈，鸡入笼。看天边的晚霞像拾柴的老者，蹒跚着下山。采一把曲曲菜、妈妈菜、燕春苗当然还有起起牙带回家去喂鸡，喂猪，也洗干净蘸酱吃。我们都爱吃野菜，我爱吃，我们家的人也都被我带动的爱吃。味有一点苦，但清神，明目，滋养脾胃。当然这只是我个人的感觉，没有人往《辞海》里写，可个人感觉有时也非常重要。你觉得它清神它就清神，你觉得它明目它就明目。我每年的那个季节吃了野菜以后人就显得精神，脾胃就显得好，你能说这不是野菜的功劳？当然手会被染得碧绿，散发着一股铁锈味。我从来也没想明白过野菜为什么会散发出一种铁锈味，难道因为它含铁？我得承认我不喜欢那种味道，所以回家就得做个勤快人，拼命搓洗衣物，好让一双手洁净光亮如初。现在的野菜都长疯了，田间地头，渠边河沟，到处都是，又壮又高。真想现在还是童年，背着筐，提着篮，撞见那一地野菜，你猜会怎么样，会高兴得晕过去。

我饶有兴致说这些话的时候自己并没有感到有多少趣味。我是在没话找话说。伶俐的嘲讽让我心中有了块垒，我不说一些就有点像赌气。我不愿意让她这样认为。伶俐不常给我打电话，每次打电话都不是因为有事。有事就好了，三言两语说完，各忙各的，多好。伶俐却没有什么事，好像也没有什么话。她就那样报了自己是谁，然后等着我说，然后偶尔嘲讽我一下。她就是这么个人。我说的话连我自己听起来都难受，因为缺乏热情，就透着假。透着假的话也还得说，我从不敷衍别人，但我得敷衍伶俐。有关我什么时候回罕村的事伶俐每次都要问。我怀疑，问这句话才是伶俐的最终目的。我等着。回答完这句一般伶俐就会说不打搅了，我便可以徐徐吐出一口气。可今天伶俐问完这句还有一句要问："你知道今天是什么日子吗？"

我只得伸着头去看日历。日历从买来都没怎么翻动过，我说我不知道。我确实不知道。

伶俐幽幽地说："是情人节。我和几个同事一起在饭店吃了晚饭，大家都惨兮兮的。别说玫瑰了，连狗尾巴花都没人给送。"

这话让我有了兴趣。我说："是呀，连狗尾巴花都没人给送，他妈的。"

我之所以骂这一句"他妈的"，就是想拉近我与伶俐的距离。我从小就不会骂人，而伶俐从小骂人就会花样翻新，我总觉得我们之间的距离就是从"骂人"这里拉开的。我还想借题发挥，伶俐说了句"看来你现在比我也好不了多少"就把电话放了，让我好长时间回不过神儿来。我想，她为什么要说这句话，她不说一句让人难受的话就会死吗！我比伶俐好过吗？好过，肯定好过。我身材比她高，长得比她好，学习成绩比她好，总之在别人眼里一切都比她好。我这里所说的别人其实指的是罕村人，我和伶俐都是在罕村长大的。可我居然也没有人送花，他妈的！我骂这句“他妈的”可不是想拉近与谁的距离，而是有些恶狠狠的了。伶俐已经把电话挂了，话筒里传来了“嘟嘟”的忙音，表示伶俐已经在我的眼前彻底消失了，又得有老长一段时间我感觉不到她了。可她带给我的另一种感觉却挥之不去，无法消弭。我拨通了史大鹏的手机，怒气冲天地说：“知道今天是什么日子吗？给我买一百朵玫瑰来！”

史大鹏似乎还在酒桌上，听筒里一片嘈杂之声。我恨死酒桌了，中国人除了吃饭好像就不会干别的，最起码史大鹏之流就是这样。早晨一睁眼就要盘算着中午吃谁，中午的酒菜还没全盘落肚已经在考虑晚上吃什么了。我说的一点也不夸张，史大鹏之流就是这路人。我给他起了个雅号：蛀虫，专咬别人的钱袋。可身为蛀虫的人并不知道自己是蛀虫，他还以为自己是啄木鸟，能为他人造福呢。所以史大鹏对我说话永远是理直气壮，永远的不甘示弱。他同样扯着嗓子对我大声嚷：“人家外国人的节，你慌什么慌？再说中国哪有什么情人？除了卖淫的就是嫖娼的！”

史大鹏说这些话时肯定非常得意，这一点我听得出来。因为创意好，透着精彩。而且不是说给我一个人听的。说给我一个人听他就用不着得意了。他知道再精彩的言论也休想在我这里讨得口彩，我讨厌他的虚张声势。他是说给酒桌上那些狐朋狗友听的，而且那些狐朋狗友中没有他的上司。这我可以肯定。

我骂了一句“混蛋”就把电话挂了。当然是小小的温柔的一声，只有史大鹏一个人能听得见。我当然不会傻到在电话里跟他吵，在他的同事和朋友眼中我们是一对鸳鸯，一对老鸳鸯。我们得保持这种形象。过了一会儿，史大鹏又把电话打了过来，口气温婉地说：“所有的鲜花店都只卖盆景，这个我比你清楚。有玫瑰也是烂玫瑰，他们的保鲜技术都不过关。你需要几枝烂玫瑰做礼物吗？想一想就俗。”我清楚史大鹏在说谎。我说：“又犯哼哼教导瘾了？”史大鹏干笑着说：“没有。”史大鹏对好多字的读音都掌握得不准确，我和女儿经常为此嘲笑他。我问他有没有喝高，史大鹏说：“我能喝高吗？喝高的不是你老公，都是别人。”没办法，敢于自我膨胀的人从不放过任何机会。我问他什么时候回来，史大鹏小声说：“我还得去花店呢。”差点把我逗笑了。我故意小声嘟囔了句什么，连词也没有，惹得史大鹏一个劲儿地说：“你大点声，大点声。”

史大鹏从外边回来已经是晚上十点。史大鹏晚回来我不生气，不买玫瑰我也不生气。相反，他买了玫瑰我可能真生气。那种感觉有些微妙，不太好对人言。可我心里不生气不代表我脸上不生气，我面沉似水，故意把手里的《晚报》翻得哗啦哗啦响，我习惯做出这个样子给他看。史大鹏脱了外衣换拖鞋，又给自己泡了一杯茶。史大鹏泡茶讲究用滚水，所以水都是我提前几分钟烧好的。史大鹏用手一试水温，就知道我几分钟前还在为他忙碌。史大鹏把茶杯端在手里，放到我唇边说：“喝点。”

我挡了他一下："别烦我。"

史大鹏说："还真生气了？"

我不理他。

史大鹏拉长声音说："女人啊！"

我说："没有女人哪有你？"

史大鹏说："你这话叫抬杠。你说，你这话是不是抬杠？"

他在床边坐下，把我手里的《晚报》抢走，哼哼教导说："你们女人就是容易被诱惑。一个外国的情人节有什么好，值当得生气？就是送你一万朵玫瑰你又怎么样，还不是照样做饭洗碗看孩子。活得好不好不在这天有没有花送。话又说回来，就是天天送你玫瑰然后再一天打你一顿你也不会感到幸福，是不是？别狭义了。"

我瞪了史大鹏一眼，懒得接他的话茬儿，可还是不得不接："那叫狭隘。"

史大鹏说："我还不知道那叫狭隘？逗你玩。"

我说："哼哼教导也是逗你玩？"

史大鹏笑了。说早晚有一天那俩字会念哼哼的，你等着瞧吧。

史大鹏是个复转军人，他习惯称自己是老粗。自己没情没调，也看不上有情有调的人。所有有情有调的事到他嘴里统统无情无调。他对所有的大小情调都不屑一顾。有时我说他不懂浪漫，史大鹏会这样回答我："浪漫能当日子过不？"

我还能说什么呢？浪漫当然当不得日子过。相信每一个年过三十五岁的女人都有同感，光浪漫没法过日子。可哪一个年过三十五岁的女人不需要些浪漫呢？如果你需要，你就照史大鹏说的去做。史大鹏说，你就当自己没钱买米，房顶漏雨，还没钱给孩子交学费。走到街上看见五毛钱硬币也猫腰捡起来，说是为了收藏。自己心里还说，亏不亏心。想到这些你就什么浪漫心思也没有了，这是治疗动辄就想浪漫的那些人的一剂良药。

我问："工资呢？"

史大鹏把工资袋拿了出来。他们已经开始打卡了，但额外还有一些补贴用现金的形式发下来，我喜欢这种用现金的形式。

我眉开眼笑地说："这月怎么这么多？"

史大鹏说："你也就见钱眼开，还玫瑰呢。"

我没有心思说什么了，数钱。我数钱的工夫史大鹏已经洗漱完了，史大鹏的洗漱可简单了，我不用看都知道，咕咚咕咚漱漱口，用凉水冲冲脚丫子，完事。他喝多了酒总是这么敷衍。

让史大鹏说对了，我就是一个见钱眼开的人。我一个下岗女工，也只有见钱眼开了。再不见钱眼开我就是傻子了。我可不想当傻子，那样史大鹏会卖了我。可以这么说，我全部的人生价值就体现在数史大鹏工资的这一刹那，数完后的感觉告诉我，生活还可以。

只不过我不会把这种感觉告诉任何人，包括史大鹏。他可以看见我眉开眼笑，但他永远不会知道我心里想的是什么。

女人就是这么复杂，复杂点好。

我在公司里下岗了，并不代表我在生活里也下岗了。我数男人的工资时想的是这工资其实就是发给我的。男人只不过是给女人打工的，男人把钱挣来，就是为了让女人数。

史大鹏往床上爬的时候我已经开心了。我一开心就有心情说笑话：“怎么知道今天是情人节？没给别人送花吧？”

史大鹏说：“崔厚容不说我还真想不起来，想起来我也不会当回事……她怎么知道我的手机号？”

我差点问出“崔厚容是谁”。吃惊地说：“伶俐给你打电话了？什么时候？都说了些什么？”

史大鹏说你这个样子好像在审查我，什么时候打电话重要吗？说了些什么重要吗？慢说我还跟崔厚容有亲戚关系，她就是一普通女人我们通通电话也不犯法吧？况且她在电话里也没说别的，只是提醒我今天是情人节，提醒我给小茹送花。我差点问她小茹是谁。

我没有心情开伶俐的玩笑。史大鹏说自己和伶俐有亲戚关系是顺竿爬。我说：“是呀，多想不认识这个小茹。”

史大鹏装模作样说：“我想了半天，谁叫小茹呢？名字像个村姑。想来想去才想起是你。冯诺多雅。”

我说：“我本来就是村姑，嫌了就说话。”

史大鹏连忙说：“不嫌不嫌。”又拉长声音说：“哪敢嫌啊！”就抻了《晚报》盖在了脸上。

我捏他的鼻子又揪他的耳朵，史大鹏一动不动。不一会儿，呼噜就像打击乐一样蔓延开来。

史大鹏睡着了。

男人都是贪睡的虫子，瞌睡来得比耗子跑得都快。这一点真让我羡慕，我一年到头兢兢业业地睡觉，可没有哪个觉能让我睡好。我知道是因为我白天睡得太多了，可如果不是因为我夜里缺觉，白天哪里能睡得着。我下岗都六年多了，也就睡了六年多了。不睡觉我去干什么呢，一点事情也没有。我唯一可干的事就是看电视，你不知道现在的电视多好看，那么多台，总有播现代情感戏的。一看那种电视连续剧我就来精神，连电话都懒得接。我也知道找我的电话也没有什么好事，都是我的那些一同下岗的同事，讲闲话的。

我们的闲话主要分三类。一是对腐败不满，公司都倒闭了，公司领导还坐着豪华车，真是不管工人死活。大家总在商量找个什么部门去上告，都商量六年了，还没个结果。二是对平淡的生活腻歪了，探讨找个什么样的人做情人。三是有关赚钱方面的，如何出最小的力，赚最多的钱，最好能空手套白狼。其实这些都是白日梦。一开始下岗时我也对这些问题津津乐道，拿起话筒最少也要聊上半个小时。后来就提不起兴趣了。史大鹏不让我参与公司上访之类的事，这是其一。其二，我找到了不让生活腻歪的方法，就是看电视剧里的别人找情人。其三，史大鹏不让我出去找事做，他情愿养活我。有了这三点你想我还有什么好说的。

每个晚上都是我脑细胞最活跃的时候。与晚上相比我白天的状态就像一个傻瓜。除了中午和晚上两顿饭让我略略动动心思，其他什么都不想，也不做。有时候居然是这样：沙沙都已经放学回来了，我还蒙着大被做白日梦，我的那些白日梦都与电视剧有关，我也是电视剧里的人物，被人追或追别人，都很有趣。这个时候我就怕醒来，拼命让自己往梦境的深处沉。如果不是沙沙回来这真的是一个行之有效的办法，我依靠此种办法为自己的无数个梦画上了圆满的句号。我喜欢圆满。可沙沙不喜欢，她会用卷起来的《晚报》抽我的头，同时大喊一声："呔!"《晚报》是史大鹏的单位订的，有一份被送到了家里。"你不是爱看报吗?"要说史大鹏的细心没人能比，当然那个时候我还爱看《晚报》。现在早不看了。我每天穿着睡衣到外面报箱拿报纸是一种习惯，报纸的用途是抹油渍、包东西，眼下又成了沙沙手里的武器。

我连回味和停顿的时间都没有，"嗖"地跳下床，直奔厨房。这个时候我只能给沙沙煮方便面，放虾仁，放火腿，放鸡蛋，放得沙沙眉开眼笑。这个时候我多感谢方便面，多感谢沙沙爱吃方便面。可平时我是绝对禁止她吃的，我像每一个负责任的母亲一样，觉得方便面缺乏营养。沙沙吃完饭要自己洗碗，因为这个时候我已经上床了。我在床上指挥沙沙换鞋，因为下午没有体育课。戴红领巾，沙沙有进家解红领巾的习惯。喝白开水，带上水果或酸奶，然后再嘱咐她靠着路边走，横穿马路要当心。我们家离学校很近，直线距离不超过一百米。有条小路横插过去，沙沙抗议我送她。沙沙为我掩好房门关好大门，我的眼皮就已经睁不开了。

我常想，晚上的我不是一个寻常人，根本就不像下岗女工。我能追忆起许多事，我每个晚上追忆的内容都能写一本书。史大鹏睡着以后这段时间我是最精神的，别看手里拿着《晚报》，其实一个字也没看下去。我在想有关伶俐的事，想着想着就笑出了声。

伶俐不但给我打电话，还给史大鹏打电话，什么意思？她让史大鹏给我送花，还有比这更好笑的事吗？也多亏史大鹏没买，买了我也给扔垃圾箱里。倒不是我对伶俐有意见，而是我对玫瑰花有意见，这么买来的玫瑰肯定不愿意见我。当然，我也不愿意见它。我紧着为自己的促狭找理由，想那玫瑰是一个小女子，被别人拐弯抹角买来送我，能喜欢我？不谋害我就罢了。我七想八想的时候就想到了从前，我和伶俐的小时候。你知道那时候我们多大？刚出娘胎。

我和伶俐从娘胎出来就在一起，我们住前后院，我比她大三个月。大这三个月非常紧要，伶俐出生的时候我都会笑了，当然这是次要的，主要的是伶俐出生三个月的时候她妈忽然死了。所以从那个时候伶俐就在我家炕头占了一块位置，但没吃过我妈的奶。我妈的奶连我都不够吃，根本没有多余的喂她。我常常能感受到伶俐那可怜巴巴的眼神，吮着一根手指。头发枯黄，面容憔悴。那时的伶俐主要吃我们家的小米面，尿我们家的炕。我妈给我洗头的时候也给她洗，也给她做棉衣棉裤棉鞋。

七岁那年我和伶俐都已经是大姑娘了。看见瘸老太从家里出来我赶紧跑过去扶。瘸老太说：“瞧人家小茹多懂事，像个大姑娘。”伶俐说：“我就不像大姑娘？”瘸老太说：“你哪像？鼻涕都快过河了。”伶俐使劲一吸溜，一条鼻涕虫就不知去向。伶俐说：“瘸老太我操你妈。”瘸老太耳朵背，没听见，问：“你说啥？”伶俐把嘴凑到瘸老太的耳边，大声说：“瘸老太我操你妈！”

瘸老太纸哨似的声音就在罕村上空响起来了。呜呜咽咽，断断续续，忽闪忽闪，像将断未断的琴弦，但绝对有穿透力。罕村的犄角旮旯都听得见。她喊崔矬子，说你家有人揍没人管的小畜生，我望九十的人了，还挨她的骂，你们也不怕天打雷劈。时辰不大，伶俐的哭声就在村庄的某个角落响了起来。崔矬子是个很有力气的人，打起孩子来往死里打。打得再狠伶俐也不讨饶，她不但骂瘸老太，还骂她爸，骂她死去的妈，骂周围看热闹的人。打到最后崔矬子的力气使完了，周围看热闹的人给骂走了，伶俐从地上爬起来，一瘸一拐地到我家来，让我妈给做碗片汤吃，好像挨打还有功似的。

伶俐还会搬弄是非，说挨打纯粹是因为我。是我让她去骂瘸老太的。我妈其实并不信伶俐的话，但也拿把笤帚疙瘩满院子追我。我是好汉不吃眼前亏，早逃得远远的了。

后来伶俐有了后妈。平心而论伶俐的后妈不赖，管她饭，还把她收拾得干干净净。可伶俐总也不说她后妈好，说她偏向。吃粥的时候让伶俐吃糨的，给弟弟小兵吃稀的。喝汤的时候让伶俐喝稀的，给小兵吃糨的。我妈听不明白，问稀的怎么糨的怎么。伶俐说这还不懂，粥是棒子面熬的汤是白面做的，要不怎么是后妈呢。

我妈说，伶俐是个人精，将来怎么得了。

伶俐只比我小三个月，可看上去却像小三年的。伶俐不说她爸矬影响了她，却反复强调是因为吃不饱，穿不暖，还要受后妈的气，否则她的个子肯定比我高。每天晚上放学都是我们俩结伴去采猪草，不管因为什么我们俩总争论得天昏地暗。有一天，我们坐在麦田的畦埂上，难得的心平气和。那天我们跑了很远的路，采了满满一筐猪草。伶俐问我：“要是让你做猪草你愿意做哪一种?”我想也没想，说：“曲曲菜，猪爱吃兔子也爱吃。”伶俐说我：“傻，猪爱吃兔子爱吃有什么好。”我问伶俐愿意做哪一种。伶俐骄傲地说：“起起牙。谁都爱吃，但谁都不敢采，扎手。”我的面前正好有一棵起起牙。我踢了它一脚。我不是踢伶俐，而是踢起起牙，我不待见它。有一次，一棵老起起牙的黑刺扎进了我的手指里，妈用一根钢针把我的皮肉挑开了，才找到那根刺。我恨死起起牙了。伶俐却以为我在踢她，瞪了我一眼，把那棵起起牙捏在手里，说：“看，它要开花了。”我嘲笑说：“它开的花也叫花?”伶俐气红了脸，提高声音说：“咋不叫花？你开个花给我瞅瞅!”我知道伶俐犯浑了，我可不怕她。我说：“你凭什么让我开花？我开花就比它好看。”伶俐哼了一声，说：“这可不一定。早晚有一天起起牙开一朵磨盘大的花，气死你!”伶俐边说边背起草筐走了。脚步一踉一踉的，心比脚走得更快。

我嚷：“你让它开一朵磨盘大的花给我看看，痴心妄想!”

那天我一个人在田埂上坐了好长时间。我愤懑的心情像长河落日一样又大又圆。我不理解伶俐，她怎么会愿意做一棵起起牙呢？可以这么说，我的伙伴们没人喜欢起起牙，所有采猪草的人都没人喜欢起起牙。起起牙从地里钻出来就有刺，扎手。如果不是没有别的野菜可采，谁都不会把它捡进筐里。起起牙还爱老，几天不见就成白毛老头了，朝天顶一朵紫颜色的花。那花说大不大说小也不小，可就是管它叫花有点抬举它。没有花瓣，也没有花蕊，就是有一缕缨须样的东西戳在花萼里。遍地都是，可谁都不会多看它两眼。我不明白伶俐怎么会对起起牙感兴趣，就是地上的野菜都死绝了，我也同样不喜欢它。

我们许多年形影不离。我们在一块基本上就一件事情可做，那就是吵架。我们吵架的理由五花八门。因为蒲公英的种子能飞多远。我说飞不过村边那条河去，伶俐说能飞到河那边的马路对面去。或者因为小鸡有没有爸爸。我说有，伶俐说没有。伶俐说小鸡有爸爸也如同没爸爸，因为它们见了面根本就不认识。可我家的公鸡是认识它的小鸡的，一旦老猫欺负小鸡，公鸡会奓起翅膀扑过去，不是父子关系根本就不可能。可伶俐却说是因为它们都是同类，公鸡是不是爸爸都会这么做。一条狗追另一条狗，我说它们是去抢骨头了。而伶俐却说它们在谈恋爱。反正我说什么伶俐准说不对。我生起气来什么也不说，伶俐反说我傻，什么也不说就说明你对了？

我还得说。

我们真的就是一对冤家，一起上了许多年学，参加工作时又应聘到了同一家公司。那么大的城市去哪里不好，可我们就是有缘分，来到了同一家国有企业，巧合的是我又比她早了三个月。伶俐与小时候相比有了很大变化，她是我们公司最时髦的人。市面流行什么服装，她很快就能穿在身上。伶俐还喜欢穿裙子，一年四季都穿。什么样的裙子配什么样的鞋，什么样的包，别什么样的胸针都非常讲究。我总纳闷她这一套都在哪里学的，我们形影不离那么多年，我对这些却一窍不通。公司里的人在很长一段时间里都没想到我们会出生在同一个村庄。因为父亲有病，我每一两周都要回家一次，而伶俐自打出来就没怎么回去过。

她和父亲、继母闹翻了。

2

门外忽然喧闹起来，防盗门也咣当咣当响个不停。我问门外是谁，没人应声。不作声我就不开门，继续蜷在沙发里看电视。门又咣当咣当响了起来，我顿时怒不可遏，出去一看，是一拨同事追到家里来了。我说："你们来干什么？"戴月月说："你还活着？"我说："比你们活得都好。"宋桂英说："听说你养小白脸了？"我说："不多，就养仨。"年龄最大的徐姐骂我们没正经，说这要是给邻居听见，还以为咋回事呢。方静年龄最小，还像上班时一样爱往我身上靠。方静说："昨天是情人节，冯姐有人给你送花吗？"我说："连狗尾巴花都没人给送。"戴月月说："不可能吧，养仨小白脸还能没人送花？"我说："你们什么时候也关心情人节了？人家外国人的节你们慌什么慌？"我差点把史大鹏的原话都秃噜出来，还好，剩了半截。我问她们怎么忽然想起到我家来，徐姐说，总也看不见你出山，打电话又没人接，怪想你的，过来聊聊。我这才发现她们每人手里都提着一个塑料袋，我说来就来得了，还买东西干啥。宋桂英说："怕你不欢迎，总得带点见面礼吧？"方静说："冯姐别听她们瞎说，是她们自己嘴馋，到你家来打牙祭的。"

中午是一顿丰盛的午餐。有虾有蟹有鱼，有紫甘蓝绿毛豆西蓝花，又好看又好吃。沙沙高兴地搓着小手分外嘴甜，说这是哪个阿姨花的钱，当心我们把你吃破产哦。沙沙爱吃蟹，徐姐说，我嫌麻烦，我的这一个归沙沙了。方静也说不吃，戴月月伸出去的手又收了回来。我急了，说："都不吃你们为什么买？大过年的成心惹我不高兴，是不？"还没出正月，所以我说"大过年的"并不离谱。宋桂英第一个把螃蟹拿在了手里，说："我吃。"我对戴月月说："学学人家宋桂英，少装模作样。"戴月月说了句"我哪装模作样了"就把螃蟹拿了过去，方静还是不要，说我不吃海鲜，你们忘了？大家面面相觑，都想起来了，怪她不早些提醒。方静说："看你们想海鲜想得眼睛都蓝了，我哪忍心提醒。"

大家都笑了起来。是有想海鲜想得眼睛都蓝的。我们都爱吃海鲜，但显而易见的是，我们都没生活在能够随便吃海鲜的那一阶层。

戴月月说："我们春节买的螃蟹和鱼都比这些个儿大。"

谁都知道戴月月的毛病，所以谁也不会对她的话当真。

宋桂英谴责说："你家虱子都是金眼圈。"

连戴月月都笑了。她对自己说的话也不认真。

徐姐说："方静你让我们不忍心，我们吃着，你看着。"

方静说："这不怪你们，要怪只能怪我的胃。"

戴月月说："方静你越来越懂事了。"

宋桂英说："下次我们犒劳方静，专拣她爱吃的东西买。"

沙沙说："一定算我妈妈一份儿，别老让她做漏网之鱼。"

大家都笑了起来。本来说好的不喝酒，饭吃到半截戴月月犯了酒瘾，说什么也要喝点白的。过年时史大鹏喝剩的半瓶茅台还在，我给每人斟了一小杯，只有戴月月喝了小半口，呛得咳嗽了老半天。别人都只闻了闻，连唇都不敢碰。

我们喝酒需要豪气，没到豪气冲天的份儿，谁也不愿意端杯。

戴月月有时候喜欢胡闹，几个人中她的酒量是最不行的。

戴月月说："敢情这茅台真是不一般，不像咱这儿的酒，凉水似的。剩下的这半杯我是不喝了。冯诺，你没意见吧？"

我不说话。话自有人替我说。

徐姐说："这半杯也值不少钱呢，月月你不喝可对不起人家茅台。"

宋桂英也说："反正你也呛一回了，顶多再呛一回呗。"

沙沙说："戴阿姨你喝酒的样子好潇洒哦。"

戴月月一饮而尽，顿时面若桃花。

我挑起大拇指说："好样的。"

沙沙说："妈妈你怎么不做好样的？"

我弹了她的脑门一下，说小东西竟胳膊肘往外拐。沙沙嘻嘻笑了。她要小升初了，不该懂的东西什么都懂。

饭后，沙沙去上学了。我让大家去客厅坐着，碗筷等晚上一起收拾。徐姐和方静都说，那哪行。吃一起吃，做一起做，你怎么把我们的规矩忘了？没下岗之前我们经常这家那家吃车轱辘饭，到哪家吃都要把哪家的盘碗收拾利落，都是干这个的，懂得辛苦。徐姐让戴月月去客厅歇着，说她喝一杯酒有功。戴月月要不也是个懒女人，正好借坡下驴。收拾完毕，都回到客厅，每个人都找个地方坐舒服，我说：“我们多长时间没在一起坐了？”方静说：“小半年了。上次聚的时候天还热呢，冯姐你忘了，你穿的是一件新短袖衫。”大家七嘴八舌说，可不是，你们家史大鹏刚从南方回来，给你买了好几套衣服。转眼又过年了，又长岁了。唏嘘半天，又聊起单位谁谁病了，谁谁买彩票中奖了，谁谁到哪里新找了工作。谈起工作，徐姐和宋桂英的神情都有些黯然。徐姐两个孩子，负担重，她一直想干这个干那个，结果哪个也干不长。宋桂英的爱人也下岗了，在街头摆了个卦摊，专给有钱的人算命。她爱人一直对《易经》、八卦很有研究，选择干这个其实也是赌一口气，据说现在又学会了看风水。相比之下方静和戴月月都轻松得多。方静的父母都是从坝城显赫的位置上退下来的，虽然没能力重新安置她，但接济她绰绰有余。戴月月的本事都是在暗处，苹果三星各一部手机，各有各的朋友圈。聊完单位再聊社会上乱七八糟的事，再聊歌星影星，戴月月首先传播小道消息，说一个当红歌星怎么怎么样。我说：“重复的话就不要说了。”戴月月吐了吐舌头。就是上次聚会戴月月说起那个人，我们差点破脸。我倒不是追星族，关键是我不愿意听那些没有根据的污言秽语。我说你连那个歌星的面都没见过，对她一点都不了解，怎么有权利乱说她隐私呢。为此我专门收集了她的一些背景资料，打电话告诉了她们每一个人。她生在哪里，几岁有鞋穿，几岁上的小学，几岁没了父亲等等。我说曾经是那样一个人，生活环境连你们都不如，你们怎么能糟蹋她呢？戴月月在电话里骂我是神经病，说糟蹋个歌星你也肝疼肺疼，不知道自己是干什么吃的。我马上把电话摔了，我反对道听途说。没想到戴月月记性差，又旧话重提。冷了一会儿场，方静重新提起了话头，说公司里最近在做统计，谁谁再就业之后工资是五千元以上，除了那些门子硬的重新有了好单位，女工里面就属崔厚容了。

有关伶俐的话题就是这样从容而偶然地被提了起来。伶俐跟谁都不太来往，在公司上班时就是这样。她从不早来，也不晚走，也不凑什么热闹。有婚丧嫁娶的事她也凑份子，但很少与大家伙儿一起吃吃喝喝。不像我们几个，有事没事就爱往一起凑，实在钱少就去饺子馆，菜都点几块钱一盘的。钱多的时候就招招摇摇地去大馆子，看上去就像一群败家娘儿们，其实也不点好菜，贼眉鼠眼地专门点那些边角下料。大馆子毕竟不同于小馆子，出来也都有点心疼钱，可有了钱以后还去。人是怕扎堆，一扎堆就能做出想象不到的事。伶俐在单位管现金，账做得非常漂亮，很得领导赏识。公司第一次分流时大家都羡慕伶俐，以为她坐得稳那把交椅。可没想到第一批下岗人员名单中就有她 。于是大家都用怜悯的眼光看伶俐，说这回她该哭了，该顾不得时髦了。工作那么好有什么用啊！可转天又出现在公司里时伶俐一点变化也没有。妆容依旧，从容依旧。她交出了钥匙，整理好自己的物品，跟大家打了个清淡的招呼，就这么走了。一点麻烦也没给领导找，不可思议加莫名其妙。更莫名其妙的是转天她就去鞋店给人家卖鞋了，据说卖得不错。又去专卖店卖服装，据说卖得也不错。后来她又去了永泰集团，还是管现金。永泰是合资企业，在我们这个地方名声很响。永泰的用人制度很严，很多人走关系都去不了，不知伶俐是怎么打进去的，而且谋到了一个不错的位子。

徐姐说，现在的崔厚容变多了。会笑了，而且会笑着和你打招呼，人显得亲近和善了。过去她怎么不这样？戴月月说，挣钱多了呗。我说她确实与过去不大一样了，她昨晚给我打了电话，是从饭店打来的，说和同事在一起。过去咱们一起上班时她从不这样。宋桂英问：“她在饭店吃饭？”我想了想，说：“除了吃饭还能干别的？”方静说：“也不知她一个月挣多少钱。”戴月月说：“多不了，不就是五千元以上吗？”方静说：“以上还不多啊，万元以下都是五千以上。”戴月月说：“还万元以下，美死她。把她卖了也不值这个数。”

我看着戴月月。戴月月恶毒是出了名的。她是在我家里做客，如果是在她家里我一定会告诉她把你卖了也不值万元以下。戴月月是长得漂亮，可女人年过三十五，眼神都是松的，还能说漂亮吗？再用漂亮换饭吃，说穿了就是不要脸。我知道我的目光有些毒，能把戴月月看得羞臊。戴月月果然不自在起来，说这么看我干吗？我不过在说明一个事实，崔厚容挣不了一万块。我的目光打了一个弯儿，把想说的话咽了下去。其实我是想告诉戴月月，崔厚容能挣一万块，而且不止。

我们在一起上班的时候伶俐从来没到我家来过。她很少跟人交往，这其中也包括我。我恰恰相反，我喜欢跟人交往，哪怕是自己压根不喜欢的人，也来者不拒。所以我真真假假的朋友很多，是出了名的好人缘。公司里的许多女人都在我家里住过，吃饱了，喝多了，床上挤几个，地下睡几个。就像眼下这几位，都住过不止一次，有眼泪的时候都到我家里来流。可伶俐在上班的时候从不主动跟我联系，谁也不知道我们的渊源曾经那么深。我从没跟人说起过，当然，我也没主动联系她，我们俩的关系有些怪怪的。伶俐到了永泰以后才偶尔给我打个电话，问我什么时候回罕村。我只说我什么时候回去，从来也不劝她和我一起回。我怕她拒绝我，她冷起脸来六月天都是寒的。伶俐是逆反情绪很严重的人，她只一意孤行，从来也听不进任何人的话。

她和家里闹翻也许就因为几句话，而且我朦朦胧胧觉得多少和我有些关系。我和史大鹏的恋爱谈了两年，也没谈及婚嫁。史大鹏的身上有我不喜欢的东西，所以论及婚嫁很难让我下决心。后来我觉得不嫁给他就不人道了，因为他非常可能崩溃。于是就在远处画了一条线，如果过了那条线我还没有决心和他分手，就嫁给他。这就是著名的4・22协议，这个协议就是徐姐当年为我起草的，并凝聚了许多人的智慧，因为那天正好是我生日。非常不幸的是我上了史大鹏的当，他那种非常可能崩溃的样子吓着了我，其实是装的。当时我们公司可热闹了，喜气洋洋地给我操办婚礼。在这之前，伶俐并没有谈恋爱，可她闪电式地在我举行婚礼的前一天结婚了，之前她家里人都不知道。

我回家的时候伶俐的爸爸找到我，问我伶俐怎么了，怎么说结婚就结婚了呢？伶俐嫁的那个家伙像个瘟神，连笑都不会，伶俐怎么能跟那种人过一辈子呢。我也是一头雾水，不比崔叔知道得更多。伶俐只是给大家发了糖，新郎姓甚名谁，家住哪里，职业若何，她没多说一个字。

伶俐就是这样一个人。

可崔叔以为自己还能管女儿，怒气冲冲地找到了伶俐，说了许多伤感情的话。那些话是当着陈文化的面说的，让伶俐恨不得一头撞死。崔叔是一个又耿直又倔强的人，说话从来不知道留余地。结果那次争吵伤透了伶俐的心，从此她连家都不回。

这些事情我是回家听我妈说的，我妈是听伶俐的继母崔婶说的。崔婶当然站在丈夫的一边，说伶俐不该那样做事。崔叔回家躺了三天三宿不吃不喝，她差点要了父亲的一条老命。

这一晃就是十多年。伶俐生孩子的时候我妈两边跑着给他们打和儿，结果没有一方能说通。我妈说，真是有什么样的爹就有什么样的闺女，脾气咋都这么倔。

陈文化给我们的印象也不好。他第一次跟伶俐来公司都不怎么说话，看上去目中无人。这与史大鹏判若两人。史大鹏哥哥姐姐的叫溜了嘴，让方静都占了便宜。

所以我说伶俐和家里闹翻多少与我有点关系，不知这算不算自作多情。

大约是两个月前，伶俐连个招呼都没提前打，就在晚饭以后一个人摸来了。就是出现一个外星人也不会比我当时的样子更惊讶。伶俐第一句话是："我在你这里住一晚，你没意见吧。"口气清冷，却不是征求意见。我没有表示欢迎，也没表示不欢迎。我想我和伶俐之间用不着表示什么。我问她吃没吃饭，伶俐说吃过了。我问她要不要给家里打一个电话，伶俐说你心操多了。还有什么可说，我们一起在客厅里看电视，其实是我一个人看，伶俐和史大鹏谈永泰集团的事。当时永泰集团的一个副总刚进了局子，是嫖娼的时候动了枪。枪是他从境外走私的，从没放响过。那晚多喝了些酒，把枪拿出来显摆，结果把小姐吓着了。小姐蹿出门外喊杀人了，正好让一群巡警看见。这年头好像没有什么事情是不能通融的，但持枪这种事情显然除外。副总把枪拎着站在酒店门口，一点都不知道自己的行为有多么严重。所以巡警扭住他时，他居然说自己没有犯法，说老子找个小姐又不是不给钱，值得你们这样对我？这件事情当时成了大笑话，最少上过两百家媒体，给我们这座城市提高了很多知名度。看得出伶俐是一个出言谨慎的人，基本是史大鹏问什么她回答什么。一点也没有渲染。这一点就与我们公司的人不同。我们公司的人都习惯有一尺说一丈，有时候连我也沾染了那种毛病。睡觉的时候遇到了点麻烦，我问伶俐怎么住，伶俐说："我和史大鹏住在一起。"顿了顿，又说，"可能吗？"我紧张地看了一眼史大鹏，史大鹏狡猾狡猾的，笑眯眯地看着我。伶俐又说，"还用问，我们俩住在一起呀。"于是我们情不自禁地拉了一下手，让沙沙直喊肉麻。我赶紧去铺床，床单枕巾统统换了新的。我说伶俐你怎么这样说话了，在合资企业学的？

那晚我们一宿都没怎么睡，谈了很多。伶俐的情绪一直不太好，我猜她是在家里生气跑出来的。可她不说，我也没问。她重点谈了她的儿子，是一个聪明的男孩，成绩很好，在幼儿园就知道用功。她又谈厂里的人和事，和我们原先的公司有什么不同。上班的时候头发有一点毛都要被扣分。"不过这样也锻炼人。"伶俐说，“这种企业摸爬滚打过的人都刀枪不入，以后遇到什么样的状况都能应付。”语气颇自豪。伶俐又说，小茹你变成了什么样子你知道吗？我说我不知道。但我喜欢伶俐叫我小茹，就像小时候那样。我以为伶俐会表扬我，下岗这几年，我安贫若素，心如止水。我伸着耳朵，伶俐表扬我的时候可不多。伶俐说，看来你许多天不照镜子了。头都睡长了，皮肤都睡松了，再这样下去你就毁了。我不以为然地说，毁就毁了吧，反正有史大鹏养活我。伶俐叹了口气说，你不知道外边的世界多精彩，你怎么能安心过这种日子，这跟一条蚯蚓有什么区别。她的比喻让我反感了一下，潮湿泥土里的那条无脚虫，在粪肥里钻来钻去。会是我？我觉得，是她的想法有问题，而不是我。我很想告诉她你没有那么长时间看电视吧？你不知道现在的电视节目多精彩。我虽然不出家门，仍称得上见多识广，没有哪类情感我没见过。这些话在我的舌尖翻动了一下，没出来。看着伶俐一副痛心疾首的样子，我收起了无赖嘴脸。

我不知道怎么就想起了无赖两个字，我想我现在与真正的无赖肯定已经非常接近了。我看不见自己，可我看得见伶俐。伶俐的形象都可以做电视广告了，头发盘得那么漂亮，妆化得那么雅致，一套做工精良的裙装那么显得有品位。还有耳环、胸针、项链、戒指，都精巧别致得与众不同。我看了一眼，就不想看第二眼。是不忍看。任何一个处在我这个位置上的女人都不会无动于衷，只有我像一个木头人。

我不是无赖是什么？

是呀，我月月给史大鹏数工资，可从来也想不起来花。内裤都打补丁了，连史大鹏都嘲笑我像个劳动人民，我都无动于衷。

我不是无赖是什么？

再看看我自己，一套家居衣服都穿了十多年了，色彩和花色都褪得一塌糊涂。头发像野草一样疯长，只是随便在后边绾一下，省得挡脸。每天穿一双没有脚后跟的拖鞋，拖拖沓沓地走路。我都忘了穿高跟鞋是什么感觉了。当年我多热爱高跟鞋呀，胸脯显得挺，腰身显得直，再配一条线条柔和的长裤，整个人都显得昂扬。哪天忘了没擦皮鞋会脸红，唇膏会放在伸手可得的地方。路过任何一面镜子都不会忘记照一照。这种感觉过去多少年了？悄悄掰掰指头，不过六年。

可六年后的今天我都把害臊的感觉忘了。

这不是无赖是什么？

我们说起了小时候，说起了罕村的许多人和事。罕村是一个有魔力的村庄，养育了我们两个。我们住在前后院，没完没了地吵嘴。我们用尖刻的话击碎对方的防线，有时甚至大打出手。我们之间的争斗绝对公平，总是互有胜负。我们谁胜谁负都不会结怨成仇，睡一宿觉还形影不离。我们也互相配合着共同完成了许多事。比如，偷瘸老太家的桃，或把瘸老太家丢失的母鸡找回来，其实是我们故意藏起来的。我们愿意看到瘸老太扭着两只小脚呼天抢地的样儿，丢只母鸡就像丢儿丢女，我们躲在柴垛后面笑。我们有一段甚至实行了共产主义。采的猪草都放在一起，回家时两下一分。我们的衣服和鞋也随便乱穿，虽然她穿我的显大，我穿她的显小，但我们高兴的心情遮蔽了衣服大小。罕村没有哪家门槛我们没迈进过，没有哪家树我们没爬过。这都需要两个人精诚合作。我发现伶俐和我一样关心着罕村。于是我问她几年没有回去了，伶俐马上变了脸，不肯回答我的话。我赶忙把话题往公司那里引，谁谁怎么样，谁谁怎么样。伶俐木了半天，才勉强接了我的话茬儿。

伶俐说："我告诉你一件事，你对谁都不能说。"

我险些掉下泪来。伶俐不是别人，我知道伶俐肯说这句话就一定是不能对人言的。

伶俐说："谁都不知道我一个月挣多少钱，我只告诉你一个人。"

我等着。

伶俐果然说了一个令我吃惊的数字。

我把眼珠都睁圆了，看伶俐。从上到下打量她，就像打量一个外星人。我越看越觉得这不是我认识的那个伶俐。

伶俐说："你一定别对别人说，包括史大鹏。我所从事的工作有一定风险。"

我说："你不是现金会计？"

伶俐说："我是管现金。可我的工资里的一大部分是港方给的，我需要为他们提供服务。"

伶俐给我讲了事情的原委。她去应聘会计时看上她的是港方经理。当时有三个人同时竞争这一 职位，她和港方经理眼神一碰，她就知道这个位置是她的了。

经理说："你能把工作做得很出色吗？"

伶俐说："我会做得比你想象的更出色。"

同样的问题另外两个人的回答却如出一辙："尽量努力吧。"

声音透着无奈和缺乏自信。

伶俐就是这样到了永泰，简单也不简单，就因为一句话。可同样因为一句话另外两个人却因此痛失了机会，也许那两个人是比伶俐更需要机会的人。伶俐说，她去永泰应聘纯属偶然，当时她在"天籁"专卖店卖服装，老板总怕她跳槽，允诺各种条件挽留她。老板说，他从没看见过像伶俐这么出色的营业员，那么努力地做事，把别人的事当作自己的事。更可贵的是伶俐有一双慧眼和一颗玲珑心，会站在对方的角度考虑性价比，让顾客百分之百地相信她。许多顾客自己是没有主见的，他们穿的衣服总像借的别人的。伶俐就是吸引了这样一群人，把自己的眼睛借给他们，帮他们审美，帮他们找到穿衣服的感觉。所以很有些人时常光顾"天籁"，进门的第一句话这样说："哪件衣服适合我穿？"

有时店里没有他们需要的服装他们会留下电话号码，货到以后让伶俐通知他。伶俐会记好顾客的身体条件，提前精心准备。她不会有任何隐瞒和欺骗，顾客穿得好她觉得是自己的责任，顾客穿得不好她也觉得是自己的责任。伶俐只是热爱工作，老板说，他从没见过像伶俐那么热爱工作的人，而且不容工作有一点瑕疵。

"天籁"的老板姓张，是个单身男人。有一段时间张老板每天只有一件事可做，那就是琢磨怎么留住伶俐。张老板也直截了当地问，伶俐总是笑而不答。张老板想给伶俐些股份，伶俐拒绝了。

伶俐说她只是热爱工作，但她不喜欢卖服装。

永泰公开招聘的时候伶俐报了名。伶俐喜欢永泰不止因为永泰集团做棉纺制品生意，产品出口欧洲和中北美很多国家。甚至不是因为薪金，而是因为环境、效率、状态等许多微妙而复杂的因素。很多人都觉得在那种环境里工作紧张，可伶俐却觉得紧张能让自己舒展，能让身心都得到张扬。伶俐说小茹你能想到那种张扬的感觉吗，别说脸不洗妆不化，就是头发有一点毛了也被扣分的那种感觉，给你造成的不是紧张和压力，而是张扬的那种感觉，你能想到吗？

我说我想不到。

伶俐说，我更想不到。港方经理不常到公司来，这里只是他的子公司。真正的永泰集团在香港，光停车场就有几个足球场大，那可是寸土寸金的地方啊！我知道那些与我全没关系，可想起这些就是让我兴奋，就是让我感受到了更大的空间和更张扬的感觉。我的浑身上下都洋溢着一种热情，我的许多热情都不是在小小的“天籁”能够释放的，你理解吗？

我兴奋地点头说，我终于理解了。

伶俐又说，我进了永泰三个月后港方经理又来了。那天他传唤了许多人。比如主管会计、企划部长、党办主任、公关部协调员之类。他最后一个传唤的是我，我当时就有一个感觉，他兴师动众地传唤这么多人其实目的只有一个，为了不引人注目地传唤我。

我的感觉是对的。

我进了专门为他设计的那间办公室，一杯滚烫的绿茶已经在等我了。我能感觉出微妙来，我前边被传唤的那几个人没有这种礼遇。他坐在了离我最近的那张沙发里，叫了一声“阿容”。他说我不想叫你崔小姐，我叫你阿容可以吗?

我说你有这个自由。

他说，你应聘的那天我们第一次见面，我就觉得你和别人不一样。你身上有一种属于正直和忠诚的那种素质，是许多人都不具备的。也许他们的祖辈曾经有过这种品格，可都被时光磨没了。被时光磨没的东西还有很多，可却磨不没骨子里的一种意识，那种意识也与人格和品格有关。

我很感谢他没有把这种意识说出来，那是很伤人的。他没说出来的东西我却理解，我点点头。

他说我是商人。

我已经知道他要我做什么了。

他说你愿意为我工作吗?

我懂他话的意思。可我不能表示我懂。我说，我已经在为你工作了。

他轻轻地笑了。我从来没见过一个男人这么笑过，笑得那么聪明和智慧。从他的笑容里我看见了我自己，我的想法在他的笑容里面。

我也笑了。

他说你拿的薪金与我在香港的雇员一样多，所以我并没有额外给你什么。而且我也不要求你做什么，我只需要大陆永泰的一份真实情况有人能告诉我，你说我的要求过分吗？

我仍是笑。我说你与别人可没谈这么长时间。

他说你可以走了。

事情就是这样。

我的心头有了涟漪。我想伶俐真的不是普通人，普通得都不像从我们公司里出来的。早晚有一天我会认不出她。我会觉得那个曾经和我住前后院、一起背着筐采猪草、偷瘸老太家桃、骂人和挨打都如家常便饭的伶俐其实并不存在，一切都是我臆想出来的。真实的反而是眼前的这个崔厚容，有那样一种力量能够震撼我，能让我麻痹的神经复苏，能让我死水一潭的心灵荡起涟漪，能让我的眼睛冒出火花，能让我血液瞬间增加温度，而这一切一切，都不是那些最精彩的电视剧所能给予的。

我看着伶俐，我觉得伶俐是一个幸福的女人。她想干工作就有一份适合她的工作在等着她。她想有收入就有一份不错的收入。想起戴月月为了"收入"要在男人中间周旋，还有徐姐和宋桂英为了收入绞尽脑汁，我觉得伶俐是幸福的。

就像为了回应我，伶俐忽然这样自言自语了一句：我还有什么不满足的？

很明显这句话不是对我说的，伶俐的轻轻的叹息像琴弦一样拨动着室内的空气，让空气都有了震颤的感觉。我当然不知道伶俐什么地方不满足，可女人的直觉告诉我，伶俐有不满足的地方，可她不说。

天很快就亮了。穿了职业套裙的伶俐就要出门了。我想问的话一直问不出口。比如，你怎么忽然想起住到我家来。我想说的话同样没说。我希望她能把事情做大，无限大。并且有朝一日能做到香港去，当然不是做现金会计，而是也做自己的集团公司。我突然发现自己也有了梦想，只不过我的梦想得让伶俐去实现。这已经让我感动了，我都多久没有梦想了啊，我已经忘了梦想是怎么回事了。

我的眼睛藏不住我想说的话，我殷殷地看着伶俐，像小时候一样。可惜伶俐并没有看我。她只草草与我告了别，就头也不回地走了。

伶俐的脚步那么昂扬那么坚定，很少有人能把步子走出那种气势。高跟鞋犹如鼓槌，把大地敲出了节奏。我想，伶俐已经成功了，伶俐的成功多让人自豪啊!

从来也没见过那么灿烂的朝霞，像影视灯光一样打在一个人的身上。也许是因为暖冬的缘故。大家都在说暖冬，是四十年不遇还是五十年不遇。可暖冬的朝霞就应该那么灿烂吗？就应该像影视灯光 一样打在一个人的身上吗？那一瞬间我甚至觉得朝霞就是为伶俐一个人升起的，像伶俐那么昂扬坚定地迈着脚步的人，有权利赢得朝霞为她一个人升起。我的自卑就在那一瞬间产生了，我想，我得换个活法。我也沐浴朝霞呼吸空气，我得换个活法。

我不安了好几天，总有一种激情鼓动着我，让我坐卧不宁。我自言自语地反复说一句话：我不能这样下去了，我得换个活法。史大鹏和沙沙都说我神经了，让我到精神病院检查检查。我伤心透了。我想，他们不理解我。他们谁都不理解我。不知道我曾经是一个多优秀的女人，而且曾经比伶俐优秀。我不是一个有忌妒心的女人，可此时，我忌妒伶俐。我点着两个人的脑袋瓜说：“早晚有一天我会绝尘而去，一个也不要你们。让你们没妈的没妈，没老婆的没老婆。”史大鹏和沙沙对视了一眼，忽然捂着嘴笑了。笑够了史大鹏问沙沙：“我们怎么办?”沙沙说：“这好办，我们找个后妈。”

史大鹏说：“对，我们还找个叫冯诺的。”

两个人又大笑不止。

我颓然坐到椅子上，觉得自己是一个多余的人。这样的日子有三四天，三天或者四天，我记不清了。我的激情开始降温，血液开始变凉，后来彻底冷却了。伶俐和伶俐的一切都离我远去了。没有人叫我小茹，我又变成了冯诺。

我的生活恢复了常态，每天除了看电视就是睡觉。我全部的价值就是体现在数史大鹏工资的一刹那。史大鹏的工资总比我想象的多，所以他情愿养活我。我边数史大鹏的工资边斜眼打量着他，越发觉得他像个给我打工的。

我笑了。

史大鹏问我笑什么。

我当然不会告诉他。

只是这一切我都不能对人说。伶俐让我保密的事，我连史大鹏都不会告诉，真的。

我们玩了一下午纸牌，打双升。你不知道这是多好玩的一个游戏，我们打了若干年，乐此不疲。是一个晴好的天气，天空湛蓝，微风和煦。远处是一个广场，空中飘动着许多风筝。我们玩牌玩腻了就趴在窗口看风筝，探讨有的风筝为什么总也飞不高。偶尔能看见空中有喜鹊掠过，在徐姐的眼中喜鹊就是吉祥鸟。徐姐说："今年我们都该走运了，我们看见了喜鹊。"宋桂英说："我家门前的树上就有喜鹊窝，总也没见喜从何来。"方静说："戴月月没看见喜鹊照例好事不断。"我们这才发现戴月月一直猫在卧室打电话，语音轻飘笑声不断。就听戴月月说："……从来没有人这样说过我，我是第一次听这种话。……你敢打赌你从没对别人说过吗？……我当然不会在乎，可要是你在乎，我也可以在乎那么一小下……"方静提高声音说："戴月月，说话别让我们听见！"方静连喊三次，戴月月才降低了分贝，不情愿地从卧室走出来。眼含笑意，双腮粉红，戴月月跑过来拧方静的脸，骂道："小娼妇，要你多事。把人家的思路都打断了。"方静说："你刚才的电话打了二十五分钟，其中二十四分钟的话都是重复的。"戴月月愣了一下，说："真的？你们听见了？"大家哗地笑了。方静说："那个人听你说话也不烦。"戴月月厚着脸皮说："又不是亲老公，哪会烦？"

戴月月把自己的皮衣穿在身上，象征性地用手弹了弹。戴月月说："冯诺，你猜我这件衣服多少钱。"

方静说："三千八。"

戴月月说："就你嘴快，我想看看冯诺有没有眼光。"

我说："我有没有眼光不重要，你有没有身价才最重要。戴月月，不穿这件皮衣你如果值一万，那么现在你就值一万零三千八。”

戴月月说：“你是不是在拐弯骂我？”

方静说：“夸你哪，你听不出来？”

戴月月想了想，认同了方静的话。戴月月说：“最近我听到了点闲话，是关于崔厚容的。你们知不知道永泰有个中方经理姓袁？听说与崔厚容有一腿，这消息绝对可靠。”

徐姐问：“你听谁说的？”

戴月月说：“都被人堵房间里了，还听谁说的。就年前的事儿。”

宋桂英“哦”了一声，说：“姓袁的父母就住在我们小区。过年那天一家子吵得热火朝天，儿媳妇把锅都给砸了，说姓袁的年都不在家里过。我们在楼上听得真真的，那女人说，不让我过好年就谁也别想过好。”

戴月月说：“冯诺，这回我可不是瞎说，我说把她卖了都不值一万块钱是有根据的。”

戴月月不忘旧仇。

我说：“你值多少钱？”

戴月月愣了一下，说：“她怎么能和我比？”

我说：“是你不能和她比。”

方静捂着嘴笑。

戴月月变了脸，厉声厉色地说：“冯诺你真没劲，为了别人竟可以伤害我！”

我说：“我是有前提的。我的前提就是——你别伤害别人。”

戴月月冷笑一声，说：“你连歌星都帮，不知道自己是干什么吃的！”

我说：“我是不知道，你可以告诉我。”

戴月月说：“你就是睡在洞里的耗子，连天日都不见。我到你们家来是瞧得起你！”

戴月月拎起自己的包，气冲冲地跑了。

我追到了门外，心平气和地告诉她：“不用瞧得起我，你可以永远别来——我这人没感觉。”

3

这天晚上，史大鹏喝醉了。

我说的是2月15日的晚上，史大鹏喝醉了酒，被他的同事送了回来。我问司机小马是在哪喝的，跟谁喝的。小马面露为难之色，说：“他这两天心里不痛快。”小马没说史大鹏为什么不痛快，我也没问。因为史大鹏经常喝醉酒，所以我不以为意。喝醉酒的史大鹏头歪着，身子拧着，酒气一团一团地从嘴里喷了出来。我想把他扶正，可史大鹏成心跟我过不去。刚把他的头扶过来，他马上又歪了过去。我索性不管他，由着他歪。史大鹏其实并没有完全醉，我断定他的意识是清醒的。他的一只手不时在空中挥动着，像是在打捞什么。不过，他心里难受是真的。我熟悉他的神情，他是真的难受，只是不知道为什么。我抻了被子给他盖好，又泡了杯茶放在床头，刚想起身离去，史大鹏忽然攥住了我的手。

我只得在床沿坐下了。我问："发生了什么事?"史大鹏摇头，摇得很痛苦。我说："不想说的话就不要说，明天一切都会好的。"史大鹏仍是摇头。我说："喝点茶?"史大鹏说："喝什么鸟茶。"我甩掉了史大鹏的手，走进了客厅。史大鹏在我身后有气无力地喊："冯诺，冯诺。"我说："你别以为多喝两杯猫尿就有功似的。"

电视里正在放着一部电视剧，是我喜欢的一个女明星主演的。我赶紧去沙沙的房间给她盖上被子，就抱了毛毯蜷进沙发里。我喜欢那个女明星的戏，那个女明星的戏总与第三者有关。平淡的生活就靠第三者搅进色彩。2 月 15 日的这个晚上没有什么特别，只不过史大鹏多喝了些酒。白天几个同事在我们家里吃海鲜，下午玩了会儿小牌。后来话不投机，戴月月让我气走了。这没什么。我们之间经常就是这个样子。戴月月被我气走不是第一回，也不会是最后一回。我没办法不刻薄她，我管不住我自己。不过这真的没什么，不出三天戴月月准会给我打电话，我们的关系就是这么简单。

戴月月走了以后方静也走了，她要去学校接孩子。方静的孩子我们都喜欢，又漂亮又聪明。方静骑的是红色的摩托车，头盔也是红的。她又穿着大红色的羽绒服，飞起来时真的像一只红色的鸟。宋桂英羡慕地说："方静的命真好。听说孩子的学杂费都是她父母给交的。"徐姐说："人比人得死。"她们又回我家沙发坐了一会儿，还是为生计发愁。我只能陪她们坐着，也没有什么好主意。后来徐姐迟疑地对我说："不知你家大鹏有没有办法，他好歹在政府上班，面宽。好单位咱去不了，哪怕去个企业呢，打扫垃圾都行。”我知道史大鹏没这个能力，有能力他就安排我了，他就是个纸老虎。我说：“找他喝酒行，其余的事免谈。”宋桂英说：“没想到生活变得这么难。明儿我开窑子去。”徐姐说：“开窑子你都挣不了钱，哪有你这样的老鸨。”宋桂英是最不讲究穿着的人，有时甚至穿儿子穿剩下的衣服，打扮得像个农村妇女。买了唇膏也不会用，有时甚至蹭到腮帮子上。徐姐还是让我问问史大鹏，能安排就安排，不能安排拉倒。反正都不是外人，张嘴三分利的事。能安排就安排一下宋桂英，她难。宋桂英眼圈红了，说徐姐你比我强不了多少。徐姐说，我们好歹还有一个没下岗的，对付过呗。

我说：“中午干吗买那么些东西，又是在这节骨眼上，多贵。姐妹在一起坐坐就很开心了，你们不买东西莫非我就管不起饭？”

宋桂英说：“钱都是方静花的。我们想每人摊一份儿，她说啥也不要。”

我还是谈起了伶俐，说她几乎一天都没下岗。先是卖鞋，又去卖服装。服装店的老板给她股份她都不要，跳槽去了永泰。我的话到此为止，伶俐的月薪五千元以上是她们都知道的。徐姐说：“冯诺你也不用信这个，崔厚容也不是啥高妙的人，哪能好事都让她遇上。”我住了嘴。徐姐不是戴月月，我不能刻薄她。她们往外走的时候天都黑了，马路上车水马龙，一片繁忙景象。她们融入车流人流时天空更暗了，只一眨眼的工夫，就看不见她们的身影了。

在这一刻我真的想起了伶俐。伶俐走出我家的时候是个早晨，霞光像影视剧里的灯光一样追逐着她一个人。就像早晨的朝霞都是为她一个人升起的，伶俐迈着昂扬坚定的脚步。

人与人竟这般不同。

当然，我看到的都是别人。

我看不见我自己。

我没有让她们等史大鹏。我知道史大鹏的毛病，爱说大话。我担心他说了大话以后收不回来，让人的指望落空。

电话铃响的时候我正沉浸在剧情里。女明星找到了丈夫的小情人，正色告诉她男人爱你是因为你年轻，将来有一天你也会老的。女明星的话说得很诚恳，但绵里藏针，让人想到她在生活里就是这么说话的。我想，有朝一日我可能会遇到相同的问题，那时候我也会去找史大鹏的小情人，也会说相同的一番话。这种想法不是我刻意去想的，是在我沉浸剧情之中时情不自禁想到的。我不安了一下，不知道为什么思维会朝那个方向拐。我一边看电视一边分析着史大鹏，断定史大鹏做不了那个男主角。史大鹏顶多浪漫一下，一有风吹草动马上就会把人家女孩子扔下。在这方面史大鹏是一个胆小如鼠的人，虽然有时候爱耍点小聪明。我说过史大鹏不是我全心全意喜欢的那种人，婚前不是婚后也不是。假如当年不是签下4·22协议，不是他做出即将崩溃的样子吓着了我，也许我不会嫁给他。当然现在说这些有点矫情。我下岗了，我要让他养着我，我要靠给他数工资过日子。史大鹏有时候的玩笑也酸溜溜的，说如果早知道会找个下岗女工，当年就不会那么死乞白赖了。

如果史大鹏真有个小情人，我就把他轰出去。房子孩子存款都在我手里，我不怕他。

当然这只是心中最隐秘的想法，上不得台面。上得台面的另一种想法是：房子存款我都不要，我会带着孩子从这个家里搬出去。

我毫不怀疑自己能做到这一点，假如事情真的发生的话。这样做事符合我的风格，虽然有点傻，但会让我的心灵干净。

我是一个崇尚心灵干净的人，这一点我可以向全体人民保证。

我想得乱七八糟的时候电话响了。我有一点入自己的戏了，仿佛史大鹏的浪漫故事果真已经发生了。电话就是那个小情人打来的，知道他喝醉了酒，来表示放心不下的。小情人们仿佛都长了仨心眼，三双眼睛，总是知道男人什么时候最需要关怀，知道男人的软肋长在哪。需要的时候捅一下，让男人既痒又痛。那种感觉有点像吃辣椒，痒是馋，痛是快乐。解馋又快乐的事做起来才上瘾。就像男主角与她的小情人，虽然看上去小情人比女主角强不了多少，可就是能俘获男人，就是能让男人找到吃辣椒的那种感觉。虽然吃完辣椒以后会反胃，会便秘，会被辣得连北都找不着，甚至会赔上身家性命，仍会有傻帽男人乐此不疲。

电话铃仍然顽固地响着，我却可以听而不见。我看见小情人像一股风一样从门口飘了进来。抿着嘴角那个样子看了我一眼，就去了卧室。我还在琢磨小情人那个眼神，不是羞怯，不是胆小，甚至不是挑衅或别的什么，她只是那个样子看了我一眼，就去了卧室。我能看见她在干什么，无非是帮男人脱掉外衣，抻掉袜子。那袜子肯定不是普通袜子，能臭死人。可小情人连鼻子都不会捂，她爱死那个臭味了。然后就是让他喝茶，男人当然不会说“喝什么鸟茶”，小情人会用嘴当汤勺，一勺一勺地喂。其实喂过去的就是漱口水，可男人会以为那是琼浆玉液……

突然有人喊了一声：“冯诺！”

又是一声：“冯诺。”

我下意识地一回头，见沙沙就站在我的身后，手里拿着电话听筒。沙沙只穿了秋衣秋裤，佝偻着腰，抱着小小的肩。我不相信地问：“是你在喊我？”沙沙说：“你怎么不接电话？吵死人了！”我分辩说还没来得及接，你睡你的觉，跑出来干什么。沙沙说，如果不是电话铃把我吵醒，我才懒得出被窝呢。我看你是想入非非了，连电话铃响都听不见。沙沙把听筒塞到我手里就回屋了。我下意识地看了眼墙上挂的石英钟，刚好22：30。我想，这个电话十有八九是为史大鹏的事来的。找我的人从来没有在这个时间打电话的。

出乎意料，电话里说：“冯诺。”

我赶忙问是谁。电话里的人却没有回答我。他说：“崔厚容有没有在你家？”

我说：“没有呀。”

我已经知道了对方是陈文化。我说：“她昨晚跟我通过一个电话，但没到我家来。”

“我是陈文化。”

我说我知道。

陈文化问："她昨天与你联系是几点?"

我说八点多吧。或者八点半，我不确定，但肯定不到九点。

陈文化问她都跟我说了什么。我说什么也没说呀，她只问我什么时候回罕村，我说等起起牙开花的时候。

我又说，我问她在哪里，她说在饭店和几个同事在一起。

电话里长出了一口气。

我问："发生了什么事?"

陈文化迟疑地说："崔厚容昨晚从饭店回来就一直没回家。"

我说："你们生气了?"

陈文化说没有。说他们在上班时候曾经通了一个电话，崔厚容告诉她要晚一些回家，嘱咐他给儿子做饭。因为昨天是情人节，陈文化跑了几个鲜花店才买到一束玫瑰，想等她回来送个惊喜，没想到她直到现在也没回来。

我马上就有了一种不好的感觉。说不清因为什么。我的感觉非常不好，心立刻就空了，还感到有些缺氧。我使劲握着听筒，手心都出汗了。

伶俐昨晚明明对我说，连狗尾巴花都没有人给送，声音幽幽的，惨兮兮的。可现在却有人告诉我事情并不是这样，有人到处给她买花。家里已然有一束玫瑰在等着她。

只是她不知道。

我不知道事情为什么是这样。

事情如果只是这样当然是个惊喜，可伶俐到现在还没有见到这束花，她失踪了。

她怎么会失踪呢？

我当然还想知道有关伶俐更多的事，陈文化却说“你歇着吧”就要挂电话。我急忙“哎哎”了两声。我说：“伶俐如果今天回来不论几点都要让她给我打个电话。你听见了吗？”

陈文化说了句：“行”。又说了句：“她可能回不来了。”把电话挂了。

我心里难受死了，鼻子一酸，眼泪差点落下来。我不知道陈文化为什么要说这样的话，他有什么资格说这种话。就凭他是伶俐的丈夫？也许这句话只不过是他担心的一种表达方式，可我不接受。

我关了电视，在房间里转来转去。脑子里瞬间就有了许多想法。在外留宿？遭遇绑架？乐不思蜀？都有可能又都没可能。如果时间只是过去了十二个小时，事情就好解释。可过去的是二十四个小时，想解释通了都难。我在焦灼和等待中看着石英钟的时针跳过了零时，也就是说，现在已经是2月16日了，伶俐的失踪时间掐头去尾已经是第三天了。

这是多严重的事啊！

我坐回到沙发里，我想盘点一下2月15日，也就是昨天都发生了什么。首先是同事来家里吃饭、打牌，其中两次都谈到了伶俐。不，是三次。第一次戴月月说把伶俐卖了也不值一万块钱。我心里很不舒服，可我忍了。第二次戴月月又发布小道消息，说她跟某某有一腿，结果戴月月被我气走了。戴月月说我为了别人就可以伤害她，事实不是这样。她们总也不理解我。如果她们之中有谁被伤害，我也会拔刀相助，这是我的性格。她们都跟我是莫逆之交，可让她们理解还是有难度。第三次我主动跟徐姐和宋桂英提起她，我佩服伶俐我才会提起她。我如果佩服戴月月我也会同样提起戴月月的。这没什么。可徐姐也不理解我想说的话，她说伶俐不是什么高妙的人。这和我的感觉不一样，我觉得伶俐就是高妙的人，只是她们看不出。她们才是活在自己的主观世界里，对优秀的伶俐视而不见。一天里我们有三次提起同一个人，暗示着什么？

其次是史大鹏喝醉了酒，这也是一个很重要的内容。他是一个经常喝醉的人，所以他的醉酒我总是忽略不计。好在他除了睡觉从不闹酒，这是我能容忍他的一个先决条件。然后就是沙沙管我叫冯诺而不是妈妈。我觉得这件事情也是个事情，因为沙沙过去从来没有这样叫过我。再然后就是陈文化告诉我伶俐失踪了。等于一天里有人第四次跟我提起了伶俐，伶俐却走进了这么一个结局。这个结局是：她可能回不来了。

我又去想 2 月 14 日，情人节。我在家里发了一天傻，如果不是伶俐提醒，我根本就不知道那天是什么日子。即使知道了，于我而言它仍然是一个普通的日子。当时伶俐说的话让我产生了某种抵触，伶俐说："看来你现在比我也好不了多少。"可笑的是我早就走过了比伶俐"好"的岁月了，可我却浑然不觉。这一句话竟让我忘了自己是谁而伶俐又是谁。我看不见伶俐的脸，我凭什么就认为那是一句嘲笑我的话而不是伶俐自嘲呢？之后伶俐又给史大鹏打了电话，提醒他今天是情人节，给小茹买花。我想，当时伶俐的心情肯定是沉郁的，她之所以提醒史大鹏是因为史大鹏是我丈夫。她知道史大鹏如果把一个月的工资换成一束玫瑰我也会欢天喜地。伶俐了解我。知道我骨子里的那点浪漫会地老天荒地与日月同在，不会因为下岗或任何别的什么缘由而消解。

可惜史大鹏不理解我也不理解伶俐。史大鹏认为这种提醒很可笑，而我对这件事情的态度是质疑：什么意思？

我真的是一个小女人，毫无疑问。我从来也不知道自己这么小，这么小。比戴月月更小。我恨死自己了。冯诺，如果不是伶俐失踪你可能永远也不会反省这件事。冯诺，你是多么小的小女人。

我风车似的跑进了卧室，摇醒了史大鹏。

我摇醒了史大鹏。

史大鹏睁开眼睛的一刹那我大惊失色。我忽然发现这不是我熟识的那个人，是一个完全陌生的人躺在了我的床上。瞳孔血红，牙帮骨错动，整张面孔狰狞着，像一只遭了惊吓的刺猬。史大鹏突然坐了起来，朝我吼："为什么不让我睡觉！你以为你不睡觉别人就都可以不睡觉！你不知道我明天要上班吗？神经病！"我从来没有这样怕过史大鹏，就像刚出蛋壳的一只小鸡突然遭遇了一头发怒的狮子，除了发抖简直没有指望。史大鹏又说："你看看你一天到晚像个什么！白天一天一天地睡大觉，什么活也不干，晚上倒来精神了，一宿一宿地不睡，像个夜游神。哪家女人像你这样！我像养个宠物一样养着你，不需要你感恩戴德，可你总得知道好歹吧!”史大鹏悲伤地倒下身去，像一只中了枪弹的兔子，还抽搐了几下。我细声细气地问：“你骂完了?”史大鹏不理我。这一瞬间我没意识到他是我丈夫，这是一个我有求于他的人。

我说：“我只想问问你，那晚伶俐到底和你说了些什么。”

史大鹏吼我：“你还有完没完?”

我说：“伶俐失踪了，就在那天跟你通了电话以后。今天已经是第三天了。”

史大鹏愣了一下，继而发出了一声冷笑，说：“你是不是怀疑我把她藏起来了?”

我说：“史大鹏，我没跟你开玩笑。”

史大鹏说：“我也没跟你开玩笑。她对我讲了什么我不全都告诉你了吗?”

我说：“就那些?”

史大鹏说：“你还想知道什么?”

我的眼泪慢慢濡了出来。我说：“伶俐失踪了，今天已经是第三天了。”

史大鹏鄙夷地说：“我失踪三天都未必有人动感情。”

我说：“是呀，我和伶俐至少也认识三十五年了。我们刚出娘胎就认识。”

说完这话我就走出了卧室。我的眼泪像喷泉一样往外涌，我不希望让别人看见我的眼泪，哪怕这个人是我丈夫。

史大鹏把什么东西摔在了地上，听声音像一卷报纸。

我在沙发里躺下了，没有睡意。史大鹏可能是睡不着的缘故，到处乱窜，把门摔得叮当响。我把耳朵用棉球塞了起来，而且故意当着史大鹏的面塞。我不吼他让他小点动静。我不说话。我真正生气的时候总是不说话，什么话也不说。所以有的时候我大吵大闹其实是虚张声势。女人中不单我是这样，许多人都是这样。如果一个女人到了连话都不愿说的份儿上，那肯定就是到头了，生气生得到头了。史大鹏横眉立目瞅着我，瞅着瞅着目光就软了。史大鹏说："上床睡去。"我无动于衷。史大鹏说："我们聊聊伶俐的事。"要不怎么说史大鹏有小聪明呢，他总是知道怎么调动我。我赶忙坐起身，顺顺当当地跟史大鹏走。史大鹏给我盖好被子，自己才钻进被窝。史大鹏说："伶俐失踪了不重要。"我问："什么重要？"史大鹏说："你别神经了才最重要。"我说你推断一下伶俐失踪有几种可能，你比我理性。史大鹏问我想听真话还是想听假话，我说当然想听真话。史大鹏先给我打预防针："我说的只是推断，你可别跟我发神经啊。"我说有话快说有屁快放，哪有那么多絮儿。

史大鹏讲起话来像法学院教授。史大鹏说："咱们先往最坏处想。假如伶俐遇到了不测，那么只有三种可能。哪三种可能呢？其一，仇杀。其二，财杀。其三，情杀。除了这三点还有第四点，那就是毫无缘由，伶俐做了人家的靶子，也就是替人受过。我们先说第一点，仇杀。旧社会仇杀的事情很多。比如替父报仇，替兄报仇诸如此类，还有帮会之间的各种血腥事件，其实都在仇杀范畴。现在这种事情不说已经绝迹了，可也少多了。有的只是，比如欠债不还，夫妻中有一方长期受虐待，或者婚姻有第三者干涉等等，不外乎这几类。仅凭我们的了解，伶俐没有哪种特征能够对上号，你说对不对？当然她的事情我们不是全部了解，但最起码表面看来没有这种可能性。咱们再说财杀。伶俐是晚上下班以后在饭店吃完饭才失踪的，那么首先排除了她携带公款被人盯梢的可能性。唯一的可能就是碰上了毛贼小盗，抢到什么算什么。不过碰上这样的人有一个好处，就是他们不随便杀人。也可能万一失手，他们只会逃之夭夭，不会销尸灭迹。所以如果真是这样，经过整整一个白天以后不会一点线索也没有。现在小道消息比风刮得还快，尤其我们单位处在市中心，信息灵敏。如果哪里发现一具女尸，很快就会有消息传过来。所以，没有这个消息就证明没有那个可能性。这对这个事件是个福音。咱们再看第三点，情杀。就不用我分析了，你天天看电视剧，肯定有这方面的见识。照你看伶俐会做下不轨之事招来杀身之祸吗？”

我说：“都是放屁。你凭什么把伶俐的事情想得那么不堪。”

史大鹏说：“瞧瞧，不那么不堪你哭什么哭？再说我这是用的排除法，只有能把最坏的结果排除掉，才会有好消息。”

我忽然想起：“还有第四呢？”

史大鹏说：“第四点就无从把握了，因为别人玩的不是常规游戏，所以我们也不能用常规的思路去推测。由命拽吧。”

我不满地说：“你排除来排除去还是没有结果。”

史大鹏说：“猪脑子，还用我细说？她肯定很快就会回来。她可能在一个我们不知道的地方，不被人打扰地隐居。”

我说："可陈文化说她回不来了。"

史大鹏说："这就对了。这证明陈文化最起码知道些消息。他说这话有两层意思。其一，伶俐可能不想回来。其二，他可能不愿意伶俐回来。而这两点都与其中的一点密切相关，那就是——他们夫妻之间有麻烦了。"

我无话可说了。

史大鹏问："踏实了？"

我问："你昨晚为什么喝醉酒？"

史大鹏说："你别转移话题，我们现在在谈伶俐的事。"

我说："不是已经谈完了吗？"

史大鹏说："谈完了睡觉。你不知道我明天还要上班吗？"

我说："史大鹏你不要老拿上班这样的字眼刺激我。我不上班不是我不想上班，是你不让我去。"

史大鹏说："你要是有体面的工作，我为啥不让你去？"

我说："我上哪种班才能让你体面？"

史大鹏说："像崔厚容那样。"

我说："失……踪？"

史大鹏不说话了。沉默一会儿，他接刚才的话茬儿说："我体面不体面不重要，是让你自己体面。"

我说："我要体面没有用。再说，我也从来没体面过，我不知道什么叫体面。"

史大鹏抻过一张报纸看。

我又说："你要是觉得我现在也不体面可以说出来。"

史大鹏说："你没感觉出来？我体面呀。我跟谁都敢吹，我把老婆当什么似的养着。"

我说："你说过了，当宠物。"

史大鹏说："你没生气吧？"

我说："我都活得像只狗了，哪里还敢生气。"

冷了一会儿场，史大鹏很快就打起了呼噜。我还想把史大鹏说的话想清楚些，可眼皮实在沉得厉害，我也睡着了。

我做了一个梦。

梦里我和伶俐都是十一二岁的年纪，背着筐去采野菜。野地一望无际，空中飞着许多蒲公英，呈雾状。我们共同发现了磨盘大的一朵花，黄灿灿的，长在一根细小的茎上，花朵下是瘦弱的两片叶子。我惊喜地说："这是什么花，多好看呀！"伶俐说："这就是起起牙，我说它的花能长磨盘那么大。"我说："不是起起牙，起起牙的花是紫色的。这是菊花吧？"伶俐说："这就是起起牙，菊花都长在院子里。你看这叶子，不是起起牙的叶子是什么？"我看了看，果然有几分像。我想起了伶俐曾经说过，她要做就做一棵起起牙。我说："伶俐，这花就是你啊！"伶俐得意地笑了，说："小茹，我就有这本事，想让它开多大它就能开多大。"我低头去找曲曲菜，可遍地都是起起牙。我说："我们今天的筐采不满了，怎么都是起起牙啊！"伶俐说，她会一种魔法，能让起起牙不扎手。我说不信，伶俐就跳进了那个"磨盘"里，好半天不出来。我担心地探头望去，吓了一跳，原来花心深处是一口井。

我喊："伶俐，伶俐！"

伶俐说："小茹，我出不去了。我被绑上了。"

我问："谁绑的你？"

伶俐说："我看不见，他们不让我看见。"

我顿时哭了，围着井边转来转去，周围一个人也没有。

我喊："快来人呀！"

伶俐说："小茹你别喊了，喊也没用。我这就要不行了，你一定要先听我把话说完。"

我哽咽地说："伶俐，我在听。"

伶俐说："你要替我好好照顾双赢，他是一个聪明的孩子。"

我说："伶俐，你都有孩子了？"

伶俐的声音越来越微弱："红月里三号……"

我拼出全身力气问："是双赢住的地方吗？"

一切都消失了。

伶俐和伶俐的声音，磨盘大的花和遍地的起起牙，以及花心深处的那口井，一切都消失了。

只有漫天飘舞的蒲公英还飞着。地上下了一层白白的雪。

我哇的一声哭了。

4

该说一说我们公司了。

我们公司原名叫永兴饲料厂，后来叫永兴饲料公司。再后来就叫永兴集团公司。但仍是做饲料。我们做的饲料连人都能吃，真的，不骗你。我们公司的好几个经理都是吃我们公司的饲料长胖的，这谁都知道。他们刚来公司的时候都是又瘦又干的，过了几年，都是腰也粗了，腿也壮了，脸也鼓了。有个经理有麻子，连麻子坑都长平了。这都是事实，我一点也没夸张。公司名儿越来越绕嘴，我们越来越喜欢。我们在厂里都是工人。你大学毕业也好，小学毕业也好，都是工人。这年头叫工人不好听了，比收破烂的强不了多少。真的，你要给某个人介绍对象，说对方是工人，他能把嘴咧成烂柿子。除非他自己也是个工人，嘴才不会咧成烂柿子，我们遇到的这种事情多了，数都数不过来。我们集团公司的前身永兴饲料厂是二十世纪八十年代初建起来的，当年建厂、当年投产、当年获得效益。唉，八十年代，真是一个神奇的年代。拉饲料的各种车辆能排到一里地以外去，还得凭票。在外边你要是提“永兴”两个字，在饭店不收你饭钱，住店不收你店钱。但有一个前提：能搞两吨饲料吗？当然能搞。再紧俏也是从我们手里出去的，我们不能搞，谁也搞不到。

当时我们厂里有二百人，几年以后有了四百人。有四百人那年厂长给我们开会，说我们家大业大，再叫饲料厂就不合适了，我们改公司吧。哗——我们都鼓掌。放鞭炮，吃会餐，人人喜气洋洋。后来我们厂有了八百人。有八百人那年经理给我们开会，说这个这个，啊，我们建集团了，我是董事长了。哗——大伙又是鼓掌，又是放鞭炮，吃会餐。我们觉得建集团好，董事长好，好听，高端大气上档次。过去有人问我们是哪个单位的，我们要把饲料厂带出来，现在不用了，我们说永兴集团的，其实还是做饲料的，但感觉上不一样。我们的总经理兼董事长也不一样了，原来坐桑塔纳，后来坐帕萨特，再后来坐越野车，说去山区下乡方便。那车蓝白格，比一般的车身量高。我们厂的职工都说，公路上跑着那么多轿车，就我们公司的这辆车最好看。真的，我们工人说话讲究直来直去，有一说一 有二说二，我们真的以为就我们公司的车最好看。

其实，成立公司那年买饲料都不排队了。这有一个过程，这个过程都在我们的体会中。开始搞养殖业的时候大家都把配制饲料看得很神秘。过去的猪都是养一年才出栏，肉比牛筋都不爱烂。现在不同了，三个月猪肉都已经到餐桌上了，而且像纸糊的猪，稍不小心就把肉炖涝了。这是土话，就是说把肉都炖得找不着了，都变成油汤了。那些养猪的人都爱养这种猪，都把功劳归到饲料身上，看见我们就像看见神仙似的。后来形势就发生了逆转，那些养猪的人自己都会配制饲料了，他们用自己地里长的玉米、麦麸、黄豆做成的豆饼，再适量放些添加剂，饲料就配制成了。所以当我们上门再去推销产品时，他们能说出一大套毛病来。什么价格贵、微量元素不足等等，弄得我们很没面子。但我们的日子仍然过得兴兴头头的，虽然奖金比过去少了，但工作比过去轻松了，我们在上班时间甚至偷空打桥牌。你可别吓住，以为我们都是多雅的人，玩牌都是国际玩法。其实我们玩的是打升级，俩人对家，吊主，抠底。但我们愿意说打桥牌，很多事情我们都要换个说法，比如我们管跳棋、五子棋统称国际象棋，管搓麻将不叫搓麻将，叫砌长城等等。

工人之间的阶级感情也都是在那个时间建立起来的。若是在过去，你想建立都没有时间和机会。现在不但有机会建立，还有机会培养。我们车间的二十几个人就是这样，一年到头的各种聚会名目繁多。别以为我们工人只会干活，我们的生活也浪漫着呢。有一次聚会戴月月喝得酩酊大醉，说什么也不回家。我们和大刘费尽心机都没能让她垂手就范。大刘是她丈夫，身高马大的一个人，却管不了戴月月。那晚戴月月在我家住了一宿，一宿都咯咯地笑。后来酒醒了，就哭，说如果没家多好。我们当面不说她什么，背过脸就说她短抽。如果大刘的大巴掌要是能往她脸上落两下，她就什么毛病都没有了。

我说过我们都是工人，虽然也有专科本科毕业的，可你顶了工人的岗，你就是工人。三天五天你就被工人同化了。这和史大鹏他们机关不一样，他们机关也有初中毕业的，可那也就叫干部。上两年党校，公家还给报销，文凭问题就解决了，也就名正言顺地成了干部。如果再有点野心，再交两年钱，就大本了。再交两年钱，就硕士了。

干部和工人之间的差距还要往下延伸。再过几年，工人都成了老工人，干部却成了新干部，因为他们全都升职了，工资也跟着水涨船高。科长变成了主任，主任变成了局长，当然还有升得更快的，在一座城市都把官当到头了。所以那些干部见到我们工人都牛气哄哄的，但他们脸是绿的，眼是蓝的，都是憋的。想说的话不能说，想做的事不能做。还得一级看一级的脸色。看着看着眼就开始发离，就忍不住要往外喷火。然后就都赶紧买墨镜戴上，阴天下雨都不摘。

最起码我家史大鹏就是这样。很是有那么几年，他家里单位都备几副墨镜，就是为了不让人看见他的眼睛。

我们这一年的快活事就别提有多少了。桃花开了去看桃花，梨花开了去看梨花。其实就是找个名目到外边疯一圈、野一圈。风吹日晒一天回来，什么心火都去了。隔壁的企业生产饮料，火得都没法形容，比我们饲料厂那阵更火，人家一个月的工资顶我们几个月的总和，我们也不羡慕。没法羡慕。我们悠闲地看着那边忙得要死，忙得脚不沾地，忙得鸡不下蛋。谈笑间，我们都可怜他们。同样都活一辈子，忙成那样干啥？

有一年，县里搞歌咏比赛，我们和邻居各出一个代表队，都是一百多人的大合唱，都唱规定的几首歌。我们董事长都上阵了，想让评委看在领导亲自参与的面子上多给些分。可人家邻居一上场，我们就知道我们准栽了。人家董事长领导虽然没来，可人家有乐队，都是厂里的工人组成的，不像我们只带个伴奏带，声音还像刮大风似的。人家还统一穿着工作服，打扮出来女的像空姐，男的像空哥。一张嘴就出来了十分气势，一首歌在人家嘴里，都雷霆万钧了。轮到我们上场的时候嘴都张不开了，光看自己的工作服，还是新中国成立以来的劳动布，杂七杂八。一百几十号人，站在台上傻了。

心劲慢慢就给磨没了，再加上几个月几个月地不发工资，一张一张的脸就灰了。不灰的只有戴月月一个人，当然我说的是我们车间，不包括整个公司。我们公司有八百人，想包括也包括不过来。戴月月的毛病，那就是喜欢男人。她与哪个男人有事儿都不背着我们，她炫耀。这也是工人阶级的一大特色。有一次，我们几家夫妻一起聚，同她一起来的就不是大刘。事后史大鹏说这是什么玩意儿，其实我也知道这不叫玩意儿，可我还是对史大鹏说，这是人家的隐私，在国外这都不算个问题。

史大鹏不屑一顾，说："你们这方面倒跟国外接轨接得挺快。"

我说："总比你们单位强，把人逼得上吊。人都跨世纪了，可思想还是'文化大革命'那套。"

史大鹏说："我们单位都学电脑呢，你也好意思说我们是'文化大革命'。"

我说："都把你们学成专家你们仍然会做欺负老魏的事。你信不信?"

史大鹏不说话了。他知道我一直对老魏上吊的事耿耿于怀。

老魏是他们机关的一个老科长，都五十岁了，也没有升职的迹象。老魏平时的人际关系不太好，有些爱占小便宜，就经常被那些职务没他高，但比他有潜力的小青年捉弄。比如，中午下班，老魏刚推出他的自行车，就有人隔着窗户喊老魏，说西关饭店，谁谁请客，老魏不去不行。老魏就信以为真，登巴登巴赶了去，却一个人都没有。一个人也没有老魏也不敢走，怕别人来得晚，就让小姐泡一壶好茶，拿盒好烟，说最后一起算账。当然最后算账的人不是别人，而是老魏自己。饭店的一盒烟要比外边贵一倍，所以老魏的损失也就大了一倍。史大鹏他们管这种事叫"做个圈儿"，都读轻音。别人还没听明白呢，这个圈儿已经做成了。他们捉弄老魏，也捉弄他们下属部门的人。一般被捉弄的都要回头请请他们，因为这些人之所以被捉弄，就是因为应该请客了。

当然老魏上吊不是因为这个。要是因为这个上吊，老魏早就死上十回八回了。老魏是因为和一个叫小爱的女子，是个接线员，刚从山区被大领导带回来。大领导之所以能把小爱带过来，当然首先是小爱模样可人，嘴巴乖巧。更重要的一点，就是家里穷。大领导是作为扶贫对象来安排小爱的。老魏有一天晚上值班，正碰上小爱也没事，俩人聊啊聊啊，聊了一宿。机关里不是能随便聊天的地方，所以小爱整天憋得像个哑巴。老魏也像个哑巴。一个哑巴加一个哑巴，并不等于两个哑巴，而是等于一张嘴会说话。那晚老魏和小爱就是这样的，怎么聊话都没有穷尽。别看小爱是山里女子，却勇于献身。只那一次聊就把自己给了老魏。老魏一看小爱也不是处女，心里就一点不坦然的地方也没有了。

别人很快就知道了这件事。机关里的人都是干什么的，都是人精加狐仙。往你脸上打一眼，就把你左脑加右脑一块想的什么都琢磨个八九不离十。只有老魏不知道别人已经知道了这件事，一天到晚喜滋滋的，尽唱跑调的歌。这个时候要是有人对大领导透个话，其实也就没什么事了。这种女孩子不适宜留在机关，裤腰带太松。可这个话谁也不去透，都等着盼着老魏出事。其实也有人提醒老魏，说扫垃圾的说咱机关有人使避孕套，问老魏谁使了。老魏竟傻乎乎地说反正我没使。于是就有人策划捉奸。七八个人出主意对付老魏和小爱，就像高射炮打蚊子，不是大材小用，而是一打一个准。老魏就上了吊，用裤腰带在床头上挽了个套，了了。

策划人里没有史大鹏，史大鹏当时去南方了，南方有一个培训班，是学习沿海地区企业发展经验的。因为需要两个月时间，谁都不愿去。我就鼓动史大鹏去。史大鹏说，南方都是那种女人，你也放心我。我说你如果不想回来，只需给我打个电话，我好跟女儿交代。结果史大鹏躲过了一劫。那几个搞策划的人都被调离了机关。谁都不希望自己身边有一群克格勃，领导更是如此。可问题是机关就是出克格勃的地方，走了一批还会来一批。比如你讲领导一句小话儿，转一圈准会传到领导耳朵里。这就和我们厂里不一样，我们如果对谁有意见，大领导也好，小领导也好，都指着你的鼻子说，根本就不用传来传去。领导有时也给谁小鞋穿，反正都是当工人干活，谁都不会觉得有什么可怕的。哪像史大鹏他们，领导给张笑脸就会高兴得好几天睡不着觉。

史大鹏当然不会承认那一劫是我帮他逃过的，他说如果当时他在家，老魏说不定不会死。我问，如果你在家你能管住老魏不和小爱好吗？不会。你会让别人不去捉奸吗？也不会。你不会干这种费力不讨好的事，史大鹏，我了解你。我说你可别误会，我所指的“一劫”不是调不调离机关，我没那么庸俗。而是心灵或灵魂方面的。我就不信面对老魏那么恐怖的样子那些人会无动于衷，你会无动于衷。如果你在家的话，肯定也是参与者。难道你不是喜欢看热闹的人吗？你会放弃这种制造热闹的机会吗？所以老魏要是在我们厂，绝对死不了。那时候我就对史大鹏这么说，老魏为啥要托生在机关呢？他活得多痛苦啊！在我们厂老魏会是个英雄，只要小爱不是谁的妹子，谁都会说老魏是个有本事的人。

那件事以后我就动员史大鹏去企业，史大鹏说："你变态啊！"我说我知道你官迷。史大鹏说不是官迷是保障。他说你看企业多不稳定，就说你们厂，前几年那么红火，现在怎么样了？要是我也碰上这样的企业，沙沙有一天会连学费都交不起。史大鹏说这样的话能使我动心，虽然我知道他说的只是言外之意。

对男人的要求从来就是，你不用指望他讲真话，只要他的假话能够情通理顺，就够了。

当然这话有些冤枉史大鹏，我知道。

还是说一说我们公司吧。

我已经发现了我一说公司就跑题。我们公司从二十世纪八十年代到九十年代红火了十多年。我进公司的时候，只赶上了一个热火朝天的尾巴。但不妨碍我热爱它，而现在，我有些不愿提起它了 。我知道我为什么不愿谈到它，在我们眼里，公司就是一个背信弃义的小人，它把我们抛弃了。当初我们把最好的年华都给了它，是指望有一天能和我们白头偕老。可现在能和它白头偕老的只是那么几个人：董事长，副董事长。总经理，副总经理。当年我们为他们鼓掌手都拍红了，结果他们也不要我们了。

有一次，那辆蓝白格的越野车停在公司门口。有一说一有二有二，我们还是觉得马路上跑的那么多的车数我们公司的这辆好看。可说它好看不等于我们也要保护它。结果上去了好几十个工人，"一、二、三"把它像甲壳虫一样掀翻了。

大领导马上报了警，说工人寻衅滋事，破坏社会治安。结果好几个人蹲了拘留。送是领导送进去的，接也是领导接出来的。领导对那些蹲了局子的人说，别老看我们没用，一天到晚不干事。我们干的事你们想都想不到。一个工人说：“你们也当婊子了？”大领导不爱听。那个工人又说：“除了这个我们想不到，其他都能想得到。”

大家“哄”地一笑，事情就过去了。

自从我们挂了集团公司的牌子，就没过过几天好日子。一年改革一次，一次改革一年。年年如此。改革的信儿先像海风一样传来腥味，然后再一点一点地听到潮声，之后才能看见一片海。规律应该是这么个规律。我们总想看看这片海是什么样子，但总是闻着腥味听着潮声，就是看不见那片海在哪里。先搞股份制，一人交了几万块钱，却没下文分解。然后又打新品牌，越打市场越不认。再搞减员增效，我们车间下去了一多半人，可仍然发不出工资。那时候还有奢望，觉得这么大的国营厂，怎么能说倒就倒呢？政府总得拉一把吧？其实政府也不是不拉，投多少赔多少。最后把政府也给赔出溜了，就再也没人管我们了。我们真的是见了棺材才落泪，直到这个时候才觉出路走到头了。像伶俐那样的人少，像戴月月那样的人也少。最多的就是像徐姐和宋桂英那样的人，一方面能够坚忍，一方面忍无可忍。所以宋桂英的丈夫选择去街头给人算命，让公安局清理了好几次，清理完了他还去那坐着。一张小方桌，桌上挂着一块不白的布，上面写着墨黑的两个字。

我懂小齐的意思。你不给我事做，那我就想做什么做什么。只要我不犯法。

可史大鹏却对此颇不以为然，说这样属于对抗，对个人没有好处。

我问："如果让你下岗了，你去做什么？"

史大鹏说："其一，我不会下岗。其二，我下岗也不会给人算命。"

我说："是你不会算，不是你不去算。"

史大鹏说："这不是会不会的问题。这是综合素质问题。"

我说："你觉得自己的综合素质比小齐高？"

史大鹏说："最起码我不会去算命。不但我不会，我们机关里的人都不会。"

我说："那你们都去干什么？"

史大鹏说："下海，经商啊。"

笑死我了。我不是瞧不起史大鹏，我真不是瞧不起他们那一抹子人。可我真的觉得如果让他们下岗了他们还不如小齐。小齐好歹还能找个事做。可你让史大鹏干什么？替人陪酒？

所以我说史大鹏你得承认有运气这回事。你运气好我比你运气更好。我做梦都没想到我这辈子会成为不劳而获的人。不但我没想到，我们家祖上都不会想到。他们给人家扛过活，不会想到到我这一辈事情会反过来。史大鹏说你这人怎么这么没良心，我怎么成了替你扛活的？我说我一个月如果挣两百块钱也算自己养活自己。史大鹏说你也就是身在福中不知福。我说有时候我真想去扫扫大街试试，体验一下那是什么感觉。史大鹏说如果你真沦落到那一步我们也像老魏那样算了。我说史大鹏，在你心里面子真的比生命都重要？

史大鹏坚决地说："就是比生命重要。"

我说："别忘了你也像猪草一样在地里长过。"

史大鹏说："就是因为我也在地里长过，我才知道体面的生活有多宝贵。"

我继续苦口婆心："你试着想一想和小齐换个位置。如果他在你这个位置，做得不会比你差。但如果你处在他那个位置事情会怎么样？"

史大鹏不耐烦了："操这心干啥，到时候你就知道了。"

我说："可不是，我操这心干啥，都是吃饱了撑的。"

还是说一说我们公司。

我们公司坐落在城西京哈公路左侧，离城内不足三华里。好大的一片厂房，从外边看还神气十足。有时候我们有心情还是到厂里转转。我们还是叫它厂里，不叫它公司或者集团。自从下岗，称呼自然而然就改过来了。不用谁号召，也不用谁提醒。大家都说我们厂，而不说我们公司或我们集团。因为厂里曾经给过我们好日子，谁给我们好日子我们惦记谁，我们工人就这样。我们结伴去厂里，没有什么事。只是心里空了，到厂里走一走，看一看。看门的已经不认识我们了，当然我们也不认识他。他是我们下岗以后来的。门看不看其实都已经不大要紧了，可他既然来看，就说明来头不小。我们在外面咣当咣当敲门，他探出头来看一眼，问：“找谁?”我们说谁也不找，进去看看。他说：“外边哪不好看，进到这里来干什么？不让看。”我说：“我们都是厂里的工人。”他说：“都是厂里的干部也不行，这是规定。”徐姐骂一声“婊子操的规定”就往院子里扔石头，大家都扔。也有人往大门上砸，乒乒乓乓。看门人终于招架不住了，把门打开了。我们齐齐围住看门人，吵得东南西北都找不着。要不是看他上了几岁年纪，早有人上去刮他几下了。我们工人就是这脾气，让他领教一回他就知道深浅了。

可到厂里又有什么可看的呢。看哪都辛酸。当年日子不当个日子过，八百多败家子儿。当官的大败，工人小败。谁不败都会觉得没占着便宜。厂里这种风气特别浓。比如今天丢了一条麻袋，明天就能丢十条。还有人租车往外偷饲料，家里养了鸡鸭猪鹅，都是不吃白不吃。那真是世纪末的感觉，日子过得就像有今儿个没明儿个的。

车间都成鸟窝蜘蛛窝耗子窝了。耗子大摇大摆地在我们面前踱方步，你可不知道耗子踱方步的那种感觉，跟我们看董事长一模一样。我们围成一个圆圈，把耗子围在圈里。耗子说：“吱吱，吱吱吱。”方静懂得耗子语，翻译出来是：“你们不都下岗了吗，怎么还多管闲事。”方静语音未落，大家一起出脚，把个耗子踩得稀巴烂。徐姐说：“我们上班的时候经常遇见耗子，却从来也不敢用脚踩，怕脏了我们的鞋。”宋桂英说：“那个时候看见耗子一点也不可恨。现在我们这是怎么了?”戴月月说：“还能怎么了，我们下岗了耗子没下岗呗。”我夸戴月月聪明，话说得真透。我们把耗子的尸体掩埋起来，从车间走了出来。

我们的鞋子都多少不一地沾了血迹，耗子血。但也是红色的，踩在水泥地面上，像刚发生过什么凶险。我们走到了院子里，空旷的院子，长了许多草。我居然发现了起起牙，开着紫色的花。我下意识地开始寻找曲曲菜，没有。那么多的杂草里没有曲曲菜。我想，这到底不是我们家乡的土地，我们家乡的土地都是又长起起牙又长曲曲菜的，随便哪一块土地都是这样。

我们推着车鱼贯走出了大门，大门已经敞开了，敞得不能再开了，像当年下班时那样。只是八百多人挤一个门口的场面再也没有了，那可真是浩浩荡荡。看门人的脸贴在小玻璃窗上看我们，不敢出来。我们谁都没有心情看他一眼。我们不能像对待耗子一样对待他，他不是耗子。我们下岗了而他却上岗了，他可以像耗子一样这样对我们说：“吱吱，吱吱吱。”

徐姐说：“冯诺，我咋这不好受呢。”

我说：“厂子在我们手里垮了。”

戴月月说：“跟我们有啥关系？我们又不是董事长。”

方静说：“我真后悔当初没好好干。现在想干却没机会了。”

宋桂英说：“我们还有机会吗？”

宋桂英的话悬在半空，落不下来。然后呼地一下，被风吹走了。

5

那天早晨我们集体醒晚了。

史大鹏，我，还有沙沙。沙沙在她屋里叫："冯诺，我的表怎么7点40了?"

我往墙上看了一眼，马上像兔子一样跳了起来。我说史大鹏快起来，沙沙晚了一个小时了。史大鹏坐起身来，呆呆地看了眼表，问："你去哪?"我说我不去哪。史大鹏说："那你怎么说自己晚了一个小时了?"我又好气又好笑，告诉他我说的是沙沙。史大鹏说："沙沙还没走?"我说："沙沙如果走了我还会着急吗?"史大鹏说："你为什么不喊她?"我加重语气说："你为什么不喊她?"一句话就把史大鹏的脸气绿了。史大鹏一边穿袜子一边说，你一天到晚什么事也没有，孩子上学的事还让她晚了。沙沙穿着内衣跑到我们屋里来看表，一看就哭了。沙沙说："我们班该被刨分了，大家都要恨死我了。"

我说："谁恨你你就告诉我，我去找他算账。"

沙沙说："我们班七十六个人，你算得过来吗?"

我算不过来。我想了想，说："让爸爸送你去学校，就说你早上肚子疼。"

史大鹏一声断喝："你怎么教孩子撒谎?"

我说："不撒谎怎么办？沙沙要被罚一节课的站，要上小广播，还要在他们班变成坏典型。你说不撒谎怎么办?"

史大鹏说："那也不能撒谎!"

我说："史大鹏，你一天不说谎话就活不了！"

史大鹏气得直哆嗦，他说："冯诺，你简直疯了。"

我说我就是疯了，而且以后会比这更疯。史大鹏，你走着瞧吧。

我让沙沙赶紧穿衣服，洗漱。我去厨房给她煮方便面，放鸡蛋，放火腿，放虾仁。我对沙沙说："慢慢吃，甭着急。反正已经晚了，索性就晚他个前无古人后无来者。"

沙沙高兴地说："你也是前无古人后无来者。"

我和沙沙打的去了学校。劈面就碰上了他们班的班主任刘一流。刘一流知道我，我当然更知道他。有一次，刘一流在班里说全班同学中只有某几个学生家长没去过他家，第一个点的就是史沙沙。我给他写了一封信。我说如果需要和家长沟通老师应该多做家访，我们热烈欢迎。回头我问沙沙老师对你说了什么没有。沙沙说，老师只问你是干什么的，我说你下岗了。老师就说，下岗有什么好洋蹦的。

下岗当然不是什么光彩的事，可我从来也不觉得自己有什么不光彩。我这人就是这么没心没肺。

沙沙叫了刘老师。我说："对不起刘老师，我们来晚了。"

刘一流冷着脸说："有什么理由让你们来得这么晚？"

我想说谎都没有心情。我说："我们起来晚了。"

刘一流说："你不是下岗女工吗？"

我说："下岗女工更有权利起得晚，因为晚上失眠。"

刘一流让沙沙回教室，说史沙沙的家长你来一下。

到了办公室，他一屁股就坐了下去，坐得别提多理直气壮了。还喝水，明明口不渴也喝，这都能让人一眼看出来。刘一流说："你好难请啊，我让史沙沙传两次家长你都不到。"

我清楚他在说谎。我说："这不可能。史沙沙从来也不是喜欢忘事的孩子。"

他居然不脸红。斜了我一眼，说："知道我想说什么吗？"

我说："史沙沙的学习成绩退步了。"

他说："你倒有自知之明。"

我说："否则还有什么好谈的。总不能表扬一通吧？据我所知，您从来也没有表扬过史沙沙。"

刘一流正色说："史沙沙的家长，算你猜对了。我就是要和你谈一谈史沙沙的成绩问题。马上就要小升初了，这段时间的基础打不好对她的一生都会有影响。你总不会糊涂到不管孩子的前途如何吧？"

我说："她是资质平平的孩子，她现在的成绩我已经满意了。"

刘一流说："什么！她最近测验考了第四十五名，你居然说对她的成绩满意！"

我说："她已经尽力了啊！您如果喜欢她，就会发现她除了成绩占中等其余方面都能占上等。比如，她有爱心，懂得幽默，从不说谎，善解人意，自然，本色，不忌妒别人等等。"

刘一流说："她哪都好，我不教她总可以了吧？"

我说："可以，只要你们校长同意我没意见。"

说完这话我就走了。边走边想总算让自己痛快了一回。上一年级时沙沙就跟我要挂历，说班上谁谁都送了老师什么什么。史大鹏给谁送礼我不管，也管不了。可我希望我的女儿昂扬地活着。

而且我不怕他给沙沙小鞋穿。因为这些年沙沙基本没穿过大鞋。

出了学校我就不是史沙沙的家长而是冯诺。比这更让我焦虑的一件事是我儿时的伙伴伶俐失踪了。不知道从什么时候起我开始心疼她，心疼伶俐。也许就是从昨天晚上，我突然想通了伶俐给我和史大鹏分别打电话其实就是为了一个原因，她希望我得到一束花。我们都是喜欢花的人，而且都有浪漫情结。我突然懂了我们许多年的生疏其实都是表象，我们骨子里的东西永远是相通的，想剔都剔不掉。没有比这更简单而又更艰难的事情。如果事情可以重来，我会说服史大鹏满足伶俐这个愿望，送一束花给我。因为十几分钟以后就有未可知的事情发生了。是未可知，但绝不会是好事情。这可以想象，绝没有什么好事情落在一个在晚上失踪的女人身上。虽然史大鹏的排除法让我睡了两三个小时，但那种不好的感觉还是统治着我，让我心急如焚。

我从学校直接去了伶俐的家，是一路走着去的。我们这座城市不大，我估算了一下，我走到那里最多四十五分钟。我正好利用这四十五分钟破解一下我夜里做的梦。现在太阳已经出来了，我可以把梦说出口了。我奶奶曾经告诉过我，千万别在一早就把夜里做的梦说出口，那样说破的好梦就不是好梦，坏梦却容易变成现实。只有等太阳高高地升起来，天地敞亮了，妖魔鬼怪都躲起来了，坏梦才一说就破，变不了真的了。哪天我钻出被窝迫不及待地想说夜里做的梦，奶奶总是及时地制止我。我迷信我奶奶。所以奶奶虽然去世很多年了，我还是谨记她的教诲。我现在没人可说，只能自言自语。我说我夜里做了一个梦，梦见我和伶俐都是十一二岁的年纪，背着筐去采猪草。我们看见了磨盘大的一朵花，是起起牙开的花，金黄金黄，长在细小的茎上。我说，这不是菊花吗？伶俐说，菊花都长在别人家的院子里，这是起起牙。我一看下边长的叶子，果然是起起牙。遍地都是起起牙。我说我们的筐采不满了，怎么都是起起牙啊！我不喜欢起起牙。伶俐说她会一种魔法，能让起起牙都不长刺。说完她就跳进了花心里。好长时间都不上来。我探头一看，发现那花心深处是一眼井……

对面走过来两个男孩子，头发都长长的，染成了金黄色。裤脚都窄窄的，显得两条腿从腰上就开始分叉。其中一个走上来问："姐，你在跟谁说话？"我愣了。他们是在跟我说话吗？我都能当他们的妈妈了。他们相视一笑，说你不是谁谁啊，我们认错人了。我说你们先别走，我问你们一件事：如果像我这个年龄的阿姨在晚上失踪了，你们说她会去哪里？一个人问："多大？"我说："像我一样大。"另一个说："你还想当我们阿姨？"我赶忙说："我说她是个阿姨，没说我是你们的阿姨。"先说话的男孩子说："这还用问，跟情人约会去了。"另一个人也说："除了约会还有什么可干的，这年头。"

俩人一挤眼，走了。我这才知道他们刚才是在冒坏，我听见其中一个人说："我以为叫她姐她会高兴地笑开花呢，没想到她倒愿意当阿姨。”

另一个人说：“碰上个二百五。”

我继续去想起起牙开的那朵磨盘大的花，对伶俐来说到底意味着什么。想来想去也没有什么可不吉利的，虽然伶俐在花心里对我托付后事，可生机勃勃的那一片起起牙从来也没让我们失望过。我们总是在采不到足够的数量时用它们做补充。谁都不会注意到我们筐里的起起牙多了还是少了，妈妈把野菜剁碎时也从没嫌它扎过手。

总之，起起牙不会伤害我们。它永远也不会变作一口井。

只是那两个男孩子的话让我嘴角沁出一丝笑，他们竟说伶俐去跟情人约会去了。他们不知道我们都是罕村的女儿。罕村的女儿如果有情人可约一定会首先告诉她的丈夫：我爱上别人了，我今天晚上要跟他走。

我相信伶俐和我都是这样的人，我们都会把事情先告诉自己的丈夫：我爱上别人了，我今天晚上要跟他走。

这没什么可难理解的，我们都不会做让自己灵魂不安的事。而且我们都喜欢做干净女人，即使我一百年不见伶俐，我也知道伶俐跟我一样，喜欢做干净女人。

所以如果我们肯和一个男人走，就没有任何力量能够阻挡。任何理由都不能让我们回头。

只是，能够让罕村的女儿义无反顾的男人，那得是多优秀的男人！

一个白底红字的路牌让我多看了它两眼：红月里。

谁住在红月里?

我已经从路牌下走过去了，突然心里一跳，又走了回来。

在梦中伶俐清晰地对我说过“红月里三号”。

红月里。

会是这个红月里吗?

我还是沿着一条窄窄的胡同走了进去。是一片老居民区，都是平房，杂物堆得到处都是，显得很破败。因为临街的商业楼都很高，所以连太阳都照不进来。我在里面转了一圈，就走了出来。

我没看见红月里三号。一个抱着孩子的老太太对我说，这里每一排都有三号，你找几排?我伸着脖子瞅了瞅，共有十一排。也就是一共有十一个红月里三号。我当然不知道我要找哪一个。我说我忘了是哪排，我回头去问问清楚。

老太太说，那你就把十一户人家都敲开看看，总会找到你想找的人。

这倒是个不错的主意，可惜我没有这个胆量。我不能对每扇洞开的门说：梦里有人对我提起红月里三号，你与这个人有什么关系吗?我怀疑有人会以为我图谋不轨，说不定会招来不必要的麻烦。

于是我轻易就转移了话题。我说：“您的孙子长得真好——是您孙子吧?”

老太太说：“就是爱起早儿，每天四点多就叫床。越是没用的人起得越早。”

老太太说话挺有意思。

我问："您住几排？"

老太太说："你要找的人什么样？不然我替你问问？"

我赶紧挥手告别了。老太太不肯告诉我住在哪里，显然是对我心怀戒备。我都走出去了一段距离，老太太忽然喊我："哎，哎。"

我停下了脚步。

老太太说："你是哪个单位的？"

我笑了笑，再次跟她挥了挥手。

老太太说："前些天一排三号出了点事，和你没关吧？"

我停住了脚步。我不问什么事。我如果问什么事老太太不一定痛快告诉我，看上去她是爱卖关子的那种人。

老太太说："郭家的老大闹离婚呢，听说在外边养了个人。"

"养了个什么人？"我不放过任何信息。

"听说姑娘才十九岁。"

我转身走了。

我看了看手表，手表在我的腕子上很不舒服，是因为长时间不戴表的缘故。我的皮肤对手表链子已经表示过敏了。

我只得把它摘了下来，在手上拎着。

伶俐家住三楼，是一片新居民区。

政府把一些基础建设投资都用在新楼区了，所以这些样板小区是人人仰慕的地方。不但居室本身宽敞明亮设计合理，外部环境也堪称一流。有公园，有运动场地。公园里有山石花草，虽然在隆冬季节已经凋残了，但不久后的春天会欣欣向荣。这片小区没落成之前我们一家三口曾来这里遛弯，沙沙问我们为什么不能搬到这里来住。史大鹏抢着说："我们住的地方也很好呀！"沙沙摇头，说："我们住的地方不如这里好，你们要是征求我的意见，我觉得我们还是应当住在这里。妈妈你说呢？"我看了史大鹏一眼，还是没有忍住想说的话。我告诉沙沙，这里的房子要比我们住的房子贵一倍。妈妈下岗了，爸爸的工资也不高，我们没有条件搬到这里来。沙沙说："以后我不吃巧克力了，存钱给妈妈买房子。"我说："谢谢沙沙有这样的想法，只是我们即使不吃巧克力，还是没条件买这里的房子。"我知道沙沙的巧克力已经吃得很节省了，她只喜欢吃德芙，喜欢那种丝绸般的感觉。有一次，我给沙沙算了一笔账，一包德芙可以买几支笔，几本书，多少斤青菜。沙沙忽然就有了节省意识，去超市的时间间隔拉大了。

回去的路上，史大鹏还是没忘记自己刚才说的话。路过一片老居民区，史大鹏指指点点说，这里的房子又阴暗又潮湿，远没有我们住的地方好。不过话又说回来，家的概念是什么？就是一家人，一张床。沙沙插嘴说，一张大床，一张小床。史大鹏说，对。一张大床一张小床。大床小床都是用来睡觉的，睡在这样的房子里或者睡在那样的房子里会有什么不同吗？不会有什么不同。觉是一样的觉，梦是一样的梦。最重要的是家的感觉，家在哪里哪里就美丽。沙沙，你说是不是这样？

沙沙歪着脑瓜儿认真地想，那时她读二年级，想这些还要费些力气。

应该说史大鹏这番话没什么问题，而且堪称精彩。史大鹏精彩的言论不多，让我感动的言论更少。如果不是有前提，我非常有可能被这番言论感动。真的。可我觉得史大鹏偷换了一 个概念，他在欺负沙沙。

他没有承认这片新小区好，他在公然撒谎。

我们怎么就不能明白地告诉孩子这样的房子就是好房子呢？我们买不起这样的房子没有什么好难解释的，我们收入少，就是买不起。

沙沙应该有知情权。

可沙沙说了一句令我们吃惊的话。沙沙说："我长大以后第一不下岗，第二不挣不高的工资。我要买一所最大的房子给爸爸妈妈住。"

我一下子搂住了沙沙，说："爸爸妈妈不需要住你的大房子，你今天能说这句话我们已经很感动了。"

沙沙说："这有什么呀，我们班已经有人计划买直升飞机了。"

我吃惊地问："买直升机干什么用？"

沙沙说："带着爸爸妈妈做环球旅行呀。"

我松开了手，看了史大鹏一眼，"听了女儿的话有何感想？"

史大鹏说："你就知道在女儿面前塌我的台。"

我说："女儿不是你们单位的一把手，你不用把她也当成领导。"

我和沙沙相视一眼，哈哈大笑。

伶俐买这套房子是三年以前的事。当时曾在我们厂的工人中引起了震动。我记得我当时至少接到过七八个电话，都是打探伶俐买这么好的房子哪来的钱。好像打探明白了自己也可以这样效仿似的。我说我不知道。我真的不知道。伶俐只偶尔给我打个电话，我们在电话里谈的也不是很多。而且基本上是我在说话，说什么时候回过罕村，说罕村谁家新娶了媳妇，说谁家倒霉遭遇了车祸，谁家与邻居吵架动了刀子等等。伶俐买房子没出乎我的意料，或者说我根本没去意料。既然开发商造了那么多的房子，总得有人买。伶俐买或任何别的人买都没分别。我知道伶俐买房子触动了某些人的神经。因为陈文化是中学语文教师。用我们厂里的某些人的话说，他们有多少收入都在大家的视线以内，他们如果买得起高价位的商品房，那么我们厂里的其他人也买得起才对。可问题恰恰出在这里，伶俐悄没声地作为第一批顾客入住了这片豪宅，给大家留下了无限的想象空间。

我们曾经去过一次伶俐的家，是大家给她去温居的。伶俐没有邀请谁，应该说大家去伶俐家温居多少有些动机不纯。都是我们车间的人，她们这样做好像还是给我面子。因为伶俐跟谁也不太交往，所以关心她的人很多。大家都想知道她的生活是什么样子。我给伶俐打了电话，我说厂里的人想去你家温居，不知你喜不喜欢她们这样做。你不喜欢就算了，我可以向她们解释。伶俐只是略略沉吟了一下，说："好吧。"我们七八个人去了伶俐的家，伶俐的家想象不到地简朴，非常简朴。因为简朴，才显得墙壁白得有些过分。但伶俐家干净，甚至艺术。有各种各样的装饰，把房间打扮得很漂亮。我认为那是漂亮。大家最关心的就是伶俐哪来的那么多钱买房，伶俐说，他们在银行贷了很大一笔款。那笔贷款一下就把大家所有的兴致都给打没了。谁都知道银行可以贷款，谁都知道贷款可以买房，这没什么稀奇。伶俐只是比别人贷款的数额大些。坐了不多一会儿，就有人嚷走，大家共同响应。呼啦啦都走了。我本想多留一会儿，可戴月月拽着我不放，说还要去我家，我也就没有理由留下了。伶俐始终淡淡的，来也淡淡的，走也淡淡的。但不是冷淡，真的不是冷淡。伶俐送大家的时候没有下楼，只是站在高处说了句："慢走。"

到外边戴月月先骂了一句："德行。"

宋桂英说："贷款买房谁不会买。"

方静说："也不是人人都能贷得来，银行要调查你有没有偿还能力。"

徐姐说："崔厚容有能力我们就有能力。"

戴月月嘻嘻笑了，说："冯诺怎么不说话？"

我说："我没有偿还能力。沙沙早就喜欢这儿的房子，可惜我们买不起也贷不起。"

徐姐安慰我："你没看见崔厚容家的东西都是破烂？住个大房有什么好。"

我轻轻叹了口气。我想我要有偿还能力借贷就好了，哪怕沙沙不吃德芙巧克力呢。

我上了三楼。

我把手扬起了一次，没有敲门。又扬起了一次，还是没有敲门。我在小小的楼道里转了转，正要敲门，房门突然打开了。

陈文化说："我看见你了。"

我骤然觉得有些冷，我不喜欢别人在暗处看我。

我第二次进了伶俐的家。伶俐的家已经有了许多变化。那些被徐姐称为破烂的东西没有了，家具都是新的。这符合伶俐的性格，伶俐喜欢变化。

我问："崔厚容还没有消息？"

名字让我叫起来别扭，我多喜欢叫她伶俐。

陈文化说："没有。"

陈文化说"没有"的时候给我倒了杯茶。我注意到他的手长得像女人的手。纤细，修长。在此之前我从来没有打量过他，他留给我的总是笼统的大致的印象。

家里到处洁净得一尘不染，不知是伶俐的功劳还是陈文化几分钟前还在打扫。

我感到心中有点别扭。从一进入这所房子就别扭。这种别扭是陈文化带给我的，我只要一看见他，心中的别扭就会增长几分。我不知道这是为什么。我反复问自己，到底因为什么？因为我不喜欢陈文化？是的，我不喜欢他。当然这只是直觉上的，我喜欢粗线条的男人。不过这好像不能成为我别扭的全部理由。我知道我是为了什么来的。喜欢不喜欢眼前这个男人跟我的来访毫无关联。

我难以适应这种迅速增长的别扭，简直快要窒息死了。

陈文化在我对面坐下了，先搓了搓手，又搓了搓脸。陈文化说："喝水吧。"

我只是把杯子拿了起来，碰了碰唇，又放下了。

我问："伶俐没有失踪？"

陈文化惊愕地看着我。

我说："看上去你并不着急。"

陈文化忽然红了脸。我从没见过男人能把脸红成那种样子，仿佛能汪出血来。待那红晕一点一点地退去，陈文化说："崔厚容确实失踪了，从 2 月 14 日到现在，一点消息也没有。"

他又说："我不是不着急，我已经不会着急了。"

我点点头，表示认同陈文化的话。

陈文化说，他那天下班特意早出来几分钟，就是为了买花。他先后去了城东的紫罗兰花店、城北的郁金香花店，又去了城西的夜来香花店，总算买到了玫瑰。本来他不知道那天是情人节，是班里的几个学生告诉他的。最后那一节课他都有些心神不宁，他从来没买过花，觉得买花是件很重大的事，想一想都觉得心跳。后来他就接到了崔厚容的电话，告诉他给儿子做饭。崔厚容与单位的同事在外边吃了，不用等她。

崔厚容很少在外边吃饭，这个你知道的，她这人不喜欢热闹。可我觉得最近这段时间她变化了一些，交往多了，经常有电话找她。那些电话都是她在永泰的同事打来的，他们上班的时候没工夫说话，有话都是在电话里说，一说就说很长时间。2 月 14 日那天我是十八点四十分到的家，双赢已经在家写作业了。他看我拿了一束花进来，说今天我们有件事争得可热闹了。我问什么事。双赢说情人节的事。我们班的男生都说老婆不算情人，第三者才算。可女生说情人就是爸爸加上妈妈。情人节就是爸爸妈妈的节日。结果事情闹到了老师那里，老师挠着头也不知怎样回答，双赢问我是他们班的男生说得对还是女生说得对。我说当然是女生说得对。这不爸爸把花给妈妈买来了？

我知道崔厚容不是贪玩的人，她最多不超过八九点就会回来。双赢本来一直在等妈妈，说想看一看妈妈突然见到玫瑰会是什么样子。我们已经设计好了，人都藏在门后，只把玫瑰放到门前，双赢说妈妈会以为玫瑰是从天上掉下来的。可一直等到九点，崔厚容并没有回来。双赢不死心，打了妈妈的手机。反复打了好几次，可总是关机。我好说歹说才把他哄上床，答应他明天会把一切细节讲给他听，双赢才去睡了。我等到十点，又等到十一点，崔厚容还没回来。我打电话找到了和她一起吃饭的同事，同事说，他们八点半左右就散了。一共有六个人，其中有五个人都回了家，只有崔厚容没有回来。

2 月 15 日一早我就去了永泰。我是从学校去的，先去学校请了假。他们的一个副总接待了我。听说崔厚容一直没有回家，他也很吃惊。他说崔小姐是一个很严格谨慎的人，发生这种事真是不寻常。况且她又没来上班，又没请假，这是不可想象的。他把另外五个人都叫了来，询问情况。他们正好是三男两女，都在公司负责后勤。一个叫夏刚的人脸色非常不好，他说崔厚容怎么可能没有回家呢？昨晚他们顺路，一直走到天河商厦门口才分手。

夏刚还问崔姐你怕不怕，崔厚容说，比这更黑的路都走过，这么几步路怕什么。道完再见他们就分手了。夏刚因为惦记着女儿的病，所以走得急急忙忙。

你知道天河商厦到我们家这几步路多远，有二十米吗？好像都不到。路边有一个小饭店，因为生意不景气，经常早早就关门。我也去问了他们，见没见到八点半以后有个穿裙子的女人从这里经过，他们说没看见。小饭店里有两个人住在这里，他们也没听见什么动静。他们早晨做早点，一般都起来很早，也没发现这段路有什么异常，你说奇怪不奇怪，这样大的一个活人就像上天入地了一样。

下午我又跑了她的几个朋友家，都没有消息。我也去了你们永兴公司，虽然厂子停业了，可公司的领导都在。我把事情给他们说了，他们说要发动全体职工帮助寻找。就这么大一个埙城，说什么也要把崔厚容找回来。

我凌晨四点二十分报了警。警察说，京哈公路发现了一具女尸，你去看看是不是。我去看了。很显然那人不是崔厚容，年龄比她大，又没穿裙子。你知道她一年四季都不穿裤子。

从昨晚到现在我就一直没有出去。我担心她会遭到绑架，绑匪也许会把电话打到家里来。只要有她的信息，就是卖掉房子我也要把她赎回来。

陈文化“汇报”完了。

我问：“你有没有去罕村？”

陈文化说没去。这么多年都没去过，已经不习惯去了。

我说："毕竟那里有伶俐的亲人，这样大的事你不去说一声，不合适。也许，她去了罕村呢？"

陈文化把头摇得像拨浪鼓。

我说："你应该过去看一看。"

陈文化说："就她爸那个脾气，你也不是不知道，发作起来就像要吃人……好吧，我听你的。"

我又说："在家坐等也不是事儿，我们应该出去找一找。"

陈文化连连点头，模样乖顺得像个孩子。

我起身告辞。四平八稳从他家里出来，下了楼脚步就疯了。

6

我不可能完全说出我心中的那种感觉，那种感觉可能非常不准确，但它在我的心中确实已经发芽了。我无法无缘无故地排除它，我排除不掉。我想，陈文化怎么可能这么……冷静呢？冷静得超出了我的想象。我想史大鹏不是那种遇事就慌的人，假如我失踪了，他会向别人娓娓道来事情的前后经过而一点也不惊慌失措吗？显然史大鹏办不到。我了解他。有一次我去方静家玩牌回来晚了，他像狼一样在楼底下转来转去。见我回来，上去就是一通吼。史大鹏说我胆子越来越大了，手机关机，还敢夜不归宿。我小声说手机没电了，才刚十一点嘛。史大鹏说你就不会用别人的手机打个电话？玩牌玩得高兴，我确实没想起这一招。史大鹏越数落越上劲，可我看出史大鹏是真的担心我。回到屋里，史大鹏郑重其事说："冯诺，我今天对你说的话永远有效。"我问："什么话？”史大鹏说：“刚才我一直在想一个问题，现在我告诉你结果。假如你在路上遇到坏人，我说的是那种坏人，你怎么办？”我故意问：“哪种坏人？”史大鹏说：“劫财劫色的。”我说：“那还有二话？一个字，拼了。”史大鹏连连摇头，说：“不管在什么情况下，你一定要记住我的一句话，他们要什么你就给什么。别冒傻气地把一条命搭进去。”我“哗”的一声笑了，史大鹏转过脸去，我就知道自己没心没肺了，陡然把笑声收住了。不久前，我们这座城市刚发生了一场抢劫案，宾馆下夜班的姑娘至死不松自己的手，被歹徒扎了十四刀。史大鹏的担心有根据。可我给自己找辙，说史大鹏你倒不倒霉，你凭什么让我遇见这种事。史大鹏说假如你以后还回来这么晚，也许总有一天会遇见。

我说史大鹏你怎么这么无聊。

史大鹏说我没说无聊的话，你也别当无聊的话听。我知道你这个人一到关键时刻就天不怕地不怕，我不愿意你吃亏。

我懂史大鹏，他是那种凡事都喜欢事先预计的人。可我不得不把话拧着说：“你以为保住性命就不吃亏了？荣誉比生命重要。”

史大鹏说：“狗屁荣誉，什么都不如活着好。”

我无话可说了。一旦听出史大鹏说的是真心话，我就无话可说了。

只是，陈文化跟我说真心话了吗？

我走的是伶俐回家的那条路。前面就是小饭店，再前面就是天河商厦。拐过天河商厦就是主街了，这才几步的路，伶俐就是在这几步路中失踪了。

这一段没有路灯。小饭店也许会有灯光映出来，可肯定非常微弱。假如陈文化说的是实话，那么商厦后边肯定会有人潜伏着。

潜伏着的是什么人？

他们不会是一般的劫匪。

一般的抢劫者不会让一个人这么隐秘地失踪。

假如陈文化说的是实话的话。

我被自己吓了一跳。我情不自禁地用了两次假如：假如陈文化说的是实话，我干吗要怀疑他，他有必要对我撒谎吗？

我在这段路上反复走了几遍，我想我的思维出毛病了，它总在一个圈子里兜来兜去。是的，我不了解陈文化，不知道他这么冷静的态度到底意味着什么。

我的举动引起了别人的注意。小饭店里一个比我年长的女人在门缝里探头看着我。她问："你丢东西了？"

我脱口而出："我妹妹丢了。"

女人赶忙走了出来，边用围裙擦手边说："昨天有个男的也来问过我，说他们家有一个人失踪了，问我看没看见。他一说我就知道那人是谁，她每天上班都从我们门前过，我经常见到她。她穿的衣服很好看，所以每次她从这里过我们都会看她两眼。你们说的是不是一个人？"

我说："是一个人。"

女人点头说："你们长得是有些像。"

我说："那天在商厦拐角处还有一个人和她在一起，她往这边走的时候人就失踪了。"

女人说："这社会多乱哪。"

我说："你们没有听到什么响动？"

女人摇摇头说没有。又说出事也未必是在这段路出的事，这里离街上近，过路的人容易看到。你看要是在他们住的那幢楼房拐角处出事也有可能。天一黑楼下基本没人了。

我朝那里望去，这条路往东往南都有出口。

我想，她说的也不是没有可能。

忽然有人喊我的名字。就像在印证女人说的话，我的同事路学伟骑着摩托车横在路口喊我。我与女人道了声再见就跑向了他。路学伟说："我朝那边瞄了一眼就看见那人像你。你是不是刚从崔厚容家出来？"

我点点头，问："你听谁说的？"

路学伟说："都是同事打电话说的。没想到下岗都六年多了，大家还那么关心厂里的人。"

我沉沉地叹了口气，眼圈红了。

路学伟轻声说："我知道你难过。"

我努力咽着眼泪说："你去哪？"

路学伟说："也没什么事，到处转转。"

我说："你走吧，我没事。"

路学伟说："上车吧，我送你回家。"

我上了车，把头抵在路学伟的背上，眼泪就像虫子一样爬了出来。我心里的感伤只有遇到路学伟才会流露。他回头问我："崔厚容家没有什么线索?"我告诉他任何线索也没有。路学伟说："冯诺我说句不好听的话，这种事凶多吉少。所以你要有心理准备。"

我拍了拍路学伟的肩，什么也没说。

到了我家门口，发现徐姐她们几个正在等我。徐姐说早晨公司有人给她们打电话，说崔厚容失踪了，有知道消息的赶紧跟家属联系。她们约好了一起来找我，我不在，她们就以为我去厂里了，结果厂里也没我，她们就回来一直等在门口。

"反正你早晚都会回家来。"徐姐说。

戴月月说厂里有不少人都去了，都去打听消息。

我说了我这一早上的行踪。送孩子，去他们家。却一无所获，我没有提起陈文化，我不愿意提及这个人。

方静问："还没什么消息?"

我说还没有。

我说我下午想出去找找她，你们谁跟我去?

徐姐说："我们都去。"

宋桂英问："只是……我们去哪里找呢?"

路学伟说："河边，山沟。一切可能把一个人藏起来的地方。还好现在地里没长庄稼。"

大家都点头。

路学伟又说："我下午正好没事，我弄辆车来。几点?"

我说："一点。行吗?"

都说行。

几个人都走了。方静走了两步又回来了。她说中午没事，陪陪我。

方静跟我回了家，边走边说冯姐你可别骂我，我觉得这件事情不是好事。

我说：“傻瓜都不会以为一个人失踪了是好事。”

方静说：“可戴月月说也许有另一种可能。”

我说：“我明白你想说什么。方静，假如有一天戴月月失踪了你可以这么想。假如有一天我失踪了，你会以为我和男人偷情去了吗？”

方静说：“我明白，冯姐。”

我继续说：“没有谁比我更了解崔厚容，我了解她就像了解我自己。假如有一天我爱上了别的男人，我一定先告诉史大鹏，我爱上别人了，我要跟他走。哪怕那个人是个乞丐，我如果爱上他，也会一样对史大鹏说。”

“我们都不会做偷偷摸摸的事情。”我又说，“你信我的话吗？”

方静说：“我信，你说什么话我都信。我对你的那种信任是骨子里的，与信任别的人都不一样。冯姐，你知道我有多佩服你吗？你有一种格局和气魄，很多男人身上都没有。”

我不好意思了，说：“你太抬举我了。”

方静说：“有一句话我永远没对任何人说过，我不知道可不可以告诉你。”

我问：“什么话？”

方静说：“我爱你。”

我拥了方静一下，眼睛一下子潮湿了。

方静又说：“我们几乎没有单独在一起过，总是我们好几个人，大家说呀闹呀的。很多时候我总是很留意你，你的许多话都让我感动。还有你做过的许多事。比如，在山上你会把大家随手丢下的垃圾装进塑料袋带回来。还有，春天去看花时大家都折了许多花木，大把大把地带回家，你却连一枝野花都不肯折。冯姐，我知道，你总跟我们在一起，但你跟我们不一样。”

我看着方静，我总觉得她还是个孩子。

方静又说：“我总能感觉到你的爱情。对人，对植物，对动物。有时候你端详别的东西我却在端详你。还记得那只山蛙吗？那次在山上，戴月月想给它做解剖，你从她的刀下把山蛙救了下来，结果戴月月把你的手划伤了。你的许多想法别人都不理解，我常常想，你多么与众不同啊。可你却活在我们中间，我经常为你感到惋惜。”

我想了想，觉得方静有的话说对了，有的话却并没有说对。我哪里有什么与众不同，下岗女工，没有一技之长。每天除了睡觉就是看电视。与史大鹏吵架，吵起来像个泼妇，话说得又尖酸又刻薄。而且小肚鸡肠，跟沙沙的老师都敢过招，我傻不傻。

想起沙沙，我的心沉了沉，不知她在学校怎么样。我把早晨的事简单对方静说了说，征求她的看法。我说：“我那样做是不是很过分？好像我们迟到了还有理了。而且我还教沙沙撒谎，气得你姐夫跟我大叫大嚷。你说我那样做是不是很荒唐？”

方静说："我觉得你那样做很好玩。"

一句话就把我的沉重打没了。我说："方静你多年轻啊！"

方静说："冯姐你多老啊！你一百岁的时候我刚九十二岁。那时候我们拄着棍儿在街上见面，我叫你老姐姐，你叫我小妹妹。过路的人会说，瞧，这俩老神经病。"

我们都笑了。我的心忽然打开了一扇窗，一上午都没这么晴朗过。

沙沙放学回来我就察言观色，看她是不是不开心。我也许真的不是一个称职的家长，把女儿开不开心看得比什么都重要。有一段时间班里两个男生老欺负她，沙沙整天泪水涟涟，你说我怎么办？我又不愿意找刘一流，就是他们那个班主任。我找他他也不会管，这是沙沙告诉我的。沙沙说，如果谁对老师说他挨了欺负，老师会轻蔑地说："无能。"刘老师就爱说这两个字，他把这两个字看得重。谁栽跟头把哪里栽坏了，他说"无能"。谁丢了钱和东西，他也说人家"无能"。有一次，一个同学上课肚子疼，他"无能无能"地说了好几次，结果那个同学得的是急性阑尾炎，差点要了小命。所以我只得自己想办法。我不靠神仙皇帝，要不挨欺负只能靠我们自己。我对沙沙说："我们教训教训那两个坏蛋，你有没有意见？"沙沙响亮地说："没意见。"我问："我采取什么方式教训他们呢？"沙沙说："打一架，他们一打就服。只是，妈妈你敢打架吗？"我当然敢。我当天就买了一套劣质拳击服，还有拳击手套，把自己打扮得像个运动员，又在网上学了几个拳击动作，这才与沙沙约好，潜伏在她放学的路上。我们选择了晚上放学，等到很晚，那两个男生才出来。沙沙背着大书包跑了过去，说："你们老欺负我，我搬来救兵了。你们敢过去吗?"两个男生一扬下巴，横着就走过来了。我想，才是三年级的同学，神气个屁。要是初三或高三的学生我可得掂量掂量。我"噌"地从暗处蹦了出来，摆好架势，把那两个男生吓了一跳。

高个子男生说："你是谁?"

我说："我是史沙沙的救兵。你们俩是单挑儿还是都上？我的拳头可不认人!"

两个人毫无防备，互相看了一眼，其中高个子说："我从没让史沙沙吃过拳头，不信你问她!"

沙沙说："可你老揪我辫子!"

矮个子扭头想跑，被我一把揪了回来。我说："你竟然敢背叛你的同伙，难道你想让他一个人吃我的拳头吗？那可不行!"

高个子说："阿姨，欺负史沙沙都是他的主意!"

我说："我不管谁的主意。你们谁先上吧，你，你?"

矮个子快要哭了，说："我以后不欺负史沙沙了行吗?"

我说："不行!"

高个子说："谁欺负史沙沙我们保护她。"

这让我松了一口气，说："你们去问史沙沙吧，看她能不能原谅你俩。"

俩人连忙给沙沙作揖，说快给我们说说好话吧，要不我们的小命就要完了。我们哪是这个人的对手，你请的人也太专业了。

沙沙神气地围着我们转了一圈，让我收起了“功夫”。沙沙说：“你们以后听我的话吗？”

俩人抢着说：“听，听。”

沙沙说：“以后再不许欺负女同学。”

俩人连连说不敢了，不敢了。

沙沙挥了挥手，俩人屁滚尿流地跑了。

我和沙沙双手击掌，同时说：“胜利啦！”

然后我们勾肩搭背地回家了。回家也不做饭，去饭店炒了两个菜，表示庆贺。沙沙问我打架是不是很好玩，我说那当然，希望以后多多给我提供这种机会，让这身拳击服插花儿派上用场。沙沙说你的梦想恐怕再也实现不了了，因为制服了那两个狼狈为奸的同学，就再不会有人敢欺负我了。

“我在班里就成老大了。”沙沙说。

后来他们班的同学总向她打听那个拳击运动员是谁，是在省级队还是在国家队。沙沙说你说我们班的同学多弱智，连你是我妈都不知道。

我说，这不怨他们，要怨只能怨你妈我太像运动员了。

沙沙吃饭的时候总忍不住想笑。方静说：“沙沙一定是遇到什么好事了。”沙沙说：“妈妈你干吗不问问我，我都要憋不住了！”我说：“这有什么好问的。”沙沙说：“还没什么好问的，你大闹刘一流呀！”

我问：“他有没有让你罚站？”

沙沙说：“咳，他给忘了。”

沙沙说，他们班第一节课就是数学课，刘老师脸色非常不好地走了进来。说：“同学们，你们都是祖国的花朵，都是未来的接班人。全社会都把希望寄托在你们身上。可你们知道吗，有这样一个家长，就是史沙沙的妈，居然不怕史沙沙的学习成绩不好，居然说史沙沙的成绩已经令她满意了。同学们，你们都知道史沙沙的成绩什么样吧，她妈居然说她的成绩已经让她满意了。天底下还有这样糊涂的家长吗？你们的家长对你们满意过吗？肯定没有。我们班有那么多比史沙沙成绩好的同学，他们的家长从来也没说过对他们满意。你们说为什么？”

课堂忽然一片肃静。

刘老师一个一个地点名让同学们回答。

第一个同学说：“有些家长贪得无厌。他们自己从来就没出色过，可他们总希望自己的孩子出色！”

第二个同学说：“史沙沙的妈妈好伟大啊！”

第三个同学说：“我们为什么遇不到这样的妈妈呢？”

第四个同学不等老师提名就主动站了起来，说：“老师，开一个家长座谈会吧，让史沙沙的妈妈介绍经验。”

全班“哗”地一下给他鼓掌。

刘老师气得直往办公桌上摔粉笔。

结果那一节课老师连课都没讲，我们都是自己预习。

我说：“沙沙，看上去你很得意？”

沙沙连忙收敛了自己，对方静做了个鬼脸。沙沙说：“冯诺你甭警告我什么，该怎么做我自己知道。”

我说：“你叫我什么？”

沙沙说：“我从昨天晚上就叫你冯诺呀，怎么了？”

我说：“你可以这么叫，但你得告诉我为什么。”

沙沙说：“在这个家庭里只有我一个孩子，我需要一种平等的权利。”

我说：“这个理由可以成立。可你每天能够保证把牙齿刷上三分钟吗？”

沙沙说：“OK。”

我说：“也 OK。”

饭后，史大鹏回来了。他从来也没这个时间回来过。方静跟他有些犯拘束，喊了声：“姐夫。”我问他在哪吃的，他说在郑家和饭庄，是台湾人开的，那里的烤鱼非常有名。史大鹏说：“酒桌上大家都在议论前几天有一拨人也在这里吃饭，结果有一个女人在半路上走失了，我一听就知道他们说的是崔厚容。你去她家了吗？”我说：“去了，可还是没线索。”史大鹏说：“那家的服务小姐还能记起他们几个人，说他们吃得很开心，边吃边笑。还能记得伶俐，说她的灰色裙子很漂亮。”我刚要开口问话，就和史大鹏的话撞在了一起。史大鹏说：“我只听到了这些，没有人看见她是如何失踪的。”我无话可说了。史大鹏问：“你们下午怎么安排？”我说：“我们想出去找一找。”史大鹏说：“我也是这样想的。下午我让司机小马过来一下，拉着你们。多跑些地方，去年丢的那个人就是在五十里地以外发现的。”我知道史大鹏说的那个人，是美容院的一个小姐，出去上公共厕所的工夫就再也没回来。后来在远处的一条河流里发现了，身体冻成了一个大冰坨。我告诉史大鹏，下午路学伟开车过来，明天让戴月月出车。史大鹏说行。史大鹏嘱咐我，把手机带好，说一旦发现了伶俐的踪影，就打电话联系。千万别走近了瞧。我点点头。史大鹏知道我见不得两种人，一种是去世的人，一种是刚出生的人。是我妈生我的时候会算命的产婆说的，说我见这两种人不好。我妈就记下了，而且记了这么多年。我生沙沙时我妈用毛巾把我的眼睛捂起来，一点光都不透。我爸去世时我妈把我关在屋里，专门派人看着我。直到我爸装棺入殓，才把我放出来。所以我和史大鹏结婚我妈是有条件的。我妈说，答应这两点的人才能跟小茹结婚，否则我养女儿一辈子。

史大鹏去上班时正好跟路学伟走了碰头。史大鹏退了回来，给路学伟递了一根烟，说了会儿话。史大鹏问路学伟在忙什么，路学伟说，还在做那个小加工厂，生产一种防腐剂。原料和销路都不成问题，就是厂子规模太小，总是小打小闹。史大鹏说，要是找家企业联营就好了，现在下岗职工这么多。路学伟又心有余悸，说规模小利润少。可规模大利润未必大，我们厂还不是现成的例子？要是还是过去那点人，那点事，大家也许不会这么惨。可史大鹏看问题是另外一个角度，他说企业扩大规模是一种趋势。比如咱们这里的饮料厂，过去只生产几吨，产品只局限于本地区，外边的人都不知道有咱这种牌子，可谁喝了谁都觉得口感顶得上承德露露。他们一直想发展，可一直苦于没有资金。去年终于有外商资金注入，产品一下子火了半个中国，在咱们这儿的企业中成了龙头老大。我知道史大鹏又犯了侃侃而谈的毛病，事实是他一点都不了解路学伟那里的情况。路学伟不过是一个手工作坊，给一些搞小食品加工的厂家提供产品，与史大鹏的那幅远景属隔海相望。所以史大鹏的话路学伟并不特别感兴趣，我看出人家只是出于礼貌才没打断他。可史大鹏毫不自知，正要说下去，手机忽然响了。

史大鹏只应了两声，就草草与路学伟和方静摆摆手，走了。史大鹏一走方静才长出一口气，方静说："姐夫真是站得高，看得远。"

路学伟说难怪人家当处长。

我说副的。

方静说副的不也是处长吗？

路学伟驾驶着一辆面包车往城东驶去。

戴月月一直在跟谁通电话，哧哧地笑个不停。戴月月新洗的头，新打的保湿摩丝，头发像方便面一样曲曲弯弯。对方问她在哪里，她说在车上。问她干什么去，她说找人。问她找什么人，她说找朋友。问她是男朋友还是女朋友，戴月月说你猜。对方又说了句什么，戴月月把声音掐断了。戴月月说："讨厌，他问我有没有跟那个人上过床，他妈才跟死人上床呢。"

我的心疼了一下。不是心疼，而是心，疼。

我让路学伟停车。我说前边就是田野了，渠渠沟沟的地方，草草丛丛的地方都看一眼，也没有那么巧的事被我们发现，可看一看心安些。

路学伟又开了一段，才把车停下了。路学伟说，离果园近的地方都不用去，果农正在剪枝，有什么发现他们会报警。

我们下了车，分三拨往三个方向走。我和路学伟一拨，方静和宋桂英一拨，戴月月和徐姐一拨。

我们走的是一段河滩，河滩中生长着许多芦苇。因为暖冬和干旱，芦苇滩上连一点潮湿的痕迹都没有。

今年的芦苇也许不会发芽了，我想。

我很疲惫，连续几夜没有睡好。我知道这样的寻找不会有结果。可我除了这样寻找还能干什么？我总得为伶俐做些事情吧。

早春干旱的风抽在脸上很不舒服。尤其像我这种蛰伏了太久的人。我脸上的皮肤很快就起皱了，嘴唇也裂了口子。我很想喝点水，可我没带。

不是因为忘了，而是出门的时候我犹豫了一下。我想，伶俐不知遭着怎样的罪呢，我有没有水喝不算一回事。

于是，我没带。

路学伟一直在我的身后跟着我，两三步的距离。他一直没走在我的前边，也没有与我并肩。路学伟是那种能让我说心里话的男人，这样的男人在全厂八百人中只一个。

他只在我需要他的时候才出现在我面前，从来都是这样。

后来实在走累了，我在一处高坡上坐了下来。路学伟说你歇歇，我到前边看看。

路学伟踏着干枯的茅草往前走，脚下刮起了一阵风。

我用手机给伶俐家里挂了电话。我说，还没消息？我和同事在城东分成几路在找。

里面咳嗽一声，我才听出接电话的是个女人。我一时愣在那里，不知怎么说话。我毫无防备，电话里会是女人。因为只要是女人，就只有一种可能：伶俐回来了。

我一激动就浑身发冷。我大声说："伶俐!"

顿了顿，女人说："你是冯诺吧？我是陈文化的姐姐，文化他去罕村了。"

空茫的那几秒钟，真是紧张到了极点。我说了句"没有事了"就把线收了。大起大落的那种感觉，魂飞天外的那种感觉。只在一瞬间，我的情绪经历了三次起降。

先是听出对方是女人，我的血液都要凝固了。我没想到那个人有可能是伶俐。因为我的血液都要凝固了，所以我对这个女人产生了怀疑。

可是很快，我的情感就激扬起来，我大声喊了声："伶俐!"

可那个人却说自己是陈文化的姐姐。她怎么可能是陈文化的姐姐!

我都要虚脱了。我受不了这种骤热骤冷的刺激。可只有在这种骤热骤冷的刺激下我才看见了我心中有一个隐秘的角落，那个角落装满了对陈文化的不信任。我隐约在期待着什么，那种期待却是我憎恶的那种。

可我还是有一种期待。在没有任何征兆的情况下我产生了条件反射：我怀疑这个女人。

明白地说，我怀疑这个女人与陈文化有某种不正当的关系。

我怀疑伶俐的失踪与他们这种不正当的关系有关。

这都是我在电视剧里看到的，在我的认知范围内，是一个失踪故事的合理走向。

一片茫茫田野。死气沉沉的一片茫茫原野。所有的生命都不为人所知地在地下蛰伏。我能感觉到草籽在我屁股底下的泥土里萌动，可我却看不见它们。

我看不见草籽在哪里。

就像伶俐存在于我的意识深处我却不知道她在哪里一样。

我呻吟地说了声："伶俐呀，你在哪儿啊！"

后来路学伟在远处向我招手。我看见了却如同没看见，我以为向我招手的是风。等我反应过来向他跑去，路学伟告诉我，他发现了一件女人的衣服，就在那边的芦苇丛里。

我定住了脚步，我有些不敢往里走。

路学伟说："我看过了，只是一件衣服。像农村妇女穿的那种，不可能是崔厚容的。"

我说："你不用向我解释，我只需要定定神。"

一件暗红色的上衣挂在了小柳树上，还八成新。领口有一根长长的头发，黑色，油亮，不粗不细。是一根年轻女人的头发，年龄可能比我还小。

我撞进了芦苇丛中，芦苇丛一点动静也没有。只有风打着呼哨刮着。我果真看见了人，两个人，两个浑身发抖的人。衣衫不整地背对着我，蹲着。女人偷偷一回头，我看见了两只漆黑的眸子，像年轻的两颗星星。

我没打算说话。我已经准备从这里退出去了，却撞在了路学伟的身上。路学伟探头往前边看，他还没看见前面发现了什么。

女人哆嗦着说："大姐，你别告诉别人，我也不对人说你的事。"

我没明白。"我有什么事？"

女人朝我身后看了一眼，说："你与大哥的事。"

女人又自作聪明地说："我知道你们都是城里人。"

我拉着路学伟的手往外走去。路学伟边走边回头看，说："她跟你说的话是什么意思？"

我说："没什么意思。"

路学伟没看见女人脚底下蹲着的男人。他问："女人是干什么的？割芦苇？"

我说："你真聪明，就是割芦苇的。"

人人都是一脸疲惫，两裤脚土，都是又渴又累又饿。我们从三个方向向面包车靠拢。路学伟说："冯诺，我只能今天帮你。"我点点头，话都懒得说。路学伟说："我不知对你说些什么好，可我确实有话想对你说。"我眯着眼睛看着前方，公路两边的垂柳隐隐有些泛青了。看见另两路人走了过来，路学伟停下了脚步。

路学伟说："你可不可以把这件事当作——与你无关，当然这很困难。”

我摇摇头。

路学伟叹了口气，说你总是太——执着。

我说：“史大鹏也这么说我，他管我叫一根筋。”

路学伟说：“我不知道你以后怎么办，你找不着崔厚容。”

我说：“你觉得我会找她一辈子？”

路学伟说：“我没这么说。我只是觉得……你太把别人当亲人了。”

他的言外之意是，伶俐不把我当亲人。那是他不了解我们之间的感情。

我说：“伶俐就是我的亲人。”

路学伟摆了一下手，说：“那我就没什么可说的了。我今天说的都是多余的话，可我还有一句不多余的话要说，你想不想听？”

我看着路学伟。

路学伟说：“出来做点事吧，哪怕不是为了工资。”

我说：“我出去做事就是为了工资——我会好好考虑你的话。”

上车了。徐姐拍打着腿说：“很久没这样走路了，脚都走肿了。”戴月月翻看着手说：“我忘了一件事，明天好像出不来了。”方静坐在副驾驶的位置上，扭过身来说：“冯姐，哪天不来我会告诉你。否则我天天来陪你。”

宋桂英说：“冯诺，你想没想到过万一找到崔厚容怎么办。”顿了顿，又说，“肯定已经不成样子了。”

戴月月叹了一口气，说：“我丢了不知有没有人找。”

路学伟说：“你们家大刘找。”

我说：“还有我。”

方静说：“戴月月，你一定要丢呀！”

短暂地有了几声笑。

戴月月说：“冯诺，我们来找崔厚容都是看你的面子。”

我没有说什么。我想，有的时候我是真的希望谁能给我一些面子的。

7

生活中很多事情肯定同时发生着。只是有的事情与我们有关，有的事情与我们无关。

一般地说，与我们无关的都是大事，与我们有关的都是小事。这基本能成为一个定理。只不过在人们的感觉中不是这样。在人们的感觉中自己的事再小也是大事，别人的事再大也是小事。

埙城就有大事陆续在发生。

比如，同样是“情人节”那几天，夏家屯有一个十二岁的女孩走失了。据说是在放学的路上，好几个同学眼睁睁地看着一辆红色的夏利车停了下来，把那个女孩裹走了。车上有两男一女，女的打扮得像一个妖精。这些消息都在你的、他的口中流传，后来被电视台证实了。电视台打出了一则寻人启事，说那个十二岁的女孩穿着蓝色的学生校服，白球鞋，梳两条小辫子。有知道下落者请与家长联系，有重谢。再比如，一个十七岁的高一女生在下晚自习的路上被几个流氓打劫了。于是整个埙城一片恐慌。小孩子要接送，大孩子也要接送。有一天，我（而不是冯诺）去一个山村搜集民间文学资料，一位放牛的老汉气愤地向我打听：“听说城里丢了四十多个孩子？太不像话了！”

于是我在老汉的身边坐了下来，告诉他城里只是丢了一个孩子，而不是四十多个。前两天，又有一所学校的几个孩子离家出走，是因为手里有几个压岁钱。他们有几个压岁钱就以为自己是大款了，就可以到外边闯世界了。结果在山东某地被收容了，他们四个人总共还剩一元二角钱。

这件事也闹得沸沸扬扬，甚至惊动了媒体。老人别看在山上放牛，却心系党和人民。他又和我谈起了城里发生的许多恶性事件，我有的知道，有的却连影子都没听说过。老人痛心疾首地说：“这社会让他们糟蹋成什么样子了！”

我不知道他说的“他们”指的是谁，他那样激愤，不会毫无缘由。

他后来说起埙城又失踪了一个女人，听说是给资本家干活的。我马上就猜到了他说的那个女人是谁，是崔厚容。

我问他是怎么知道这件事的。他说是听在城里打工的张生说的。他还特意告诉我张是弓长张，生是生产的生。所以这个名字我不会搞错。我仔细问了他听说的具体情况，可老人又没有“具体”可说了。我问张生在城里做什么工作，他说在一家银行干保安。

老人还说张生认识那个失踪的女人，她失踪前的半个小时他们还在一起说过话。

我明明知道这件事对冯诺肯定没什么帮助，还是忍不住跳了出来，给冯诺打了一个电话。我说："冯诺，我是王云丫。我在山上认识了一个放牛的老人，他说银行有一个叫张生的保安，自称在伶俐失踪前与她说过话。"

我和冯诺是朋友，但我不认识伶俐。

我还对冯诺说了许多话，一个电话整整打了四十分钟。

我不能再说什么或再做什么了，否则，读者会把我当成冯诺。何况我的任务不是站在这里说伶俐的事，我是来搜集民间文学资料的。正如你知道的那样，我正在计划写一本书。

冯诺在做冯诺的事，我在做我的事。我们基本上各不相干。

这天晚上，史大鹏早早下班了，在床上躺着。这种情况绝无仅有。男人都是铁打的汉子，如果某一天他们躺在床上不想动，准是因为两个原因。一是动不了，二是精神困顿。否则，一般的小病小灾很难把他们放倒。他们放不下的东西有很多，工作，工作状态。酒桌，舞厅，牌桌。当然还有最重要的一点，形象，还有斗志。什么都放不下。不是史大鹏一个人放不下，而是他们那类人都放不下。

所以，他们不得不放下的那天多半是精神因素，他们遇到了坎儿。

那天晚上是 2 月 16 日。

我之所以记得那样清楚是因为那天我和我的同事去城东寻找

伶俐了。路学伟开着面包车，我们往东走了大约二十里。我之所以选择往东走是因为我记起了城东二十里有一处苇塘，我就是奔着苇塘去的。是好大一片苇塘，因为暖冬和干旱的缘故，苇塘里连点潮湿的痕迹都没有。我甚至担心芦苇今年春天不会发芽了。苇塘里没有伶俐，倒是有一对鸳鸯。没有人知道我的心情在那一瞬间忽然亮了一下。就像冰封的湖面忽然被凿了一个洞，我能够悠长地吸一口气。我当时的想法是，想做的事情都去做吧，只要你能做。想说的话都去说吧，只要你能说。想爱的人都去爱吧，只要你能爱。我的这些想法与那件挂在小柳树上的红外衣一样，随意而自然。我觉得它应该挂在那里，免得被苇塘里的泥土弄脏。

只是女人看见我以后发抖了。我非常想告诉她你不用抖。你的爱情只与你自己有关系，只与那片苇塘和苇塘里的泥土有关系。苇塘里应该是滋生爱情的地方，你没有做错什么。

我非常想把这些话告诉她。我还想告诉她我贸然闯入苇塘不是因为爱情，而是丢了朋友。我因为丢了朋友才变成了肚里能撑船的宰相。与丢掉朋友比，没有什么事情是不能原谅或不可原谅的。

我当时没有把这些想法讲给路学伟，是因为这种心绪很复杂。还因为背离了我观念中一些根深蒂固的东西，我需要好好想一想。

我想，我可能真的要变一变了。

大家在我家楼下下了车，谁都没有心情上去坐。于是我一个人上楼。我进到客厅里就发现史大鹏回来了。外衣和公文包都在衣架上挂着，还有一双鞋，扔得东一只西一只。

史大鹏心情不好，否则他不会把鞋东一只西一只地乱扔。他是一个喜欢整洁的人。

当然我也心情不好。只是我心情不好不会乱扔鞋，相反，我会把所有的鞋子码放得更整齐。

我把外衣脱下来扔进洗衣机，换了拖鞋走进卧室。史大鹏用大被蒙着头。

我把被子揭开了，一看就知道他在假睡。史大鹏的眼睫毛不停地颤动，仿佛有风从闭紧的双目中刮了出来。

我说：“嗨，喝酒去了。”

史大鹏好像在等着我和他打招呼。他说：“你从来也没关心过我。”

我说：“我怎么才算关心你？用汤勺一口一口喂你饭？你又不给我机会。”

史大鹏说：“你是属耗子的，说话就咯嘣。”

我说：“说，晚上吃什么？我给你下厨。”

史大鹏说：“从现在开始，所有的电话都不许接。”

我问：“为什么？”

史大鹏说：“还能为什么，吃你做的饭呀。”

可是我已经没有力气做饭了，我要好好歇一歇我的脚。因为许久没走这么远的路了，我的脚腕断了似的疼。我先给自己准备了一盆热水，在沙发上倚好，把双脚放进脚盆里，好舒服。我紧紧闭着眼睛，不是舒服，是烫的。沙沙在楼道里就大声喊冯诺，说你做饭了没有？我饿了！

饭做好了史大鹏却不吃。再三再四地请还是不吃。结果餐桌上仍然像往日一样，坐着沙沙我们俩。沙沙问："妈妈有没有找到伶俐阿姨?"我说还没找到，但总有一天我会找到的。沙沙说："冯诺，我相信你。"我们击了掌。沙沙又问："爸爸为什么今天回来得早?"我说我不知道。沙沙说："你应该温柔地问问他。"史大鹏在屋里接话茬儿："你妈从来都没温柔过。"我说："我的温柔给了谁？谁不知道我又温柔又体贴。"沙沙说："我觉得你对我还可以。"史大鹏说："对她老公就惨了，就差谋害亲夫了。"沙沙问我什么叫谋害亲夫，我说就是把你爸的衣服洗干净，然后挂在洗衣架上。沙沙瞪了我一眼，说："你以为我弱智呀，就凭我不知道什么叫谋害亲夫？我们班就有谋害亲夫的，你信不信?"

我大吃一惊。

沙沙说："上劳动课时刘男男用刻刀把向荣的脖子划伤了，差一点出人命。"

我不耐烦地说："别瞎讲，哪里就出人命了。"

沙沙问："妈妈你怎么了?"

我说："我今天没有心情同你说话。"

沙沙啪地一拍桌子，说："冯诺，你同你的上司也这样讲话吗?"

我说："我的上司是你爸。"

里间悠悠传出句："我要是能领导你就好了。"

我只吃了很少一点，就放下了碗筷。我发现史大鹏有些不正常，虽然抢着接我和沙沙的话茬儿，我还是觉出了不对劲。他是心中的压力无处释放才抢着和我们说话的。他是想引起我的注意才抢着和我们说话的。联想他昨晚喝多酒那副难受的样子，我有些抱愧。我总是忽略史大鹏，不知为什么，我有意无意地总是忽略他的种种感觉。可如果那种感觉放在朋友身上，我是无论如何也不会忽略的。饭后，沙沙回了自己的房里写作业，我坐到了史大鹏的身边，无限温柔地说："对不起。"史大鹏说："别，我起鸡皮疙瘩。"我说："到底发生了什么事？"史大鹏说："冯诺。"史大鹏又说："冯诺。"我说："你有病啊！"史大鹏把脸扭到了一边。我赶忙说："没病没病，快说说看，到底发生了什么事？"

史大鹏说："我犯错误了。"

我说："是经济错误、政治错误还是生活错误？"

史大鹏说："你愿意我犯哪种错误？"

我半真半假地说："当然是生活错误。犯生活错误多好，又浪漫又刺激又新鲜又时髦。"

史大鹏皱起眉头说："你有没有正经？"

我不说话了。

史大鹏说："我调职了。"

我问："去哪？"

史大鹏说："从 A 门进了 B 门。虽然门是一样的门，可里面的内容大不一样。"

我问："怎么不一样？"

史大鹏说："是清水衙门。"

我又不说话了。

史大鹏说："岂止衙门清水，还有许多政治因素在里边。如果说我过去是站在一个山包上，那么我现在又掉进了深谷了。你过去不是总抱怨我在外边喝酒吗？以后就好了，我想喝酒都不会有地方去了。我每天都能按时下班了。"

我也说不清这是好还是不好。我问："你到底犯了什么错误？"

史大鹏说："还能犯什么错误。位置有人眼红，马屁没拍到家。就着这次人员变动，人家都是人往高处走，只有我水往低处流。"

我说："就这些？"

史大鹏说："就这些还不够呛？"

史大鹏又说："有些问题我忽略了。不过，现在后悔已经晚了。冯诺，我的前途没了，过去我们部门手眼通天，现在想看一眼天都难。知道被打入冷宫的那些人吧？我的处境跟那些人差不多。"

我心里还是动了一下，有些不好受。我说："我得出去工作了。"

史大鹏说："这倒未见得。我还是那句话，有好的工作就去，没好的工作还是我养活你。"

我问："还是怕丢你的面子？"

史大鹏说："冯诺，你别这么尖刻，我已经够难过的了。"

我说："你就当自己从没在要害部门待过……"

史大鹏爬了起来，像只老母鸡一样在床上坐着。他说："得了，收起你那一套吧。当自己没待过就没待过？你不知道我的工资比工资条上的两倍还多？这还是最小的利益，大领导都是从我们部门出去的。”

我说：“史大鹏，我从没想过要你带给我高官厚禄，我真的不在乎。”

史大鹏说：“可我在乎。行了吧？冯诺你别这么没劲行不行？你不知道你那样说话我更不好受？”

我说：“你以为我在故做姿态吗？我不过是在告诉你我的真实想法。”

史大鹏说：“别唱高调了，冯诺，我了解你。在我面前你用不着这么虚伪。看你过得多滋润，你不知道现在自己过的是什么日子？给你个梯子你都能上天堂了。换了别人行吗？你看你的同事，哪个不是在为生计发愁，只有你一天到晚看电视！”

我急了。

“史大鹏，我不出去工作不是我不想出去，是你虚荣心强，不让我出去。你说我过的什么日子？是吃山珍海味了，还是穿绫罗绸缎了？六年我花了你多少钱你知道吗？我没买过一双鞋，护肤品我和沙沙一样都使儿童霜。我没买过一件正儿八经的衣服，我穿的内裤都打了补丁。你说我过的是什么日子？”

史大鹏说：“钱在你手里，你不花还能怨我？”

我说：“我花了你会怨我！”

史大鹏跳了起来：“你真是个无赖女人！简直不可理喻！”

我说：“我真应该学学别的女人，逼着你升官！”

史大鹏说：“那也比你现在这个德行好上一千倍，一边数别人的工资一边装着无所谓！”

我怒目圆睁，眼睛要喷出火来了。我狠狠骂了句“混蛋”，就摔门而去。

我狠狠哭了一场，我从来没这么委屈过。我想我头都睡大了，皮肤都睡松了，为了谁，当然是为了史大鹏。当初我在一家私企当推销员干得好好的，他去找老板解聘了我。史大鹏说，我又不是养活不起你，你跑东跑西这么辛苦干啥。再说，你给私人打工除了能挣几个钱还能得到什么？我说我在帮着老板向国家纳税。我这话说得多假，可这就是我当时的真实想法。我要用这样的想法说服自己。否则我一个国营厂的工人于心不甘哪。可史大鹏连这样假的理由都不让它存在。史大鹏说，这个你就不知道了，没有几个私企是照章纳税的，他们都是漏税大户，你给他们干是在帮倒忙。这些事情我当然没史大鹏有发言权。不知是他哪句话打动了我哪根神经，我顺顺当当地跟他回了家。

转眼就是六年。这六年的日子是灰暗的，连太阳都很少照射到我。我时常闻见自己的身体散发出一种霉涩味，像雨天的蘑菇一样。可我对这些并不自知，我闻着霉涩味躺在沙发上看电视，看着里面的男男女女卿卿我我。唯一能做的事情就是洗澡。我有时候一天要洗三次澡，早中晚各一次。我知道霉味是洗不掉的，只能使那种味道变得更潮湿。可我仍是坚持不懈地洗。我已经不习惯出去晒太阳，我觉得外面的太阳不属于我。

沙沙的房门偷偷开过两次，又慢慢合上了。我知道沙沙在关心我，只是不知道话该怎么说，事该怎么做。沙沙经常为这种局面发愁。她说有的时候她非常想做一件事，可却不知道怎么做。比如，她的好朋友被人欺负哭了，这个时候她会自己偷偷掉眼泪，她会很伤心。

我去了女儿的房里。沙沙马上钻进被子装睡，我甚至听见了她的鞋子落在地上的声音，她是匆匆忙忙上的床。我用脸碰了碰她的脸，告诉她一切都过去了，你可以安心睡了。我给女儿掖好被子，走了出来。

我应该洗澡了。

我的身上都是尘土，我非常需要洗一洗。那种需要一点也不勉强，所以我的身心慢慢就在热水中融化了。我许久没有这种感觉了，过去在厂里时常有。下晚班走出车间一头一脸的粉尘，连眼睫毛都沉得要命。只有在这个时候你才觉出自己没有浪费水，每一滴水都没有白流。

我喜欢这种感觉。

史大鹏喊我接电话，说是方静打来的。

我用浴巾把自己包裹严实走了出来。我拿起电话，史大鹏在我身后搂住了我，他是来求和的。他这么快来求和是因为他心里不好受。女人是情感动物，而男人恰好相反。我不想为难他，虽然我一点欲望也没有。

方静在电话里说，她现在在医院里，她老爸今天出去遛弯摔伤了腿。她明天就不能去了。

我说："你好好陪你老爸。需要人手言语一声。"

方静说："老爸单位派了人来，所以人手不成问题。可是冯姐，我很想陪陪你，只是最近几天我做不到了。”

我告诉她安心陪床，就把电话放了。

就在这个时候有人敲门。史大鹏不情愿地放开了我，去开门，我则赶紧溜进卧室换衣服。边换衣服边听着外边的动静。

我想，也许是邻居来问什么事或来借什么东西的。如果是那样我就没有必要穿戴整齐。

史大鹏问：“谁？”

门外的人说：“姐夫，我是小兵。”

我跑了出去。我说小兵怎么是你？你从哪来，怎么来得这样晚？你有没有去你姐姐家？你见到陈文化了吗？

小兵说：“我还是早晨吃的饭，小茹姐你先给我做点吃的。”

除了剩饭也没有什么好吃的。我问小兵吃不吃方便面，小兵说他最喜欢吃方便面了。于是我用最快的速度给他煮了两包方便面，放火腿，放鸡蛋，放虾仁。

小兵边吃饭边告诉我，他是从学校赶过来的。先去了家里，又到了这里。我知道小兵的学校在几百里地以外的一座城市，这趟路他最少也要走六七个小时。我问他是什么时候知道姐姐的事的，他说是吃午饭的时候。刚从食堂把饭菜打来，就接到了陈文化的电话，饭碗一丢就直接去了车站。他回罕村时正好碰上陈文化从家里出来，陈文化连个招呼也没打，就从他身边走了过去。他爸一听说伶俐失踪了就一头躺倒了，但嘴还顶趟，他躺在炕上骂陈文化，说陈文化把伶俐弄丢了。他说早就知道陈文化不是好东西，要告诉公安局毙了他。

小兵劝爸爸别骂了，事情还没搞清楚，怎么能随便骂人呢？可他爸说，你知道这王八蛋进门先说啥？他说你闺女丢了，都丢三天了。他说这话时一点表情也没有，他怎么连一点急都不着呢？小兵骑着车子追到了大堤上，截住了陈文化。说你先别走，你把事情给我说清楚。于是陈文化说情人节，说玫瑰花，说他找了谁谁，说他报了警，凡是该做的事情他都做了。可我就是觉得奇怪，他怎么一点也不像丢了人的样子呢？我真想看看如果双赢丢了他什么样，当然我这样说有点过分，我当舅舅的不该这样说外甥。可小茹姐，我就是觉得不对味，我姐那么聪明的一个大人怎么可能说丢就丢呢？

小兵吃了一点点就把筷子放下了。小兵问史大鹏："如果小茹姐丢了，姐夫你会怎么样？"

史大鹏说："你不该问我这个问题。你如果实在想知道，等你小茹姐丢了那天自然就知道了。"

小兵说："我并没有别的意思。"

史大鹏说："我也没有别的意思。可你们怀疑陈文化就不对了，小兵，你和陈文化是一家人。对你姐姐来说，你们都是他的亲人。而且更近一层说，陈文化与你姐姐的关系比你和你姐姐还要近。小兵你是大人了，不会不理解这一点。"

小兵闷住了。

我不高兴地看了史大鹏一眼。想说句什么，又觉得当着小兵的面不合适。

我问小兵："你们还说了什么没有？"

小兵说："我问陈文化有没有跟我姐姐闹意见，陈文化说当然闹了，你别以为你姐姐偷偷给你寄钱我不知道。"

我吃惊地说："他真的这样说了？"

小兵说："他真的这样说了。我说我姐姐每个月都给我寄钱，这是事实。我就一个姐姐，她不给我寄谁给我寄？姐姐寄给我的钱是她自己挣的，自己挣的钱也需要偷偷摸摸吗？如果让你知道了，你是不是不同意她寄给我？"

小兵咕咚咕咚喝了一大杯白开水。小兵说："小茹姐你是没看见陈文化的样子，看见他的样子活气死你！他用那种眼神瞅着我，说看以后谁还给你寄钱！"

史大鹏也给听愣了。他看了我一眼，说："我们认识陈文化，他不是那样的人呀。"

小兵说："姐夫你是没跟他深打过交道，他那人，阴暗得很。他看人从来不从眼球中间看，他从边缘上看。"

小兵形象地在眼睛前方画了一个圆，重申："我姐姐失踪肯定与他有直接关系！"

我说："小兵你别那样想问题，毕竟我们都不知道他和你姐姐之间到底发生了什么。这件事情没有结果以前任何结论都下不得，人命关天哪。今天我和厂里的同事去城东找了，明天我们还准备去城西。小兵，你好好上你的学，有什么消息我会告诉你。"

小兵说："我明天和你们一起去找一天，我明天晚上坐晚车回去。"

我问："你是住在这里还是去住姐姐家？"

小兵说："我姐姐在家我都不愿意去看那副嘴脸，别说那个家里没有姐姐了。"

我说："我这里没有多余的床，只好请你睡沙发。好在这个沙发能折叠，你就对付一宿吧。"

第二天一早，徐姐打来了电话，说我们都不想去了，冯诺，你也别去了，你找不到崔厚容。我只问了一句："是吗?"就把电话挂了。我准备了两瓶矿泉水，问小兵还有没有需要带的，小兵问："有消炎药吗?"我连同纱布一起找给了小兵。小兵说，他在学校学过急救包扎，这些东西也许会有用。我揣测小兵心底生出的希冀，他到底还是个孩子。我和小兵一起坐上了出租车。小兵一路和我说了很多话，他说他其实一点都不了解姐姐，他们在一起的时间太少了，姐姐一直不回家，从来也不给他了解的机会。可小兵知道姐姐惦记着家里。姐姐每个月给他寄钱的日子从来不早不晚。每次寄钱都附一两句话，告诉他用不了把钱存起来。存起来干什么？当然是给家里用。春节前该放假了，姐姐寄来了五千块钱。小兵说，傻子也知道这钱不是给我用的，是给家里过年的。每次把钱交到爸的手里他都掉眼泪。我说，我们进城去看看姐姐吧。可爸说，她都不来罕村看我，我去看她干什么。

崔叔说这话时一定可怜巴巴的，一点气焰也没有。

小兵说："小茹姐，你知不知道我姐姐是怎么回事？她为什么不回家呢?"

我说："我也不知道。我想，多半是因为她的性格决定的，就像开弓没有回头箭，是她自己回不来了。她从小就是这样一个人，认准什么事，从来不知道回头。”

小兵说：“你这话说得准确，我看她和陈文化结婚也是这样。他们彼此并不相爱，可我姐也不提出和他分手。”

我说：“我不了解他们。”

小兵说：“你应该很了解呀。你们一起长大，又做了那么多年的同事。我想，我姐的事你可能了解得最多。”

惭愧死我了。我想，我与伶俐的所有交往就是她偶尔打个电话，还有她曾经到我家住过一晚，而我从来也没有主动与她联系过。我总觉得我们之间已经很生疏了，可住那一晚的感觉告诉我，我们几百年都可以不见面，可见了面我们仍然是罕村的女儿。

我多应该经常同她见见面啊！

我与小兵沿着一条河流分头去找，他往左，我往右。我遇见了一片灌木丛。灌木丛那种沉静的姿态刺激了我的神经，我忽然发出了一声大叫。

小兵已经走出了很远，可还是听见了我的叫声。他跑了过来，问：“小茹姐，你怎么了？”

我含着眼泪说：“没怎么。”

小兵说：“小茹姐你往那边走，那边人多。我走这边。”

我说：“刚才我产生了幻觉。小兵，如果我们看见了你姐姐，你说怎么办？”

小兵说：“如果不需要保护现场我就抱着她回家。”

我扭过头去，悄悄抹了眼泪。我们换了个位置走，他往右，我往左。左边是上游，光秃秃的堤岸一眼就能看出去老远。我一边走一边与陈文化通了电话，说不清为什么，我就想听听他的声音，想知道他此刻在做些什么。

我说我是冯诺，我与小兵在城西的喇叭河沿岸。

陈文化有些不耐烦，说："你们回来吧，不用找了。你们找不到。"

我情不自禁抖了一下，高声说："你能找到?"

陈文化愍了一下，才说："我不是那个意思。我的意思是崔厚容肯定出事了，你们这样找是大海里捞针。"

我轻声说："你能告诉我怎样找才不算大海捞针吗?"

好一刻静默。陈文化说："冯诺，我是为你好。"

我放低了声调："我知道你是为我好。"

陈文化说："可你的话却绵里藏针。冯诺，你不该这样。"

我赶忙说："你可能误会了我的意思，我并没有像你感觉的那样。"

陈文化说："好吧，你如果愿意找就往北部山区去看一看，那边地理环境复杂。不过我还是劝你别再找下去了，你这样找下去不会有结果。"

我问："你在干什么?"

陈文化说："我能干什么，在沙发上坐着，等消息。也许这个消息永远也不会来，可我会永远等下去。我还有一件事情可做，就是等着听双赢的脚步声。上学我打开房门把他送走，放学我开着门等着迎接他。他还不知道他妈妈的事，我告诉他妈妈到远处出差了。”

我说小兵和我在一起。

他说你已经说过了。

我说我没有事情了。你呢?

他说我也没有了。

我没有主动收线，我等着他先撂电话。可陈文化就像知道我的心思，过了许久我还能听见他的呼吸声。这种僵持让我有些难堪，我果断地挂了电话。

我没有告诉小兵我与陈文化通电话的事。我们碰面时我告诉小兵，我们到北边去看一看吧，然后早一点回去，我好给你做饭。

这一天我们走了许多路，我的后背都溻湿了。汗水让脸上的皮肤起了一道一道的皱，摸上去高低不平。我们一无所获。小兵却面孔苍白，嘴唇青紫，看上去就像要打摆子。我小时候打过摆子，把全家人的棉被都盖在身上，我还是止不住地冷。后来妈妈从小兵家借来了半升荞麦面，用水和成面鱼，在后背上一下一下地给我搓。我的后背像烤熟了一样被搓得通红、滚烫，但打摆子的毛病好了。从那以后，我和伶俐经常偷些荞麦面给彼此搓，小兵就在旁边瞅着。那时的小兵也就两三岁大，像个漂亮的大娃娃。可伶俐不喜欢他。私下里伶俐从不带他玩，也不叫他小兵，叫他后娘生的崽子。

可小兵从没记恨过姐姐。有时伶俐故意欺负他，连我都看不下去，小兵却从来也不告黑状。可如果外人欺负小兵，伶俐是不干的，她会追到人家家里去，骂翻祖宗三代，报不了仇就不会回来。

我说小兵你不舒服？

小兵摇摇头。小兵说如果我知道谁害了我姐我会杀了他。

我揽住了小兵的肩膀，小兵的肩膀单薄得像个少年。

小兵说："你说会不会是陈文化？"

我说："他有理由那么做吗？"

小兵说："他当然有理由。他们并不相爱，这是第一个理由。他们新买了房子，这是第二个理由。如果陈文化有外心，他非常有可能这么做。"

我惊讶地看着小兵，他那么轻率地把这些话说出了口。说明他心底积聚了太多的东西。小兵的面色越发苍白了。

我想起了那个电话，就在昨天的芦苇塘边。当我的手机里传来的是女人的声音时，我想到了什么？

当然，那个女人叫出了我的名字，她说她是陈文化的姐姐。

可那一瞬间的惊魂动魄是我不能忘记的。我也想到了小兵所想，只是我不能把这种话说出口。

我想，这直接的原因也许不是因为年龄，而是因为血缘，因为伤口连着伤口，因为我出汗而小兵连汗也不出。

我这样对小兵说："我无法确认你的感觉是对还是不对，我也不知道你姐姐他们到底相不相爱。不过我告诉你，世界上不相爱的夫妻多得就像山上的石头，多得你想数都数不过来。相不相爱不是一个人失踪的理由。"

小兵问："难道没有人为这个理由失踪吗？"

得承认，小兵的话震撼了我。我故意与小兵拉开了距离，无法回答他的问题，我只好选择躲避。

我们钻了几道山沟，查看了几个果园，后来在一幢废弃的石头房子前坐了下来。我说小兵我们不走了，小兵说不走了。我说再走我们就回不去了。小兵说回不去了。小兵忽然大喊了一声："姐——"山林哗啦哗啦刮起了一阵风，把小兵的声音刮走了。小兵说姐，我找不到你，我真的找不到你，你到底在哪？你告诉我一声好吗？小兵的眼泪流了出来，一个男孩子的眼泪，特别晶莹，特别让人心碎。小兵又说姐，我今晚就要回学校了，我不能再找你了。可我会想死你的，姐，你知道吗？我说你姐肯定知道，她听得见你说话。小兵说小茹姐，你再多找几天行吗？我姐和你有缘。我说我会的，小兵，她也是我的亲人。小兵说，我怕她被藏在哪里，许久许久都没有人发现。这种感觉碰痛了骨头，小兵号了起来，声音凄切得能劈开石头。我再一次搂住了小兵的肩头，小兵簌簌抖动的肩膀单薄得像一枚树叶。我说小兵，你安心去学校吧，记住任何时候都别干傻事，你姐肯定不愿意看到你那样。

我们向山外走去，腿都有些不听使唤了。我和小兵彼此搀扶着走，脚步依然踉踉跄跄。远远看见了停在路旁的自行车，小兵忽然焦急起来，扯住我的衣袖问："如果陈文化害了我姐，而公安局又不知道，你说该怎么办？"

我说："他是双赢的父亲。为了双赢你也不要怀疑他。"

小兵木了半天，才点点头，说：“双赢那么小的年纪就没妈了，他的命跟我姐一样苦。”

8

我单独寻找伶俐的日子在送走小兵后就开始了。小兵那天晚上没有走，他又在我家的沙发上住了一晚。小兵疲弱的样子实在让我放心不下，我坚持着没让他去坐晚班车。送走小兵我就推出了灰尘满面的自行车，这是我上班时骑的一辆二六女车，已经在棚子里闲置几年了。我用抹布仔细擦了擦，又给车胎打了气。还好，车胎紧绷绷的，如我所愿。史大鹏一直在看着我，说：“你这是干什么?”我说：“我愿意骑自行车。”这是我的真心话，我愿意骑着车子去找伶俐，车到哪，人到哪。这个想法其实我在昨天就已经有了。昨天出租车跟了我们一天，驾驶员同我们一样一天没有吃饭。我觉得这种找人的方法太奢华了，也不相宜，我就有了骑车的念头。我想，我要把埙城的每一寸土都找过，我要把每一处坑塘、树丛、沟壑都找过，我要确信伶俐没有在这种地方被藏匿。我知道史大鹏不愿意我这么做，可他管不了我。他只能冷眼看着我把车推出来，抹掉灰尘，给车胎打气。他只说了一句话，我没空。他的言外之意说，他没空给我当司机。他其实想说的是另外一句话，他非常想阻止我这种愚蠢的行动，我能从他的眼球里看出来。可他不愿意公开表示阻止，他知道自己阻止不了。早晨我把钥匙让沙沙带好，告诉她午饭我都准备好了，如果不想吃，就自己煮方便面，放火腿，放虾仁，放鸡蛋。沙沙也用异样的目光看着我，说你可别像伶俐阿姨一样失踪。我说放心吧，我不会。

我知道史大鹏一直在生我的气，我也一样在生他的气。如果不是出了伶俐这样的事，我和他大吵一顿的结局是没法避免的。史大鹏总怪我不理解他，他说我能理解天下人，可就是不理解他。我不知道他有什么地方需要我理解，我理解不理解又有什么用。史大鹏有的时候特别能意气用事，他在外边有烦心的事总能在我这里找到烦的理由。可他烦的那些事都是些什么事啊，都是自己不能左右不能更改的事。我说他是自作自受，史大鹏当然不爱听，他有时候会冒出这样一句话：找你这样的人做老婆真是倒八辈子霉了，既不中看也不中用。

我不知道从什么时候起已经习惯了他的胡言乱语。我顶多跟他吵两句，图的是嘴皮子痛快，却并不真往心里去。下岗几年我都觉得自己变得面乎了，有时对着镜子照照，都不知道自己是谁。有一次，跟史大鹏一起去海边，在沙滩里找到了一只寄居蟹。我把寄居蟹放到手心里拿给史大鹏看，我说史大鹏，这只蟹多像我呀。史大鹏说你哪里如它，人家好歹也是在海里生活的，待的是大地方。我就看着那只蟹傻笑。我从来没想过史大鹏其实已经嫌我了，在他一次一次说别人老婆挣多少钱、当了多大的官、既能相夫也能教子的时候，史大鹏其实已经嫌我了。只是我的那根筋已经拨不动了，我还是签 4 · 22 协议时的我，嫁给你是怕你崩溃，真也好假也好，总之你是愿意娶我的。我还是那时的一根神经。

我去找伶俐了。我发现我现在只有一件事可做，那就是寻找伶俐。找她，其实也是寻找我自己。我很清楚，我在什么地方把自己弄丢了。我没有目标地到处乱走，有时走得很远，有时走得很近。我甚至都不想回家过夜，我真想就这样一直走下去，天当房地当床。我每天穿着同一套衣服，同一双鞋子，甚至同一双袜子，它们已经成了我找人的专用服饰。我马不停蹄地走，走。渴了去老乡家找口水喝，饿了就啃一口干粮，累了就在田埂上坐一坐。原野真广袤啊！开始我还能回忆点什么，我和伶俐小时候，偷人家的桃，背着筐子采猪草，她是起起牙我是曲曲菜。还能想起瘸老太，还能听见伶俐脆亮的哭声和尖声叫骂。后来就什么都想不起来了。我甚至能感觉到我走起路来就是一条直线，都想不起拐弯。我脑子是木的，浑身上下都是木的，掐一把都不知道疼，绊倒了要好长时间才能爬起来。旷野里经常只有我一个人，有时候会有一头牛，会有一群羊，它们都能让我的身心柔软老半天。我是喜欢群居的动物，所以我的周围总是真的假的有一大群朋友，我用一种类似宽容的心态去包容他们，有时候心底里却充满了厌恶。不是厌恶别人，而是厌恶自己。

所以史大鹏才会说我虚伪。我的虚伪我自己能看得见。

天气渐渐暖和了。仿佛只是一夜之间，土地像蛋糕一样松软了，麦苗像打了点滴一样精神了。杨树花开了柳树花开，然后便有铜钱大的野菜给土地打了补丁。它们是凳儿菜，车轱辘菜，大药和肉肉菜。当然你可能不懂，这都是我们小时候的叫法，其实它们的真名叫什么我们并不知道。我还记得那时的小兵怎么也分不清哪种野菜能要哪种野菜不能要。他采了一棵大药，问伶俐："这个猪吃不?"伶俐说："药。"伶俐故意不把话说全，好让小兵误会。小兵果然以为：“要。”就采了一大堆，放进伶俐的筐里。大药是一种碧绿肥硕的植物，要是这种菜猪也能吃，能把我们幸福死。小兵兴致勃勃采大药的时候我和伶俐总偷偷地笑，小兵并不知道我们笑什么。当他采得足以把筐装满时，伶俐才把谜底告诉他，然后再把那些肥硕碧绿的东西统统扔掉。小兵尴尬得小脸通红，让人喜欢得恨不得咬上一口。有时候我们也让小兵躺在麦地里，看他的小鸡鸡，故意放上一只蚂蚁爬来爬去，还说是给他捉虫。小兵真的是一个乖宝宝，我们说什么他就信什么。我们甚至让他扮演生小孩的产妇。小兵说有男人生小孩的吗？我们说有。鸡蛋有大有小，小个儿的鸡蛋都是公鸡下的。这跟生小孩是一个道理。

有一天，我在山里遇见了一个挖野菜的小女孩。八九岁的样子，穿一件洋红色手针织的毛衣，毛茸茸的发辫朝天翘着。她很认真地用一只小铁铲挖野菜，动作很笨拙，一看就是没怎么干过这种活的。我在她身边坐了半天，她竟然浑然不觉。我的思绪又跑远了，居然失口喊了声“伶俐”。女孩抬起了头，吃惊地说：“你是谁，你怎么知道我的名字?”我更吃惊，朝她面前爬了两步，仔细看她的脸：“你叫伶俐?”女孩点点头，说这是我的小名，家里人都这样叫我。她不像我心中的伶俐，没有伶俐小时候漂亮。我问她挖野菜是不是喂猪，她说喂兔子。她说她家的兔子早就想吃野菜了，可野菜总也长不大。我问她你怎么没上学，女孩说今天是星期六。阿姨你不是上班的人吗？我说我下岗了。我说这话时有些难为情，仿佛面对的不是一个陌生的小女孩。女孩问我到这里来干什么，我说我有个朋友，也叫伶俐。可是她却丢了，丢好多天了。我到处找她，可总也找不到。我说你真像我朋友小时候的样子，她也有一件洋红色的衣服，也扎这样的小辫，脸盘也像你一样圆。女孩说：“她也是下岗的吗？”我说她也是下岗的，可她是一个很能干的人，很快就找到了新的工作。女孩又问了我许多事，诸如她有没有结婚，有没有孩子之类，我都一一 告诉她。我甚至告诉她那天是情人节，她曾经给我打过电话。后来又提醒我丈夫送我一束花——她知道我喜欢鲜花。可我丈夫是个大大咧咧的人，他没送。后来我的朋友就丢了，丢得连一点痕迹都没有留下。我絮絮述说这一切的时候根本没意识到她只是一个小女孩，小得连菜铲都不怎么会用。

女孩在我的身边坐下了。我发现她篮子里的野菜很杂，甚至还有那种叫作大药的植物。那种东西总是喧宾夺主，不管是长在地上，还是采进篮子里。可那种东西却有毒，兔子吃了以后会长口疮。当然一般的兔子是不吃它的，它有一种气味很难闻。可就怕遇见一位傻兔子，难闻也吃。我把大药挑了出来，告诉也叫伶俐的这个女孩，这种菜不能给兔子吃。伶俐忽然说：“起起牙兔子能吃吗？”我说能，当然能。虽然起起牙有刺扎手，可我的朋友会变一种魔法，能让起起牙都不长刺。女孩咯咯地笑了起来，说怎么像做梦一样呀，我就梦见我会一种魔法，让起起牙都不长刺。我还梦见起起牙的花金黄金黄，开得像磨盘一样大。

我吃惊地说：“这是你做的梦？”

女孩肯定地说：“是我做的梦。”

我问她是什么时候做的这个梦，她说就是前天，不，大前天。她上美术课，老师让她们画一种植物，她就画了起起牙。她说起起牙扎手，谁都不敢碰，她故意把起起牙的刺画得很夸张，谁看了谁都觉得起起牙很可怕。

我突然想抱抱她。我怕吓着女孩，我得克制这种冲动。

我问女孩家里几口人，都是做什么的。女孩往山上一指，说他们家包了这片山场，种了许多树。她爸说将来这片山场就是她的嫁妆。女孩向远处眺望的时候是那样一种眼神，真是像极了小时候的伶俐。

我带着几分惊惧离开了女孩。我耽搁得太久了。女孩的话提醒了我，我不是来看她采野菜的，我有更沉重的责任背负着。同时，女孩的话也凭空让我生出了幻想，怎么那么巧，她也叫伶俐，她也梦见了起起牙。莫非伶俐在暗示我什么？莫非我今天能够找到她？

我的心骤然有些冷，不知伶俐以什么形容出现在我面前。不管她以什么形容出现，我都给自己打气：冯诺，你一定要找到她。

我又跑了许多的路，跑来跑去就觉得这个地方我来过。坡坡坎坎，那些树林，那些裸露的石头，那幢破旧的石头房子。我是来过这里，和小兵来过这里，只不过今天我是从后坡上来的。小兵在这里曾经和姐姐说过话，曾经让我看见了男孩子晶莹的眼泪。我跑来跑去跑出了回头路，我多么笨，竟让那些树林迷住了双眼。

我大声喊："伶俐——"

有人长长地答应了我。

我知道答应我的是山下的那个女孩，她在远处朝我招手。她也叫伶俐，可她却不是我要找的那个人。

我瘫坐在那块大石头上，再不想起来。我想就让我长在那块石头上吧，长不成一棵树，长成一棵草也好，再不就长成一棵野菜，曲曲菜，起起牙，都行。

我只是不想做冯诺，我累了。迷迷糊糊时我想冯诺是谁？

我在坝城肯定成了名人，当我骑着破自行车风尘仆仆地早出晚归时，许多人都用异样的目光看着我。他们还指指点点、窃窃私语，连我的邻居都改变了跟我打招呼的方式。看见我回来，他们说：“找着了没有？”神情到语气都是不屑。我从来不正面回答。他们不配得到我的回答。我寻找伶俐是一种信念，这种信念他们不懂。睡觉？我疑心我睡着以后都不会再醒来。

有一天，有人急速地来敲我家的房门。我打开房门一看，是二楼心宽体胖一妇女。她不叫我冯诺而叫我沙沙的妈，她说沙沙的妈你不是在找一个人吗？这个人找着了。我不动声色地问：“在哪？”胖女人说：“在彩虹大厦十八层，今天一早有人亲眼见到她的裤衩乳罩都被人从楼顶扔了下来，飘了一院子。听说那些东西都是法国货，你过去一看就知道了。”话没说完我就把门关上了，掩住了她的话尾巴。女人立刻像遭了强暴一样变了声儿，大声嚷嚷道：“你说三楼那个女的好不知歹不懂。我好心好意给她打听消息，她却好心当成驴肝肺。不说谢谢我，还连门都不让进。我这才是耗子给猫当三陪——自讨没趣哩。”很多人都躲在门后哧哧地笑。女人又说：“天天一个人出去傻找，不知道人家正和男人乐和呢。想告诉她一声她又不听，这人是不是有毛病。”

当真有人说我有毛病。一个上了年岁的人说：“过去史大鹏的媳妇大门不出二门不迈，现在却披头散发一天一天不着家。她这不是有毛病是啥？”

我就在沙发上坐着，我听着那些话却像根本没听见，我有这本事。坐够了我就换上那套衣服出门了，骑着那辆叮当作响的自行车。

我知道彩虹大厦，它是我们这座城市的一个窗口。它创下了许多第一，有些第一现在还保留着，而且将永久保留下去。比如，它是我们这座城市的最高建筑。再比如，它是我们这座城市第一家星级酒店。除了表面上的欧化，里面的格局也与其他类似建筑的风格迥异。我们这座城市越来越开放也越来越发达，开放发达到何种程度？你去彩虹大厦看看就知道了。这是我们的一句口头禅。在彩虹大厦出出进进的百分之八十都是外国人，里面做皮肉生意的小姐都是本科以上学历。

永泰的副总就是在那里被抓的。他从境外走私的枪支从没打响过，想在那里显摆显摆，没想到却把人吓傻了。他忘了游戏规则，他的举动出圈儿了。

小姐什么都见过，但总会有没见过的东西，他高估了本科学历。

又一天早晨，我的那几个同事又一起上门了，只是少了方静。

我麻木的脑子动了动，想起来，方静还在医院陪她父亲。我应该过去看一看方静的父亲。因为方静说过：我爱你。每每想起这三个字我的眼睛就湿润。方静带给我的感动没有任何一个男人能比，假如这个男人也爱我。男人爱女人爱的是身体，女人爱女人爱的是灵魂。我也有我爱的女人，就是那天在山上给我打电话的那一位。这是我们两个人之间的秘密。我爱她许多年了，只是我不曾告诉她。我说不出口。我不能像方静那样流畅地说出那三个字，这是我的性格决定的。可她许多年前的一句话就改变了我的人生态度。她说："人得昂扬地活着。"昂扬，那是我人生最惨淡的日子，可就是凭着这两个字，我活了过来。而且不会再有什么意外能让我变得惨淡，我成了一个昂扬的人。

戴月月终于换下了值钱的皮衣，换上了小款细腰的灰色风衣。徐姐和宋桂英基本没有什么变化，只不过衣服穿得薄了。徐姐不安地说："冯诺，我们想和你说一件事，你千万别激动。"我说："还有什么事让我激动?"徐姐说："宋桂英，还是你说吧。"宋桂英说："崔厚容有消息了。"我说："彩虹大厦十八层?"宋桂英说："那是瞎说。我说的这事可千真万确。崔厚容跟姓袁的经理走了，拐走公款两百多万。你知道那个袁经理的爹住在我们院儿，那老头出来进去骂，说狐狸精把他的儿子拐跑了。"戴月月说："冯诺，你知道你有多傻了吧？还到处瞎找呢，人家崔厚容肯定在三亚沙滩晒太阳呢。吃海鲜，喝椰子汁，跳舞桑拿，不要太浪漫哦!"徐姐也说："冯诺，我知道你不愿意接受这种现实，可这总比她失踪了整天让你找好。而且这对崔厚容来说，已经是最好的结果了。"

我问：“你们看见她了？两百多万？还在沙滩上晒太阳？”宋桂英说：“冯诺，你就别拧着了，这些肯定是真的。要不你说她会有什么事？”

我说：“她被人谋害了。”

“她被人谋害了。”我又说。

说这话时我的眼里涌出了泪。

戴月月过来搂住我的肩：“你受刺激了，冯诺。大家都说她跟人跑了她就是跟人跑了。这件事我们并不是听宋桂英说的，而是听别人说了以后又去找宋桂英去证实了。冯诺，不会有人谋害崔厚容，她不是名人不是总统，谁谋害她也没有用。”

“她的确是跟人私奔了。”徐姐总结说。

宋桂英说：“冯诺你都什么样了你知道吗？你看上去就像个精神不正常的人。”

我说：“你们才精神不正常，你们在往一个遭受不幸的人的头上泼污水。”

戴月月说：“我们是为你好才来告诉你一声，换了别人想让我来告诉也不能。我可没有这闲工夫。”

我问：“又钓了几个男人？”

戴月月说：“冯诺，我可没跟你开玩笑。”

我说： “你别以为自己愿意钓男人天底下的女人就都跟你一样。”

宋桂英有些不耐烦。我忽然想起宋桂英委托我的事我还没跟史大鹏说，不过现在说不说已经无所谓了。如果说，过去史大鹏办这件事有一点希望的话，那么现在则一点希望也没有了。宋桂英说：“你整天出去找都找到了什么？”

我说：“我就是没找到什么我才出去找。”

徐姐说：“冯诺你别这样固执好吗？我们都跟崔厚容没仇没怨，我们犯不上糟蹋她。”

我说：“你们已经在糟蹋她了。你们不懂得崔厚容，可我懂得她。她不会跟人出走，她不会对两百万动心。你们都太小瞧她了。”

戴月月从鼻子里发出了一声“哼”。

我说：“也许你们会动心，但伶俐她绝不会。”

徐姐说：“冯诺，你已经在出口伤人了。我们来给你通报消息是看在我们姐妹一场的分上。你不是崔厚容，崔厚容也不是你，你没有必要对她大包大揽。”

我说：“你说错了，我们从一出娘胎就认识，她什么样我比你清楚。”

戴月月说：“也没看出你们有什么好来呀？”

我说：“好不好岂是你这种俗人能够看出来的。”

宋桂英说：“冯诺，我一直以为你与我们一样，看来还是不一样。”

我说：“我们从来不是一路人，从今以后你们少来烦我。”

三个人面面相觑。

徐姐说：“我们好心好意为你来的，没想到你这样。”

宋桂英说：“这样。”

戴月月说："她骨子里一贯瞧不起别人，她只瞧得起史大鹏。"

我说："我连史大鹏也瞧不起。"

徐姐说："既然这样我们也就没什么好说的了。冯诺，别忘了自己是谁。"

三个人走了。只有戴月月回头看了我一眼，我一点表示也没有，这个结局是我想要的。我想扔掉过去那种日子，就必须扔掉过去那些朋友。我必须心肠硬起来，我不想再戴着面具与人交往，我累了。

史大鹏忽然就颓废了，变成了一个年轻的小老头。过去一直西服革履的他忽然穿了便装，显得浑身上下都光秃秃的。一天到晚愁眉紧锁长吁短叹，早晨出去是这张脸，晚上回来还是这张脸，给人的感觉这一天下来他既没遇到什么人也没遇到什么事，他只不过是到外边转了一圈就又回来了。回到家来他就在床上躺着，用一只枕头盖着脸。他不理我我也不理他，晚上上床我们就是两条平行的铁轨，一点交叉也没有。过去史大鹏不是这样的，他是一个欲望强烈的人。欲望是一个男人最好的精神佐证，他需要那种豪气补充自己。豪气是一种能源，损失一点就少一点。我当然知道这些，所以我知道怎么样迎合男人。女人有没有欲望是次要的，要紧的是让男人感觉到你有，感觉到你的幸福是男人给你的，你的快乐是男人给你的，除了身体发肤受之父母，你的一切一切都是男人给你的。所以你的精神永远与男人平行同步。你没有你自己。你需要男人的时候男人也许不在你身边，也许在你身边他却呼呼大睡。他永远在酒精中麻醉着，日复一日年复一年。你怎么办？你没有办法。你有办法却不能实施或不忍实施。你只能把一张《晚报》从一版的本地要闻看到十三版的美国如何打击恐怖组织，这中间隔着广袤的东亚大陆和太平洋，太平洋蓝色的海水在报纸上涌动，海水中美国总统特朗普那张沟壑纵横的脸忽明忽暗。你或者没有睡意却熄了灯，注视着漆黑如墨的夜色在你眼前流动。你能听见身体内潮涨潮落的声音，你听着，要听好久。后来潮汐退去了，平静细软的沙滩出现了。虽然有袖珍动物蹦蹦跳跳，但无伤大雅，不影响安宁与平和。你轻轻抚摩着自己的身体，在柔柔的夜色中叹一口气。

叹一口气。

这一口气叹得好，把心中所有的渴盼和期待，把所有的情绪和感觉，都叹出去了，你便成了一个空灵的人，一个透明的人。睡眠会像轻纱一样挽住你，丝丝缕缕。后来睡眠用了用劲，你就跟它走了。

于是梦填充了你所有的大脑空间。在梦中，你成了这个世界的主宰。

只是我主宰不了史大鹏，过去主宰不了现在也主宰不了。过去我在不十分想嫁的时候嫁了他。而现在，我在不想回家的时候回了家。你别觉得我每天睡大觉看电视的生活有多么好，我是没办法。我不能一天到晚别别扭扭地活着，所以我只能从生活本身寻找快乐发现快乐。可这种快乐的日子忽然就断了。不是因为伶俐，没有伶俐这种日子仍然会断的，或早或晚。也不是因为史大鹏。即使史大鹏能让我一辈子富足，这种生活仍然是会断的，或早或晚。我明白，我非常明白。我是冯诺，不是其他别的什么人。我会在某一个早晨自行终止这种生活，只因为做了一个梦或打了一个喷嚏。梦或喷嚏能给我感悟，还是或早或晚。只不过我现在提前终止了这种生活。我不得不终止。因为我的朋友伶俐失踪了，我得加班加点去找她。我不敢保证一定能找得到她，但起码我得慰藉我自己。我们从一出娘胎就认识，我曾经是伶俐的“小茹姐”，虽然她只是在牙牙学语时叫过。

只是史大鹏不理解我，当然我也不理解他。沙沙小学都要毕业了，他仍然不理解我，我也仍然不理解他。我知道男人都是权力的奴隶，前途的奴隶。可我更愿意他能驾驭他自己，还是那句话，不论任何时候都能昂扬地活着。我希望我的女儿这样，我也希望史大鹏这样。

我从来也没期待过史大鹏的高官厚禄，要命的是，没有人信，连史大鹏也不信。

沙沙发现我们这个家庭出现了问题。有一天晚饭后，她把我叫到了她的房间，用的是组织干部的口吻，说：“冯诺，你来一下。”

我正在洗碗，用了大量的洗洁精。过去我做这种事是很俭省的，一滴洗洁精要洗许多只碗，可现在我怀疑我过去从来没有把碗真正洗干净过。我知道那种节俭有失常理，可我不得不那样做。我时刻记着自己是只寄居蟹，除了一只空壳什么也没有。虽然生活在海洋里，可真正的海洋从没属于过我。

我从不敢浪费哪怕一分钱，这就是史大鹏说的我有了梯子就可以去的天堂生活。

我挓挲着两只湿淋淋的手去了沙沙的房间，一只小圆凳放在屋子中间，已经在等我了。沙沙朝圆凳努了努嘴，说："你坐这儿吧。"我规规矩矩地坐下了。

沙沙在我面前站着，倒背着手，背对着我。她的两只小手刚好能搭在一起，看上去还有些吃力。她极力表现出严肃的样子给我看，可我看得出来她这一切是跟老师学的。

沙沙咳嗽了一声。

"冯诺，知道我为什么找你吗？"

"晚上的饭不好吃。"

"如果我告诉你晚上的饭很好吃呢？"

"那就是中午的饭没做好。"

"中午的饭也做得很好！"

"那就是早上……"

"冯诺！"沙沙大喝了一声，"你真不知道我要对你说什么吗？我们的家这样下去会土崩瓦解烟消云散你知道吗？你的脸一天到晚拉一尺多长你知道吗？你的饭做得越来越难吃了你知道吗？"

"你刚才说了……"

"我什么也没说！"

吓了我一跳，沙沙的高声能把房盖顶了去。我说："你不能只批评我，我对这些事都只负一半的责任。"

沙沙说："可你是下岗职工，这些责任你不负难道让我来负！"

我吃惊地说："沙沙，这一套你是跟谁学的？你怎么能说这种话！下岗职工怎么了，下岗职工也是人，下岗职工也是你妈。不许你用这种口吻对我讲话！"

沙沙说："一个下岗职工还想要什么口吻，我都替你脸红！"

气死我了。我站起身来，一脚踢翻了凳子，怒气冲冲去找史大鹏。我"嘭"地推开房门，撕扯着嗓子说："史大鹏，你对我有意见可以直接讲，不许你教唆我女儿！"

史大鹏看也不看我。

我抓起一卷报纸朝他砸去。报纸里裹着一瓶黑墨水，肯定是史大鹏给沙沙买来放在那里的，可之前我一点也不知道。墨水从报纸卷里飞出去撞到了窗棱上，又弹回来落到了床上。墨水瓶像小炸弹一样炸开了，飞溅的墨水扑得到处都是，甚至有许多溅到了史大鹏的身上、脸上。

心疼死我了。衣服、床上用具甚至一切一切都被染得一塌糊涂。你想不到一瓶墨水的能量有多么大，那是一整瓶墨水，沙沙一个大字都还没写。如果知道事情的结果是这样，打死我也不会把那卷报纸扔出去。我扔出去时感觉到了手里有异物，可那一瞬间我疯了。

史大鹏像受伤的豹子一样跳了起来，挥拳向我打来。他稍稍犹疑了一下，拳头却没落到我的身上，与我的耳朵擦边而过。然后史大鹏就开始疯狂地摔东西，杯子、茶壶、电话、台灯在地板上砰砰作响。一瞬间，我们家里狼烟地动烽火四起像极了战场。

我则把被子、枕头和床上叠放的几件衣服统统摔在了地上。

史大鹏蹲在地上无声地哭了。这是我第一次看见他流眼泪。他的肩、背耸了起来，像一个受了天大委屈的孩子。可是他没有发出声音，他呜咽的声音在喉咙深处，这使他的头许久都抬不起来。

我的脑海里似乎有一千架飞机在同时飞翔，好半天晕得不知所以。

史大鹏仍然是一个姿势，不动。

我心软了。

男人的眼泪有一种奇妙的功能，他能把自己所有的过错都过滤得干干净净，而过滤出来的那些过错都给了女人。于是傻女人待在那里检讨着她自己，内疚得不行。

她想：是我让男人伤心了，是我让男人失望了。当初男人费尽心机以为娶回来的是个天使，却原来什么也不是。男人可以伤筋断骨但不能伤心，男人可以伤臂断肘只是不能伤心。

女人伤心只是失水，随时可以补充和滋润。

男人伤心却是剜掉了一块肉，想平复都难。

我走了过去，蹲在史大鹏的旁边。我说："对不起，我不是故意的。我不知道那里面有墨水，把衣服换下来我帮你洗洗。"

我试探了一下，假装温柔地去抚摩他的头。

史大鹏却受辱般的猛然推了我一把，把我推了个仰面朝天！

史大鹏砰地关上房门，扬长而去。

我把所有被墨水染脏的东西都放进了洗衣机，我把房间照原样收拾好。台灯摔坏了，但还亮。电话摔坏了，但还有忙音。我试着给父母家里拨了一个电话。我说：“妈。”妈仿佛就在电话那边等着，说：“小茹你好不好，好不好？”我说：“我好。”妈说：“伶俐还没找到？”我说：“还没找到。”妈说：“你一定很累，回家来吧，我给你做点好吃的。”我说：“起起牙开花的时候我再回去。”妈嗔怪说：“起起牙永远不开花呢？”我说：“不会的，没有永远不开花的起起牙。”妈妈又问沙沙好不好，史大鹏好不好，我说都好。妈妈最后嘱咐我：“别跟史大鹏使性子，你一个没有工资的人，凡事要忍让一些。”我应了一声。妈又说：“你比伶俐的命好多了，听伶俐爸说，伶俐丢了伶俐的对象急都不着。”我说：“我丢了史大鹏也那样。”妈说：“别瞎说，大鹏那孩子多好，连班都不让你上，怕你累着。”我非常想说我不上班更累，可那样会让我妈睡不着觉。想了想，忍了。我让妈注意身体，说妈你血压高，别忘了吃药。妈急急忙忙就让我挂电话，她总怕我费电话费。

我搬个板凳坐在洗衣机前听着它转动。我轻轻哼着一首歌，哼了许久才发现是我和伶俐小时候经常唱的，已经忘了许多年了。

我忽地流了满脸的泪。

我想把它捡回来再唱，可它又溜得无影无踪。

沙沙在我身后怯生生地喊我：“妈妈。”

我没有回头，是因为脸上有泪。

沙沙搂住了我的脖子，把脸贴到了我的头上，说：“妈你别离婚。”

我说："你可以找个后妈，她不下岗。"

沙沙哭了，说："我不是那个意思。我只是觉得你们那个样子我不好受，爸爸也不好受。你没发现吗？他最近都瘦了。"

我摸着脸说："我也瘦了。"

沙沙说："对不起。"

我说："都说女儿是妈的小棉袄，你是什么？"

沙沙说："棉坎肩。"

"扑哧"一声，我笑了。

沙沙却不笑，正色地说："你能不能不去找伶俐阿姨？我们同学都知道了。他们说你妈真是下岗没事干，一天到晚找人玩。"

我说："妈妈找人不对吗？"

沙沙说："可伶俐阿姨并没有失踪啊，昨天还有人在街上看见她呢，说她穿着迷你裙。"

我说："谁都不会看见她了。沙沙，你不要信，那都是谣传。伶俐阿姨是妈妈最好的朋友，她什么样我最清楚。"

沙沙问："你和爸爸会离婚吗？"

我说："我说过我要离婚吗？"

沙沙叹了口气，说："我真担心你们离离婚的日子不远了。"

9

那天路学伟打来电话，问我能不能在中午帮他一个忙。我说什么样的忙非要在中午帮？路学伟说你来吧，来了就知道了。路学伟的忙不能不帮。我把中午的饭给沙沙准备好，给她留了一个条儿，告诉她中午妈妈有点事，饭给你做好了，一个人吃。沙沙自从那日闹过以后乖得像只猫，晚上连袜子都是自己洗。我答应了路学伟，问他都需要我帮什么忙，能不能早一点告诉我。路学伟说你来吧，来了就知道了。

我和路学伟的关系有那么一点点特殊。上班时我们不在一个车间，彼此并不熟，只是见面点个头。可路学伟的身上有我喜欢的一种东西，那种东西其他工人身上没有。所以我与他点的那个头就有点不寻常，我会发自内心地笑，而我对别人的笑很多时候都是装出来的。

有一次，我下晚班的时候遇见了两个劫匪。这种事说出来难免显得烂俗，可有什么办法呢，我是千真万确遇见了劫匪而不是我编出来的。那天下班的时候都十点多了，我在洗浴室的时间又长了些。本来一同洗浴的还有好几个人，后来那些人陆续走了，只剩下戴月月我们俩。戴月月跳过去把门别了起来，说冯诺你快来看看我，我是不是长东西了？戴月月两腿叉开着，勾着头自己看。那段时间戴月月正与一个叫大奔的人打得火热，我们都警告她大奔不是好东西，别跟他来往。可戴月月就像中了邪，被大奔迷得花团锦簇。戴月月把厂子院里所有能采到的花统统插到自己头上，连看门老头养的一盆月季都不放过。戴月月说这样她的身上会有一种自然的花香，感觉自己也变成了一朵花。哪有不爱花的男人呢？我一眼也没瞅她，我说我又不是大奔，我懒得瞅。我说戴月月你烂掉了都活该，别让我恶心。戴月月却并不罢休，拉着我非让我看不可。我马上翻江倒海吐得一塌糊涂。戴月月说：

“臭德行，好像自己多干净似的。”我说：“戴月月你别用干净这样的词儿，听了我心里难受。”戴月月说：“你的意思是我不干净？我喜欢男人有什么不干净的？”我说：“不是你不干净，是那些男人不干净。我说你干干净净一个人，招惹他们干啥？”戴月月唱歌似的说：“我需要啊。冯诺你说我是不是有病啊，大刘根本满足不了我。”我说：“我不想听这些，你给我闭嘴。”戴月月说：“我偏说，有那么多男人爱我你们眼热。尤其是徐姐，丈夫像个抽大烟的，那方面能行？眼热你们也可以找，天下多少好男人啊！”

我冷笑了一声。

戴月月就怕我冷笑，她摸不着底。说：“你笑什么？”

我说：“我们上学的时候老师经常对我们说一句话，你知道‘羞耻’二字怎么写吗？”

戴月月说：“冯诺，你不用转着弯儿骂人，我不在乎。你不知道男人的好处，有一个就想有两个，有两个还想有四个。男人为什么想一夫多妻，女人也想一妻多夫啊。男女平等体现在什么地方，就体现在这里。冯诺你是没有尝到过这种滋味，一旦尝到了，你想放都放不下。他一天到晚让你激情澎湃，热血沸腾。他让你灵魂出壳，神思恍惚。再烦的事都不觉烦，再苦的瓜都觉不出苦。这叫什么，这就叫爱情。回到家来见了我们大刘就老想笑，看见他就觉得他浑身上下都是优点……”

我悄悄擦拭了自己，悄悄跑到外边穿好了衣服，然后把戴月月一个人丢在那里，我走了。我一边走一边想这事做得不仗义。夜深了，我们厂离城里还有一段路，她不安全我也不安全。可我又实在忍不住想这么做一次。戴月月会满厂子哇啦哇啦叫我，然后就会把我骂得狗血喷头。可这一切都抵不住我想丢她这么一次。她让我心里不干净，想起她那个样子我仍是忍不住要呕吐的感觉。

只是我半路遇到麻烦了，我遇到了两个劫匪。

那一段路没有路灯，路两边栽种的都是江南槐，看上去就鬼鬼祟祟的。我已经加了小心，可还是被路两边跳出来的两个蒙面男人吓了一跳，其中有一把刀抵在了我的脸上，同时压低声音说："别叫，把钱交出来。"我推着车往前撞，可车把已经被他握死了。这时我已经冷静了，我说我没钱，有钱我也不给你们。那个人说："你为什么不给？"我说我是在工厂上班的，挣钱不容易。那人说："你以为我们容易？提心吊胆的，我们比你更不容易！"我这才知道我遇到了两个毛贼，不是杀人越货的那种。我高声说："你们不容易也不能抢我，谁也没从我这里抢到过钱！"另一个人不解地问："为什么？"我说："不为什么。我反对有人抢我，我会跟他拼命。"拿刀子那位不耐烦了，比画了一下，说："跟她废什么话，上。"俩人上来就要抢我的包，我不撒手。后来还是其中的一个劫匪用刀子割了一下，把我包的背襻割断了。我的包里确实没有钱，只有一些手纸之类的小零碎。可我还是把自行车摔在了地上，上去抢我的包。到这种时候我一点畏惧也没有，我经常有一种想和谁拼一拼之类的想法，我不害怕谁。我和那个劫匪滚在了一起，另一个人拿着刀子左顾右盼，好像一时拿不定主意应该怎么办。这个时候有辆摩托车从这里过，停了下来，那个人问："干什么的？"我奋力把我的包抢了过来，嚷了句："有坏人！"那个持刀人先跑了，同伙从地上爬起来，也慌忙跑走了。

我还没认出来人是谁，可他已经先认出了我。他说："是冯诺吧？"我这才看出是同事路学伟。这时我还在地上坐着，刚才的拼命三郎的勇气瞬间就溜了，我像根面条一样瘫软。路学伟把我拉起来，我顺势拥抱了他一下。路学伟拍着我的后背说："没事了，没事了，歹徒已经跑了。"我过了好半天才缓过劲，说："路学伟，怎么会是你。早知道你会出现我就让戴月月先出来了，那样你也好英雄救美。"路学伟狐疑地说："冯诺你没事吧？"我用手抹了把脸，说我没事，我不过是开个玩笑。路学伟把车给我扶了起来，说都什么时候了你还顾得上开玩笑。我心说不开玩笑羞死我。好好的，我怎么就和你拥抱了那么一下子呢？

路学伟一直把我送回了家，边走边告诉我，他今天也是上晚班，也在厂里耽搁了一小会儿。他问我车间里那么多人，怎么不就个伴。我告诉他本来是和戴月月一起的，可话不投机，我把戴月月甩了。路学伟笑着说："冯诺，真不知道你是怎样一个人。你看上去那么随和，其实骨子里一点都不随和。"这话让我心里有点小感动，比刚才他那么突然地出现，还多了一点点。我说："路学伟，你身上有我喜欢的东西。"路学伟说："我知道。"我诧异："你怎么知道？"路学伟说："这有什么好奇怪的，你身上也有我喜欢的东西，而且肯定比你喜欢我的东西要多。"夜色一下子温暖起来，是我心中的那种感动发酵了。我说："我从来也不知道自己身上还有什么东西能让人喜欢，我觉得自己已经一无是处了。"路学伟说："是啊，你人在明处，可你那些让人喜欢的东西却在暗处。"

我说："你说话怎么像个哲人？"路学伟说："这肯定是你喜欢的语言表达方式。我在表现自己，你没听出来？"

我们哈哈笑了起来。

有一件事情我跟谁都没探讨过，包括史大鹏。怎么说呢，有时候女人心眼小到什么样就别提了。车间里的几个人第一次去我家吃饭我邀请了史大鹏。史大鹏正好有空，我说你回来和大家见见面，可别过分啊。当时戴月月坐在我的梳妆台前不起来。我说："你又不是去会情人，怎么化起妆来没完没了。"戴月月说："一会儿姐夫来，我好让他喜欢我呀。"这话像在我心中扔了块石头，把我闷了一下。我马上去另一个房间打了个电话，告诉史大鹏，你不用来了。史大鹏紧着问为什么，他是一个喜欢热闹的人。我说什么也不为，让你别来了你就别来了，听我的没错。史大鹏果真没来，戴月月说："没有男人的饭怎么吃。"我说："饿你三天你就知道怎么吃了。"戴月月也不傻，她说冯诺，是你不让史大鹏来吧？我说，你不知道我多愿意让他来，他从来也没见过比你更漂亮的美女。戴月月终于笑了，说："我钓男人一钓一个准儿，但朋友的男人不钓，我做人是有原则的。"我心虚地说："朋友的男人哪里那么好钓，你太高估你自己了。"

我那个问题就是有关戴月月的。我之所以不与史大鹏探讨就是因为我有点心虚。我从来不与史大鹏公开谈论情色，那点小障碍有时自己想起来都非常好笑。今天我却忍不住想问一问路学伟，因为夜色，因为心中的那点感动，还因为那点感动已经发酵了，都适合我谈点什么。我问路学伟急不急着回家，路学伟说不急，有话你就说吧。

我说那我们就在路边站一站，我占用你几分钟。你能跟我讲真话吗？路学伟把手举了起来，做出发誓的样子。我笑了，说你把手放下来吧，没那么严重。于是我直截了当谈到了戴月月。我说："路学伟，你从男人的角度谈谈戴月月。你喜欢她吗？"

路学伟显然让我的问题弄蒙了，有些结巴地说："怎么，怎么是这种问题？"

我说："别紧张。我一直想找一个人谈谈戴月月现象，而不是戴月月这个人。你也别把自己当成路学伟，你就当自己是个男人。"

路学伟挠挠了头，还是有些回不过神来。我等了至少有三分钟，路学伟才说："我不知道你想知道什么。"

我说："你喜欢不喜欢她。"

路学伟说："我从来没这么跟你对过话，我有些不习惯。"

我说："好吧。那就换一种对话方式。本来我和戴月月一起在厂里洗浴，我丢了她先跑了出来。假如是戴月月先跑出来，那么你现在遇到的肯定不是我，而是她。"

我顿了顿，又说："我现在就是戴月月。你刚才的举动纯属英雄救美。戴月月也许会爱上你，你怎么办？"

路学伟说："没有这么快吧。"

我叫了起来："你笨哪。戴月月爱上人哪里有什么快慢之说，她都是一见钟情。现在我再问你，假如她爱上了你，你会怎么办？"

路学伟说："冯诺你可别吓唬我，我胆小。"

我说："算了，我跟你真没什么好说的。"

我推车要走，路学伟却握住我的车把不放。路学伟说："你就不能有点耐心？"

路学伟又说："我哪里知道你不是在拿我寻开心。"

我叹了一口气，说："男人怎么这样。"

路学伟赶忙说："刚才是逗你玩的。我哪里这么笨，要你再三再四说。你不就是想知道是不是所有的男人都会爱上戴月月吗？我告诉你，会。"

我瞪大了眼睛看着路学伟。

路学伟说："我对你讲的是真话。"

我的心一点一点凉了。

路学伟说："男人肯定爱女人，这是毫无疑义的。还想听实话吗？"

我眼巴巴地看着他。

路学伟又说："我不会。而且像我这样的男人都不会。"

我说："你不用再说了。"

路学伟说："可我还没说完呢。人与人不一样。你也是女人，你能做成戴月月吗？你做不成。"路学伟狡黠地停了几秒钟，又说："你做不成戴月月。戴月月能在刚才那一瞬间爱上我，可冯诺永远不会。"

我笑了。我说你在赚我。

路学伟说你不是让我讲实话吗？

我说："我骨子里可能还是有几分羡慕戴月月，所以有时候我会觉得天底下的男人都爱她，甚至包括我丈夫。"

路学伟说："只不过那是一闪念的想法。更多的时候你——瞧不起她。"

我脸红了，刚要狡辩，他摆了下手。

路学伟又说："其实我留意你已经很久了。你总是混在人群中，看上去和别人没什么两样。可你偶尔的一个眼神就能透露你的全部秘密，你是冯诺，而不是别人。你拼命想做一个普通的人，可在你身上总有不普通的东西凸显出来，所以，有时候你会让我发笑。冯诺，你知道吗？"

我讪讪地说："你怎么能在暗处观察别人呢？我可不喜欢这样。再说，我哪里瞧不起戴月月，我是瞧不起我自己。"

路学伟说："冯诺，跟我没有必要不说真话。"

我又一次红了脸。

这是一家名叫翡翠山庄的疗养院，在我们这一带很有名。疗养院坐落在半山坡上，红墙碧瓦景色宜人。虽说是早春，那院子里却已经是柳绿花红一片了。细一端详才知道，那都是盆栽植物，几天前还在棚里的，现在天气暖了，出来晒太阳了。花草总是能给你暗淡的心情添些亮色，所以我也忍不住多看了它们两眼。我在院子里遇见了方静，方静像有许多年没见我似的跑过来挽住了我的胳膊，高高兴兴喊了声"冯姐"。我想起了她父亲。我问："你父亲怎么样了？"方静告诉我，他父亲的摔伤并不怎么太严重，只是胯上有一块骨头摔裂了缝，医院也没有办法，只能打上石膏让伤口自己愈合。可他父亲是一个小题大做的人，说什么也不出院，一再强调他的伤势很严重，只是医院查不出来。一天到晚骂了医生骂护士，不是药剂少了就是药量少了，看着别人都像要谋害他似的。方静说，她父亲过去可不是这种人，年轻时专门讲究轻伤不下火线。修水库那年都累吐了血，可听说有伤员需要输血，撸胳膊挽袖子的还去。前两年还有病不吃药，说药都是毒药，吃到身体里会有副作用。所以有病也不到医院来，扛着。现在就不行了，没病也一把一把地吃药，总觉得它们都是灵丹妙药，能让他返老还童。方静说冯姐，你说这是怎么回事，年龄真的能让一个人有这么大的变化吗？我说我现在还不知道，老了以后可能就明白了。年轻时都是不在乎生命的，就是离死亡还远。上了年纪就知道珍爱自己了，所以拼命想抓住些什么。

我问方静是不是专门在这里等我的，方静说是呀，人都到齐了，就缺你一个人。我问路学伟到底有什么事，还到这里来整动静。方静说就因为这里花都开了呀，花开了能给人带来好心情呀。我问今天都是谁来，方静说有路学伟的一个女朋友，你可别往别处想，他们可没那种关系。我淡淡地说那是他的事。方静说是呀，我话多了。我们俩彼此看了一眼，都浅浅地笑了。

路学伟的女朋友姓苏，叫苏格。一听这名字我就没理由不喜欢她。苏格的头发直直的，长长的，根根透亮。我说我可以摸摸它们吗？苏格把头发甩到了我手里，说："我知道总有一天有一个叫冯诺的人想摸一摸它，所以我把它留到了今天。"我说："不要太会说话，你哪里知道我。”苏格说：“路学伟常常提起你们。”我说路学伟，你可从没把苏格给我们介绍过。路学伟说：“我是没有机会，我一有机会不就把她带来了？”

我们四个人围坐一张小圆桌，吃了顿别致的“鲜花宴”。菜基本上以清淡为主，而且生菜居多，可每道菜都佐以鲜花做陪衬，看上去赏心悦目。我们都喝了一点红酒，无一例外的，各个面若桃花。路学伟居然也是不胜酒力的人，喝一点脸就红了。路学伟说：“我知道冯诺和方静都是擅喝白酒的人，号称三杯五杯不醉，十杯八杯不睡，一瓶下去才刚有点回味。”说得我和方静面面相觑，不知道他这话是从哪来的。路学伟说当时厂里的人都这么说你们，怎么，你们不知道？方静说：“我们一点也不知道啊！”路学伟说：“我就不信冯诺也不知道。”我说：“苏格肯定知道，因为这是路学伟编的。”

大家都笑了起来。

苏格说：“我郑重声明，路学伟的事与我无关。”

我说：“我不用声明，路学伟的事也与我无关。”

苏格说：“冯诺我要罚你一杯酒，你认不认罚？”

我说：“我听听理由。”

苏格说：“我没有理由，我只是想罚你一杯酒。”

我说：“这真的是最好的理由。”

我喝了一杯。

我忽然特别想喝酒。我问：“还有谁要罚我？”

路学伟说：“我敬你一杯总可以吧？”

我说："你也要说说理由。"

路学伟说："我也没有理由，只是情不自禁，想敬你一杯酒。"

我说："这话听起来有些暧昧。不过，还好，也算个理由。"

还有方静。

我有些晕了。我说我看你们都两个脑瓜儿了，你们为什么都跟我喝酒？苏格是客人呀。

路学伟说："今天没有客人，你们都是我的朋友。"

我想起事情来了。我说："路学伟，你是让我帮忙来的。帮谁的忙？帮什么忙？"

路学伟说："这个忙你已经帮了。"

我不解地看着他。

路学伟说："你能来就已经是帮忙了。因为苏格想认识你。"

我看着苏格。

苏格又给我倒了一杯酒。

我说我不想喝了。

路学伟说："不想喝就别喝了。冯诺，没有人要求你必须喝多少。"

方静忽然握住了我的一只手，说："冯姐，你真不知道今天是什么日子？"

我茫然地看着方静。

方静说："你真是过糊涂了，今天是你的生日呀。"

一个生日蛋糕被服务小姐端了上来，蛋糕也是翠绿色的。上面开着绿色的玫瑰，当然是奶油做的。

我好半天说不出话来。说出话来却是：“今天是我的生日吗？”

方静从包里拿出手机翻给我看，今天确实是 4 月 22 日。

我苦笑着说：“我从来不觉得生日有什么好庆贺的。”话是如此说，可每逢史大鹏和沙沙的生日我们还是要庆贺一下的。只有我的生日从没有人记得，而且连我自己都经常忘记。

从来没有谁给我过过生日，好像我的生日不值得庆贺。

我活着的全部意义就是为了庆贺别人生日的。

只是史大鹏实在不应该忘记我的生日，因为我们曾经签下了 4·22 协议。

可在我们家里什么节日也没有。比如，结婚纪念日。

史大鹏忘记的都是与我相关的节日。

史大鹏经常忘记我。

我说：“你们干吗这样感动我，我可受不了这么煽情的电视剧。我要哭了。”

苏格说：“冯诺，我们都希望你高兴。还有这一桌菜，都是为了让你高兴准备的。”

我说：“我高不高兴有这么重要吗？”

路学伟说：“比这还要重要。”

苏格和方静都点头。

苏格端起酒杯：“冯诺，祝你生日快乐。”

四只酒杯碰到了一起。

苏格说：“冯诺，虽然我们过去并不认识，可我相信路学伟。在这个世界上能让一个人用心对待的并不多，我也一样。”

路学伟说：“过去都已经过去了。冯诺，这一杯酒结束过去所有的不幸、烦恼，所有的不如意和所有的不愉快，让自己重新开始。”

方静看着我，那双眼睛满是笑意。

我忽然有些明白了。他们谁都不提伶俐，可这次聚会与伶俐有关。他们是看见我陷得太深了，是想往外拔我。

我只能承情，我也不提伶俐。可盘碗中的那些玫瑰花不可能不引起我的联想。我默默地把那些花收了起来，装进了一只纸袋。

路学伟说：“冯诺，你明白我的意思就好。”

我说：“我明白。路学伟，谢谢你。”

方静说：“冯姐。”

我说：“方静，也谢谢你。还有苏格，你真让我担当不起。”

苏格说：“我很惭愧，没有完成路学伟交给我的任务。”

我说：“怎么这样说呢？”

苏格说：“你还是不开心。”

我说：“这是我自己的事。不过我今天已经很开心了。你在哪里工作？”

苏格看了路学伟一眼，有些犹豫。不过还是很快说了出来：“你如果饭前问我我也许不会对你说实话，但现在我可以告诉你——我在永泰，与崔厚容是同事。”

我立刻激动得有些战栗，马上想到了这次聚会不是专门给我过生日，而是路学伟在暗中帮我了解伶俐的事。我扑过去抓住了苏格的手，苏格马上说：“我今天之所以被邀不是因为我在永泰做事，而是因为我是路学伟的朋友。是不是这样？”

路学伟无奈地说：“冯诺，是这样。”

我失望地看着苏格，奇怪她怎么能说这种话。我的感觉中，她应该能够帮我。

苏格又说：“关于崔厚容的事我不比别人知道得更多。我们同在永泰，但不在一个部门，我们见面的机会甚至很少。但我知道她是一个勤奋、努力、光明磊落和富有正义感的人，遇到事敢挺身而出，这样的人在我们的生活中并不多见。说句也许冒犯的话，我觉得她和冯诺有许多相似的地方，你们甚至用一种眼神看人。至于她失踪的原因，请原谅我一点也不知道。真的，冯诺，我非常想帮你，可我帮不了你。”

路学伟说：“本来说好的今天不提她，想让你完全放松一下。可现在看来前功尽弃了。”

我说：“对不起。让你们费心了。不过我真的没什么，我只不过是在为朋友尽一份力，而且我这份力多么小，多么小。有时候自己甚至感觉不到。我非常感谢你苏格，感谢你对我朋友的评价，这已经让我的心里好受起来了。”

没有人再说什么，气氛有些压抑。我站起身来说：“对不起，我先走了。”

10

翡翠山庄的下边就是那片富贵人家住的艺林小区。过去我没来过翡翠山庄，所以脑子里没有这种概念：艺林小区是去翡翠山庄的必经之路。来时从这条路经过，我脑子里就有了想法，我想去看看双赢。自从伶俐出事，我还没有看见过他。双赢比沙沙小两岁，该是小学四年级的学生。记得那个时候伶俐吃了许多草药才有了双赢。她经常把草药放到喝水的杯子里，渴了就喝。小区里非常安静，不像我们住的那种地方，早晨一睁眼，小贩的叫卖声就此起彼伏。晚上灯都亮了，还有小贩顽强的声音穿窗而进。已经有穿校服的小学生陆续上学了，我加快脚步，跑上了三楼。

还好，是双赢给我开的门。双赢叫了声“小茹阿姨”，叫得我心里暖洋洋的。我们见面的次数不多，可双赢还能够记起我。双赢是一个漂亮的男孩子，额头很高，柔软的头发又黑又亮。我问：“爸爸呢?”双赢做了一个睡觉的姿势，就把我拉到了他的房间。双赢问我：“小茹阿姨，你知不知道我妈妈去哪了?”我说我不知道。双赢说：“可我的同学告诉我我妈丢了。我妈会丢吗?她哪里会不认识家?”我看着双赢，孩子的眼睛那么清澈，一点阴影都没有。他的概念里只有不认识家的人才会丢。我问：“你想妈妈吗?”双赢的眼圈慢慢红了。我把双赢搂在了怀里，不知道说什么好。我悄声问：“爸爸对妈妈好吗?”双赢坚定地点点头，说：“爸爸不让我进妈妈的房间，怕我把东西弄乱了。”我说：“妈妈的房间在哪?”双赢指点着说：“我的，妈妈的，爸爸的。自从妈妈不回家，爸爸就把妈妈的房间锁上了。”我看了看墙上的表，双赢该上学了。我问双赢是一个人去还是爸爸送过去，双赢自豪地说：“自己上学从来不要人送。”我知道一条近路可以通到学校，连一点马路都不用走。”双赢的意思那条近路安全，因为不用走马路。可我想的是那种偏僻的小路可能更容易有意外，有许多意外都是在偏僻的地方发生的。

当然我没有把这层意思告诉双赢，我不忍对他说什么。

我让双赢去喊醒爸爸，就说小茹阿姨来了。

双赢有节制地敲门，那样子像个绅士。里面有了应声，双赢才走了进去。我听见双赢说："爸爸，小茹阿姨来了。"

双赢从屋里出来向我道再见，说："小茹阿姨，我去上学了。"

我送双赢出门，双赢居然说："小茹阿姨，回去坐吧。"

我想伶俐怎么教育的孩子，这么懂事。

陈文化好长时间才从卧室里出来。

他的眼球原本有些鼓，可现在鼓凸得更厉害了，而且上面布满了血丝。他还懵懂着，脚步有些踉跄。他说这段时间一直睡不着觉，可刚才不知怎么一下就睡过去了，还睡得很沉。我把我的来意告诉了他。说中午在翡翠山庄吃的饭，路过这里，就想过来看看双赢。你下午上班吗？陈文化说他一直也没上班。自从伶俐失踪，他总神思恍惚。我说难怪你瘦成这样。陈文化原本就是瘦弱的人，可现在一张脸变成了窄窄的三角，衣服就像是挂在身上的。陈文化打着哈欠说吃也吃不下，睡也睡不好，这样下去我要垮了。我说这哪行，为了双赢你也要吃、要睡。我本想安慰他两句，可想起他那平静的样子，就觉出了多余。陈文化给我倒了杯水，问我有没有吃饭，不容我回答，就自嘲地说你说过了，在翡翠山庄吃的是吧？瞧我这记性。这些日子东奔西跑你一定累坏了，没有线索吧？我说没有。陈文化看我的时候我就看别处，他不看我的时候我就看他。我还是觉得他是置身事外的人，那样一种淡淡的漫不经心的态度还是让我心里别扭。

我喝了他倒给我的水。而伶俐失踪以后的第一次上门我连水都没喝，我只是把茶杯端起来，在唇上碰了碰。这个细节我记得很清楚。陈文化平静的样子吓着了我，我当时感情复杂得甚至影响了我的思维和判断。我喝了一口水，我决定和陈文化好好谈谈。我先把那个梦讲给陈文化听，那是我知道伶俐失踪的第一个晚上的事。我做了个梦，梦见了我和伶俐都是十一二岁的年纪，背着筐去采猪草。我们看见了磨盘大的一朵花，是起起牙开的花，金黄金黄。我对这朵花产生了怀疑，因为起起牙开的花都是紫色的。伶俐让我看花下面的叶子，果然是起起牙的叶子。这时候遍地都是起起牙，我们平时采猪草是不屑于采它的，因为起起牙扎手。可伶俐说她会一种魔法，能让起起牙都不长刺。说完她就跳进了花心里，可花心里是一眼井。伶俐跳下去就说自己被绑住了，上不来了。然后就交代后事，说让我照顾双赢，双赢是一个聪明的孩子。然后又提到了红月里三号，只是她没说清楚红月里三号是怎么回事，声音就消失了。

我说我知道梦是无稽之谈，可奇怪的是这座城市真的有红月里三号，而且让我碰上了。我不知道，那个红月里三号是不是伶俐说的那个，因为在这之前我一点也不知道这个地方。红月里三号跟你们有什么关系吗？你能解释我的梦里为什么会出现这样一个明确的地址吗？

陈文化摇了摇头，说："我从来不知道有这么个地方。"

我说："你是伶俐最亲近的人，你有什么预感吗？"

陈文化说："预感谈不上，可我知道她一定是出事了。两天以内没有绑匪打来电话，她就是出事了。"

我说："你所说的出事指的是什么？"

陈文化说："她遇到了不测。"

这一点跟我的感觉倒是相同的。

我问："是偶然还是必然？"

陈文化说："这我就不知道了。"

我说："伶俐不会有什么仇家吧？"

陈文化说："应该不会有。"

我说："如果伶俐遇到了不测，你猜会与什么有关？"

陈文化说："我猜不出来。"

我闭紧了嘴，我觉得陈文化在敷衍我。他又给我的杯里倒了水，可我并不因此而感谢他。

陈文化说："你好像一直在怀疑我。"

我看着他。陈文化说了一句可笑的话："我一个人民教师……"

我把脸扭向了一边。

陈文化说："好歹我们是夫妻，最不愿意她出事的人是我。因为他是我儿子的妈妈。你也看见了我们的儿子，是天底下最优秀的儿子。不因为我是他爸才夸他，老师、同学、街坊、邻居，凡是认识他的人没有不夸他的。我跟你这么说吧，早先我就有过设想，如果他妈妈不在了我决不会给他找后妈。你信我的话吗?”

陈文化紫色的嘴唇泛出了些许红色，是因为激动还是因为隐蔽的兴奋，我看不出。可他的话却让我的脊梁一阵阵地冒冷气，我不明白他怎么会有那种设想。

我不敢问，我怕他再说我怀疑他。

见我不回答，陈文化有些泄气。可他还是执着地把自己的想法谈了下去：“也许你不了解我，我们算这次一共也就见了七次面。没结婚前两次，结婚后五次。而且那六次都是有第三者在场，不像现在这样我们可以单独地面对面。其实我一直想有个机会跟你谈谈话，不因为你是崔厚容的朋友，而因为你是冯诺。”

我小心地喘了一口气，问：“你想跟我谈什么?”

陈文化顿住了。他好像不太习惯我问他什么，我的问话可能打断了他的思路。他瞪着眼睛看着我，看了好一会儿，才接上自己的话茬儿。他说：“我问你信不信我的话，你没有回答我。你不回答没关系，谁不回答都没关系。我的问题不是非别人回答不可。只要我自己能回答自己，就够了。我跟你这么说吧，我是一个完全自信的人，言必信，行必果。你知道老师都是人类灵魂的工程师，不但教书，而且育人。我也是这样教育我的学生的，诚实，守信，一诺千金。我说到就会做到，不管你信与不信。”

我轻轻地问：“你说到做到什么?”

陈文化说：“我什么都能说到做到。比如有一次我安排家访，临时下了瓢泼大雨。换了任何人都可以往后拖延，可我就是顶着大雨去了。到那里衣服都浇湿了，却把学生和家长感动得不知说什么好。我换上了学生父亲的衣服与他们座谈，那种感觉真的就像一家人一样。虽然后来我又感冒又发烧，还到医院打了两天点滴，可为了守信，我觉得值。因为这不是简简单单一次家访，它关乎一个人的荣誉，而且能够影响到其他人。你知道我的学生后来变成了什么样吗？他在广场捡到了20块钱，为了找到失主，他把那天去广场遛弯的人都访遍了，共询问了一千多人次。”

我由衷地说：“有那时间干点什么不好。”

陈文化警惕地说：“你说什么？”

我赶紧收起那副嘴脸，做出肃然起敬的样子，说：“你的学生真了不起。”

陈文化说：“不单是你一个人这样说，我们的道德建设已经引起了全社会的关注。我带的班不仅是出席校、出席县而且是出席市的‘三好班’，我们的锦旗奖状把教室都挂满了。你可能还不知道，我们学校的学生都以能够上我的班为荣。我的班是全年级中学生最多的。”

我不禁为沙沙担起心来。沙沙马上就要上中学了，沙沙师从陈文化这样的老师可能有一个好处：不会说你个下岗职工如何如何。可与陈文化的得意门生相比，我还愿意沙沙像眼下这个样子。

而且我忽然念起沙沙的班主任刘一流的好来。俗是俗了些，可俗在了情理之中。不像陈文化这样会让人产生一种深深的绝望。我就是一种绝望的感觉，假如现在沙沙是他的学生的话，除了绝望我简直无路可走。

我说：“我简直不知道对你说什么。”

陈文化得意地说：“不单你对我无话可说，凡是认识我的人都对我无话可说。我们班的学生品学兼优，在人群里总显得出类拔萃。不管是班集体还是个人，所有的荣誉都没从我们这里溜走过。你不信可以去问我的学生或同事，他们对我都不会有二话。”

我赶忙表示我相信。

陈文化喘起了粗气，仿佛说刚才那番话用尽了气力。为了转移注意力我问他中午做的什么饭，我想再一次提醒他要注意身体。

陈文化却没接我的话茬儿，又滔滔不绝讲起了他们班里的事。诸如采取什么方法杜绝早恋，如何引导学生树立正确的人生观、价值观。怎样变“追星”为追求理想和信念等等。其实这些问题都是我关心的，我或早或晚都会遇得到。可惜陈文化长篇大论讲了半天我也没听出有什么办法值得我借鉴，他的话空洞而乏味，而且都像是从材料上搬来的。

当然，也许材料就是他写的。

我无法掩饰我的不耐烦，即使没有伶俐这档子事我仍然无法认同陈文化和陈文化的这种说教方式。我仍然会觉得假如沙沙师从陈文化会让我绝望，即使他教的学生完美得就像上帝生的孩子，仍会让我嗤之以鼻。

我不喜欢陈文化的道德，我觉得陈文化的道德是一种扭曲了的道德。

我希望自己的孩子不仅昂扬而且自然，身上没有标签，是纯纯粹粹的自然之子。那颗心永远像水滴一样透明，像阳光一样明媚。我甚至不希望她做“优秀”“标兵”之类的道具，她只要做好史沙沙，就够了。

沙沙也曾经问过我捡到钱怎么办。我说："如果知道谁是失主就交给失主，如果在学校捡到的就交给老师，如果在外面捡到的就交给家长。"

我就是这样"指示"沙沙的，沙沙也是这样做的。至于交给家长以后如何，我干脆地告诉沙沙："买菜。"

人与人是多么不相同。我想，要是我和陈文化非沟通不可，我情愿像伶俐一样失踪。

我的想法无意识地走进了这道死胡同。可死胡同里的阳光突地亮了一下，让我有了眩晕的感觉。我想，伶俐的失踪会不会也是"情愿"？

有时候"情愿"该是多么不情愿啊！

我马上有了想法。陈文化说话的空隙我站了起来，我说我想看看伶俐的房间，不知可不可以。

陈文化就像准备好了似的马上响应："可以，我这就去给你开门。"

钥匙在墙角的一个挂钩上挂着。陈文化走过去把钥匙取了下来，示意我跟他走。陈文化打开了伶俐房间的门，我吓了一跳。

这是一间灵堂。

伶俐的灵堂。

伶俐的一张黑白照片摆放在写字台上，面前是黑纱和白花。

我马上发起抖来，我说陈文化，你这是什么意思，你是不是知道伶俐已经死了？她怎么死的，死在了哪里，是谁把她害死的？

陈文化说：“你说的这一切我都不知道。这只不过是我的预感，她已经死了。”

陈文化又说：“我的预感从来都是百分之百的准确。”

我逼视着陈文化：“谁是凶手？”

陈文化说：“我怎么知道？我如果知道就协同公安局破案去了。”

我说：“你不是有预感吗？”

陈文化振振有词：“我的预感是有关崔厚容的安危，并不包括谁是凶手。”

陈文化说完这话就走了，把我一个人扔在了伶俐的房间。伶俐穿越许多年的时空与我对视，我知道这张照片是她结婚前的。

我轻轻地喊了声：“伶俐。”

又喊了声：“伶俐。”

伶俐的房间四壁雪白，干净得就像她的为人，一点瑕疵也没有。一张床，一只衣柜，一架书橱。衣柜和书橱是配套买来的，都贴有绿色环保标志。我轻轻拉开了衣柜的门，伶俐的裙装就像服装店里的陈设摆在那里，一丝不苟。我用手逐个摸了摸，衣服暖暖的，就像是有伶俐的体温。我回手就把白花和黑纱扯了下来，团了团塞进了我的包里。村里的老人说这是“念咒”，人不死也会被咒死。所以装老的衣服不能给要死的人看见，那样会把人活活气死。这些乡俗不是一个地方有，相信陈文化不是不知道。他早早设了灵堂是什么意思？只是为了强调自己的预感百分之百地准确？我想这个人不是生理有病就是心理有病，伶俐的失踪在伶俐是迫不得已，在他也许正是求之不得。

桌子上散落着几枝玫瑰，已经干枯了。花苞欲开未开的样子，与这房间整齐的一切那么不协调。我想，玫瑰应该插在花瓶中吧，还可以插在水瓶中，再怎么也不该这样随意散落着放在伶俐的面前，让伶俐想动手收拾都没力气。我把玫瑰一枝一枝地捡了起来，陈文化马上幽灵似的走进来，告诉我玫瑰就是情人节那天他买给伶俐的，原本想给伶俐一个惊喜，可没想到她一去不回。陈文化离我很近，我甚至能闻见他身上有股不洁的气味。我说："当时为什么不把它插起来？假如伶俐晚一两天回来玫瑰正开着。"陈文化把头摇得像拨浪鼓，他说我知道崔厚容回不来了，我知道。我尖锐地说你是不是希望伶俐永远不回来？陈文化抖着嘴唇看我，忽然脸上划过一丝笑。千真万确，我捕捉到了那一丝笑，是冷笑。

陈文化说："你是想听真话还是想听假话？"

我说："你讲真话。"

陈文化仰头看屋顶，看了一会儿，说："有些事情你还是不知道为好。"

我说："假如我想知道呢？"

陈文化干脆地说："这对你没好处。"

陈文化说完这话就走了。

知道我这时候的感觉吗？我要打摆子了。我控制不住想要打摆子的欲望。我抖索着打开了伶俐的书橱，那些书整齐得让我不忍翻动，可我还是迅速翻动了它们。哗啦哗啦，一本又一本。不一会儿，那些书都在我的手指中间过了一遍。外边不时响起陈文化的脚步声，我疑心他在监视我。我把房门掩上了。可陈文化很快就开门进来了，手里端着一杯茶。我想向他笑一笑，可我脸上的肌肉抻不动，我笑不出来。陈文化把茶递到了我手里，说："我给你换了杯热的。"他的手无意碰到了我的手，我的手凉他的手更凉。我触电似的把手收了回来，陈文化小声说："你好像有点怕我。"我摇摇头。陈文化又说："我从来就不是一个让人害怕的人。"

我好不容易笑了笑。我说："你能让我单独待一会儿吗？"

陈文化不满地说："如果不是给你送茶我不会进来。"

我说："我不渴。"

陈文化更加不满地说："你可以不渴，我可以不送吗?!"

陈文化出去时"砰"的把房门撞上了。

我在一本时尚杂志里看到了一张照片。先说这本杂志，大开本，装帧豪华，过去我根本没见过。我随手翻了翻，服饰、名模、流行、色彩，都离我的生活那么遥远。可我承认它很吸引我，那么美丽的一本书拿在手里，感觉和心情都是美丽的。因为美丽，我不禁多翻了几页，我看见了那张照片。那张发黄的二寸照片夹在那么美丽的一本杂志中，说它不协调它又太协调了，说它协调又多少有些矫揉造作。照片中是伶俐和我两个人，背景是一条河，一大片河滩地上长着绿油油的麦子。穿得破破烂烂的我们打着一把花阳伞，在春天的阳光底下笑得别提多开心了。当时的情形我至今记忆犹新。我和伶俐正在麦田里采猪草，也许我这两个字出现的频率高了些，可你不知道我们那时的生活，我们每天最重要的事就是采猪草，然后才是上学，再然后才是别的什么。哪天不采猪草，圈里的猪都要翻白眼。我这样说一点也不夸张，猪翻白眼不是瞪我们，而是它饿得要死了。猪可是不经饿的动物，它夸张的嚎声敌得住十个小孩一起哭。所以我和伶俐的整个生活都是跟猪绑在一起的，没有猪的日子基本就没有我们。

话说那天我们在麦田里采猪草，大堤上来了一老一少两个骑车的。老的其实也就四十来岁，可在我们那时看来，已经很老了。少的也就十五六岁。他们都戴着前进帽，做派像城里人。其中那老的看见我们下了车，说："小妹妹，照相吗?"少的也下了车，用一种夸张的声音说："这里的景色多美啊。"我和伶俐都是按捺不住地兴奋，尽管我们都十二岁了，但我们没照过相。不是我们不想照，是没机会照。我们做梦都想照相，我们经常在河边的水里端详自已，觉得自已是世界上最美丽的人。伶俐问照一张多少钱，年老的说，八毛。如果说你们俩一起照就便宜了，才四毛钱。我和伶俐互相看了一眼，觉得真是不照白不照，便宜了这么多。我说我们现在手里没钱，年老的说送照片的时候再给也行。我说："那你们就下来吧。"他们搬着车子往下走的工夫我和伶俐是最高兴的时候。我们彼此看着对方，伶俐的额头是红的，双颊是红的，眼睛像河水映着太阳一样泛出光辉。年少的把一把伞打开遮到了我们头上。现在看来那是多普通的一把伞啊，可当时却让我们兴奋不已。我的心扑通扑通直跳。伶俐比我勇敢得多，她问我们怎么照好，是坐着还是站着。年老的说，我的聂影技术是一流的，站着坐着都好。对，他说的是聂影而不是摄影。我觉得他真有水平，还知道管照相叫“聂影”。我们坐着“聂”了那张像。伶俐倚在我的身上，花布伞开在我们身后。快要按快门的时候伶俐说等一等，她把草筐都拖到了河滩下边，免得它们也上镜头。

那一瞬间我简直要崇拜伶俐，伶俐想得多周全。

于是我们有了这样一张照片。照片上的头发飞扬，因为那天有风，我们又没有梳洗，所以一缕一缕的汗液都在头发上滴淌。背景的河水很模糊，可那一大片麦田却很真切。更真切的是那把花阳伞，红底儿白花，给照片增加了不少色彩。那天人家来送照片时我和伶俐还没有放学，但我们在村外就知道了这个消息。许多人都兴致勃勃地问我们：“你们照相了？”我和伶俐都顾不得答，把书包背在肩上就往家里跑。回到家来送照片的人已经走了，爸爸正在夸我和伶俐有本事，说我们采着猪草就顺便把相照了，还不花钱。我以为人家给我们免了费呢。可父亲说，一手交钱一手交货，八毛钱，不多！

我的那张照片早早就丢了。本家正在上高中的二哥说可以把照片上上彩，可以变成彩色。我当然愿意我们变成那个样子，像电影里宽银幕上的人，红的地方红，绿的地方绿。可二哥的本事差了点儿，照片上的我们嘴唇红得红到了耳朵根上，麦苗把我们的衣服都染绿了。二哥嫌我们头发乱，还每人给我们画了顶帽子。二哥也是好意，把帽子画成了凉帽，像电影中城市人戴的那种。可谁看谁说那两顶帽子像两个驴箍子。

二哥把好好的一张照片给糟蹋了。

结果我的那张照片早早就丢了。丢了我也没心疼。因为后来照相已经成了稀松平常的事。那位“聂影师”每隔一段时间都要到村里来，有时一个人来，有时也带着他的儿子。我和伶俐合着照了许多相，因为这样可以省下一半的钱，我们觉得挺划算。后来的许多照片都比第一张照得好，最起码是有了准备。头发梳光了，换上了整齐的衣服。所以我从来也没觉得第一张照片丢了有什么可惜。如果不是再一次看见它，我都忘了曾经有过那一回事。

我没想到伶俐还保留着这张照片，而且夹在这样一本时尚杂志里。我有理由相信这是伶俐失踪的前几天夹进去的，因为杂志是新的。只是不知道当时伶俐为什么要把这样一张照片夹进书里，她在干什么或她想到了什么。不知道为什么她夹进去的是这张照片而不是别的。

我把东西给伶俐归置好，把那本杂志放到了最外边。谁翻到那页都忍不住要笑一笑，因为那里面有两个傻丫头。照片单看不显傻，可与书里的人物一对照，就傻得一塌糊涂。

事后我们都说对方不该把嘴张得那么大，牙都露出来了。可当时就是想笑，想绷都绷不住。后来再想笑出那种样子已经不会了。第一次照相啊，脸上笑出的那朵花是自然开放的。

我又翻看了伶俐的梳妆台兼写字台，一看就是两用的，也贴着绿色环保标志。我知道伶俐就是时尚的人，她总能跟上时尚的脚步。因为家具新买的缘故，抽屉大部分都是空的。有一些一目了然的小零碎，横七竖八乱躺着。我还在一只空抽屉里发现了一个记事本。抽屉设在夹层，我轻轻一拉，抽屉打开了。我弓下背去看，才发现那个记事本贴在最里边，不留神根本就看不见。我把记事本拿了出来，封面是软缎的，有些古典。可里面却一个字也没有。怎么可能一个字也没有呢？伶俐，我多希望你写点什么啊！我把记事本翻了几遍，最后在封皮中发现了一张纸。我把那张纸拿了出来，展开，是一封信。

是一封写给伶俐的信。

崔厚容同志：

我们的关系发展到这一步你有不可推卸的责任。事已至此我都无话可说了。再这样下去我们只能两败俱伤，不是你毁灭我，就是我毁灭你……我说过人的忍耐都是有限度的，假如有一天我顾不得自己的名誉和荣誉，你别怪我心狠，只能怪我失去了理智……

字写得很大，很草，三五句话就占了一页稿纸。而且在两次写到“毁灭”时，字的下边都画了圆圈，是在提醒别人注意。

我惊呆了，不知道这张字条意味着什么。字条没署日期，可我怎么觉得这张字条就是与伶俐生死攸关呢？否则她怎么会像蒸汽一样连影子都没有？陈文化到底对伶俐做了什么？

房门忽然轻轻开了，我的头发根根直竖起来。我感觉有人在向我逼近，手里举着一把刀。我在心里发出了一声大叫，猛然用双手抱住了头。良久，却没有什么事发生。我惊惧地回头望去，见那房门呼扇呼扇地动，也许是因为有风。

我把信折起来重新放回了记事本。我感觉我再也不能待在这房间里了，多待一分钟就多十分危险。我迅速把所有的东西归位，拎过自己的包就往外冲，却与正要进门的陈文化撞在了一起。

“砰”的一声，陈文化手中的茶壶落地了。

可这一切都没阻止住我的脚步，我跳过地上的那片水渍和紫砂残渣，飞也似的逃走了。

我从来也没这么害怕过，害怕一个人。害怕他鼓凸的红眼球和又小又窄的三角脸。其实我害怕的是我们这所城市一所著名中学的一位著名的优秀教师。我害怕他不是因为他敢杀人——我坚信伶俐已经遇难了——而是害怕他杀人以后居然还如此镇静。我怀疑他刚才已经预备对我下手了——我感觉到的一切并非都是幻觉，只是他还没有来得及采取行动。我及时地从那所房子里冲了出来，他的阴谋破产了。

我在阳光底下仍然喘不过气，摸摸脖子，凉森森的，都是冷汗。我推着车子往外走的时候路过一个小饭店，有个女人招呼我："喂，不是你吗？"我不认识她。我漠然地看了她一眼，就从她的身边走了过去。她说："你妹妹找到了吗？"我才记起她是那个女老板，曾经每天看着伶俐上下班。我没回答她的问话，此刻我的魂魄全不在自己身上。她凑近了我，小声说："有人看见那天墙角停了一辆面包车。"我说："谁，谁看见了？"她说："我告诉你也没有用。公安局的人都来这里调查过了。"我问还有没有其他线索，她紧张地四处看看，说："最近这段这里老出事。一个也爱穿裙子的女子被人扎了七刀。”我问这是什么时候的事，她说就是你妹妹失踪后的一个月，一个歌厅的小姐下班经过这里出的事，现在还没出院呢。我问听没听说因为什么，老板娘不屑地说，歌厅小姐还能因为什么，争风吃醋呗。不过你妹妹的日子过得多好啊，有那么好的楼，得值好几百万吧？她的对象我也认识，是个老师，长得文质彬彬的。我儿子在他们那个学校上学，说那个老师可好哩，在全学校都有名。我笑了笑，没有说什么。我情不自禁就会去摸脖子，总觉得那里在冒凉气。

女老板说：“你是不是在闹颈椎？我的颈椎也不好。中医西医都瞧过了，最后拔罐子拔好了。你想拔罐子我介绍你去一个地方，又省钱又管事。你去不去？”

我说我现在不去。我什么时候去会来问你，否则你现在告诉我我也记不住。

女老板同情地说：“是呀，谁家摊上这样的事也没心思干别的。那就以后再说吧。”

11

史大鹏已经是三天没有回家了。

这种情况通常是这样的，假如我不主动找他，他三十天不回家也不是不可能的。他倒不是那种死牛筋的人，相反，他活络得很。他不回家除了不想回家之外就一种解释，他爱面子。他是自己一生气跑出来的，如果没有台阶下，让他自己回来简直不可能。我说过我跟史大鹏过的那些年已经把我过面了，有时气是气了些，可转过身去连为什么气的都忘干净了。我其实是已经没有多少尊严的人了，脸皮比橡皮还厚，自尊却比纸还薄。刚结婚的时候冯诺可不是这个样子，像捍卫什么似的捍卫自己的领地。当然现在我的领地已经没有了，一半分给了史大鹏，一半分给了史沙沙。我就是被瓜分的一块烤白薯，除了一手糊翘什么也没有剩下。

我是寄居在别人领地的一只甲壳虫。每天爬呀爬的，却找不到回家的路在哪里。

我得与沙沙好好谈一谈。我与史大鹏反目其实还是由于沙沙的一席话。沙沙的话尖锐地刺痛了我。史大鹏说我什么都可以，可沙沙不行。当时我直接的反应就是史大鹏教唆了沙沙，如果真的是这样，我决不会原谅史大鹏。

所以我要把事情弄清楚。

我选择沙沙洗漱完毕上床以后的这段时间。我坐在了沙沙的床前，沙沙抱住了我的一只手。沙沙是一个健忘的孩子，发生过的事情用不了二十四小时就全都忘光了。所以我不得不提醒她。我说沙沙，你那天指责我是下岗工人我很难过。知道我为什么难过吗？沙沙说没人发你工资。我说沙沙只说对了一半。我的工厂黄了，可我可以去做推销员，可以去卖菜，可以做好多事把工资挣回来。我之所以没出去不是不想出去，是你爸爸不让去。知道爸爸为什么不让我去吗？沙沙说嫌你的工作不体面。我噎住了，沙沙什么时候成了人精，对付她我已经有点费力了。

我索性直截了当地说。

"沙沙，下岗不是我的错。我向你保证我在工厂的时候是个好工人。我认认真真地做人，规规矩矩做事。既不迟到也不早退，从不顺手牵羊偷厂里的东西，爱护公物财物。可工厂并不因为我是好工人就效益好，就不停产。所以我下岗我不脸红，你也没有必要替我脸红。而且我也要为自己说一句话，下岗不下岗很大程度都与机遇有关，并不是每一个下岗的人都低人一等。”

沙沙不解地说：“妈妈你到底想和我说什么呀？”

我说：“我下岗给你丢脸了？”

沙沙好半天不说话。

我说：“你那天说的话伤了妈妈的心知道不知道？”

沙沙嘟着嘴说：“我说什么了呀。”

我看着她，我不准备提醒她。

沙沙脸红了。

我说：“告诉我为什么要说那种话？”

沙沙理直气壮地说：“就赖刘一流。他在班里说谁父母下岗了把手举起来，我没举。他说的是父母，并没有说母亲。可他清点完人数时说有的同学明明家长下岗了却不敢承认。史沙沙，你妈上岗了吗？我说还没有。刘一流说她准备什么时候上岗？要是没有日期我就把她当作下岗人员了啊。结果大家都笑话我，说我不说实话。”

我说：“你没有把你的理由解释给大家听？”

沙沙说：“谁让我解释呀。我看刘一流就是存心报复，让我难堪。”

我说：“你难堪了吗？”

沙沙说："怎么不难堪，恨不得钻进蚂蚁洞里。"

我说："你没做错什么，你没有必要难堪。即便所有的人都嘲笑你，你也要对自己说，我没做错什么，我不难堪。"

沙沙说："妈妈，我懂了。"

我说："那天妈妈错怪了你爸爸，所以我也要向他道歉。"

我给沙沙掖了被子，回头就给史大鹏打电话。我当然不会向他道歉，我主动打电话已经是姿态了。我说："女儿想你了。"

只这一句话。

史大鹏说："我知道了。"

也一句话。

我看着墙上的石英钟，与自己打赌史大鹏会在二十分钟以内回来。

结果史大鹏远远提前了。

我还是描述一下我与史大鹏的再次见面吧。他决不用钥匙开门，而是当当当地敲。我去开门时并不是站在门口，而是躲到门后。所以史大鹏进家来的第一眼看见的并不是我。他需要把门关上以后才会发现我。可他不看我，当然我也不看他。他会搭讪地问一句："沙沙呢?"我不情愿地回答："睡了。"我之所以回答得不情愿是因为史大鹏明知故问。沙沙是一个贪睡的孩子，经常早早就上床，这些他都知道。史大鹏像一个许久没有回家的人一样角角落落到处看，看窗有没有关上，煤气阀有没有拧紧，阳台上晾晒的衣服有没有收起来。他从我身边过时偶尔会碰我一下，显得不经意，但绝不是不经意地一碰。这个时候他仍不看我的脸，当然我也不看他。史大鹏实在没事可干的时候会分外仔细地洗漱，洗澡。明明知道内裤在哪还是让我找。我会装得有些不耐烦，可转过身去就会偷偷地笑。

有什么办法呢，夫妻之间就是这样 。有时候我也特想自尊一下，给他点颜色看。可转念一想，都不容易，何必呢？可能是因为心太软。我总是心太软，把自尊都给软没了。有些事要是放到结婚那阵，什么话都没有，离婚。可现在别说让我离婚，想一想我都觉得费劲。

史大鹏的衣服已经洗得干干净净了。我问他是不是自己洗的。他说还用自己洗？抢着给我洗衣服的至少也有一个加强班。这话有几分是真，也有几分是假。抢着给他洗衣服的肯定大有人在，但史大鹏不会让别人洗，尤其不会让女人洗。机关里的事情就像小葱拌豆腐，青是青，白是白，一点也马虎不得。稍一马虎，你准栽跟头。他们单位的老魏还不是这样，马虎了一下子，就把后半生搭进去了。走进了别人预先设好的圈套，结果用一根裤腰带上了吊。

史大鹏在有些事情上糊涂，但在这种事情上绝对清楚。我知道。

事情还用我往下说吗？我们家的床是件奢侈品，它的价值等于组合柜子的五倍，等于家用电器的三倍。你也就知道我们多注重床的质量其实就是婚姻的质量了。婚姻的关系说穿了就是性的关系。许多繁杂的等外条件其实都像我们的床一样，是奢侈品。最本质最核心的东西仍然是性。我之所以说这些话是因为我这些话从没说出口过。它总在我思维的深处隐秘着，藏匿着，须臾不离却又若隐若现。史大鹏有时也问我："你说我们俩之间是什么关系？"我就这样告诉他："是性的关系。"史大鹏对我的回答表示满意。因为这比别的一种什么关系更稳靠。因为这起码可以说明你能认识到性生活只有在婚姻的圈子里。除此之外，你再没有任何私密级的事情不能与别人共享。性生活其实就是婚姻的一道墙，你逾越了就只能说明你非偷即盗。

我们的床是我们家庭中除了存折以外最值钱的东西。当然说的是现在，这要是倒退十年，存折都没它值钱。因为存折上的钱都交给床的卖主了。那个时候别人都说我和史大鹏有病，管我们的床叫"总统床"，说总统床都没有它值钱。我们笑得心照不宣。我和史大鹏很难有什么事情想到一起，只有买这张床一拍即合。当时的情况是这样，我们的全部资财都在一个存折上，然后我们把这个存折送给了家具店的老板，一分钱也没剩。

因为这件事情我嫁给史大鹏不后悔。你知道我是在不愿意嫁人的时候嫁了他。一张床奠定了我们的婚姻基础和婚姻质量，我们尽管有这样和那样的摩擦，但我们不分床。

我不敢说这张床带给我多少幸福，但一张床的无可挑剔是一件多让人心仪的事啊！也许你没有这种感觉，但我有。所以请你相信我的话。如果你想结婚，一定要倾其所有买张好床，假如你钱不多的话。什么东西都可以随时添，但床不可以。

这是我的婚姻秘诀，传授给你，是想对你能有所帮助。

三天不见面的夫妻什么样？就像我和史大鹏这样。心中都有一点温存，漾在脸上，所以脸上的神情像灯光一样柔和。对了，我还要告诉你我们房间的灯光，橘黄色，含情脉脉的那种。虽然台灯被史大鹏摔坏了，但一点也没有改变它的光亮，它仍是含情脉脉地照着我们的房间，使我们的脸孔变得柔和生动。台灯是一顶小蘑菇。你如果也是家庭主妇，你就知道蘑菇多容易破损。破损的蘑菇并不影响味道的鲜美。残破的台灯也是一样，残破也是一种美。我靠在史大鹏的肩上时想的就是这个问题。我不懂得什么叫唯美，但我懂得生活。生活就是这样，表面是打碎的台灯，可它柔和的光亮在暗处隐藏着，你轻轻启动它的开关，你眼前的一切就都亮了。生活就是这么回事。

有些人总生活在黑暗中，就是因为不知道台灯的开关在哪里。或者知道在哪里却不会启动，或者知道如何启动却非要与自己或别人较劲儿。所以黑暗并不是像黑夜一样必须来临，你能用一盏灯照亮你自己。

这是我的经验，不知道适合不适合你。不管适合不适合你我都要把它说出来，我希望对你能有所帮助。

我们刚刚经历了一场混战。

我知道我们混战的情景不该对外人言。我们会把窗帘拉严实，我们会把房门锁好。不但锁好我们自己的房门还要关照好沙沙的房门。沙沙已经是大女孩了，号称什么都懂。所以我们必须格外小心格外谨慎地对待她。只有确信她已经睡熟，确实对发生在这所房间里的事情一无所知我们才能关起自己的房门。这样发生的事情怎么能对人说呢？当然不适合对外人说。促使我不得不说的是在我们混战期间电话铃在持续不断地响着。真的是持续不断，让人的头皮发麻。我们都没有管它，任由它响个没完没了。史大鹏甚至说："只当这是音乐伴奏。"我们不相信拨电话的人会比我们更有耐性。可是奇迹出现了。我们都结束了而电话铃声仍没有结束的迹象。我和史大鹏都有些紧张，不知这样一个电话预示着什么，不知电话那端的人凭什么这么打扰我们。

史大鹏去接了电话，"喂喂"了两声，就把电话挂了。

我问："谁？"

史大鹏说："不说话。谁知道是谁。"

我说："别理他，也许是个精神病。"

我们安然躺在床上，十年过去了，床还是那么舒服。每次感到这么舒服我都会去想十年前的事情，我们把所有的积蓄都交给了家具店的老板。老板说这是他在这座城市卖出的第一张这个品牌的床。

老板是个老实人。他不知道他的一句实话已经让我记了十年，而且非常可能的是，我会记住一辈子。换了任何一个买卖人都不会说这种话，他们不会告诉顾客你是第一个买我东西的人，只会说在你之前我已经卖了多少了。

老板现在已经把生意做成了气候，所以我总认为老实人不吃亏。

电话铃又响了起来。史大鹏又去接，结果里面还是没人说话。

我问："是你先撂的电话还是对方先撂的？"

史大鹏说："对方一听我的声音就把电话挂了。"

我说："再来电话时你别动，我去接。"

我们瞪着眼睛等着电话铃响，一直到我们睡着，电话铃却一直没响。

"我知道你昨晚在干什么。"戴月月在电话里笑嘻嘻地说，"没安宁吧?"

我疑惑地问："昨天晚上是你打的电话?"

戴月月说："冯诺，我遇到好事了。我遇到好事第一个想告诉的人就是你，没想到你不接我的电话。"

我屏住气道："史大鹏接了的，你为什么不吭气?"

戴月月说："天地良心，我的电话你们可一直没接。知道我在哪打的吗？就在你们的楼底下。我从这里过，见你们窗帘拉得严实，屋里又有灯光，才拨了你家的电话，没想到你们没工夫接。"

戴月月咯咯笑了。

我说："你说的是实话?"

戴月月说："我能说假话？要是姐夫接的电话我为什么不吭气？我巴不得跟他多说两句话呢。"

这倒像戴月月的为人，我信了她的话。我又仔细问了她打电话的具体时间，因为是用手机打的，时间又晚，所以戴月月把时间记得很清楚。而我的房间里挂着石英钟，我有计算时间的习惯。

所以，电话明显地可以这样划分。最先打电话的人是戴月月，戴月月收了线以后又有一个人拨了我们家的电话。他先后拨了两次，都是史大鹏接的。不知出于什么原因，电话里的人没有吱声。

如果电话是我接的，电话里的人也会保持沉默吗？有什么原因这个电话非我接不可呢？

我走心了。

戴月月“喂喂”了两声，说：“冯诺，你不用生我的气。你知道宋桂英已经上班的事吧？是我找的姐夫。不错我是去了他的单位，人家都用那种眼光看我。我那天穿得特性感，他们机关的人都摘了眼镜看我。你说好笑不好笑，就好像我是外星人似的。”

我不相信地问：“你去找了史大鹏？”

戴月月说：“我就去找了。宋桂英告诉你多少天了，你连个回话都没有。我不找谁找？”

我问史大鹏给宋桂英找了什么活儿，戴月月说，宋桂英可高兴了，她去化肥厂打扫卫生了，每天才两个小时的活，连劳保都有。工资与正式工人一样多，说过些日子就能正式调过去。反正也不图好看，有个饭碗就行。

我说：“史大鹏没跟我说这些事。”

戴月月说：“人家坐机关的人多深沉呀。”

我说：“你还没说给我打电话什么事呢。”

戴月月夸张地说：“天呀，你终于想起我啦。我去一家贸易公司做公关部经理了，下周我就要和老板飞海南了。”

我说：“你也去三亚沙滩晒太阳？”

天知道我怎么会冒出这句话，这句话不是我想说的。我情不自禁地就想刻薄戴月月一下，看来这已成了习惯。

戴月月果然不高兴了，说：“冯诺，我看你是让崔厚容的魂迷住了，她死了也拽上你做垫背的。”

我索性说下去：“你不说她和姓袁的经理在三亚吗？”

戴月月说：“谁知道姓袁的经理一个人回来了，他没把崔厚容带回来，你说我有什么办法。”

我问戴月月去的那家贸易公司经营什么，戴月月说菜刀。吓了我一跳。总有卖菜刀的人上门来推销，把明晃晃的菜刀举在手里。他们这段时间没来，看来是去组建公司了。

我没有心情和戴月月扯淡，只警告她凡事小心点，可别弄个有来无回。戴月月说人家是坐飞机去，也不说点吉利的。我说好吧，那就祝你一路顺风。戴月月高兴了，说那个老板待她多么多么好，晚上下班都要亲自送她到家门口。上班的时候也弯过去接她，她上班连自行车都不用骑。我问老板多大年纪，戴月月说五十几，可一点也不显老，做起事来还像个小伙子。我无意中问了句做什么事？戴月月却扭捏了，说你说做什么事啊，那种事呗，还明知故问。我真的不是明知故问。我如果知道戴月月指的是那种事，我就不问了。

那种事有什么好问的。

我叹了一口气。我知道戴月月又遇见了老狐狸。

可戴月月总以为自己是猎手。

我有时也弄不明白，戴月月到底算猎物还是算猎手。

看来只有天知道。

我想找到一个叫夏刚的人。夏刚，你可能已经不记得这个名字了，这个名字只在陈文化的嘴里出现过。就是我第一次为了伶俐的事去他们家的那天，陈文化给我“汇报”伶俐失踪的整个过程，中途提到了这个名字。陈文化还说那天夏刚的脸色非常不好，这句话当时没有引起我的注意。我的注意力都在陈文化往下的叙述中，我总以为陈文化下边的叙述能给我一点明示。可陈文化欺骗了我。也许我这话说得有些严重。可在我现在的感觉中，多严重的话送给陈文化都不为过。他就是一个骗子，而且非常有可能的是，他比骗子更坏。一想到他，我的全身都会打战。伶俐居然跟这样一个人生活了那么多年，多么可怕。这与与虎同居与狼同眠有什么分别。我能想到伶俐过的是一种什么日子。黑云压城，暗无天日。往前看是绝望，往后看仍是绝望。伶俐的绝望连我都能感觉得到。可陈文化却连绝望的情感都不允许有，于是一个生命被他“毁灭”了（陈文化语）。他选择了那样一个有象征意味的日子，一边跑遍全城买玫瑰花，一边残忍地下了毒手。

这是我经过推理产生的全部的真实的想法，虽然我还不曾对任何一个人说，但这样的信息已经储存在我的大脑中了，我没有办法不相信我自己。

于是我不得不对陈文化说过的所有的事都打一个问号，我不相信他。这种不相信过去还是隐隐的，在意识深处。现在却跑到了意识的表面，我浑身的每一个细胞都告诉我，我不相信他。

我想到了那个叫夏刚的人，陈文化说他的脸色非常不好。因为那天注意力的过分集中我遗漏了这样一个重要的细节。陈文化说他脸色不好是什么意思？他到底想暗示我什么？

夏刚与伶俐是同事，也是永泰的人。我曾经在永泰下班的人流中傻傻地等。我希望能等到一两个相熟的人，然后告诉我哪个是夏刚。我连续等了两个晚上，相熟的人都没有出现。

我只得打电话给路学伟，我说我需要苏格的电话。路学伟说有什么事能跟我说一下吗？我说暂时还不行。路学伟说但愿你不要因为崔厚容的事找她。我吃惊地问为什么？路学伟也吃惊地说你还没有放下她？冯诺，你不想活了？我问他是怎么回事，怎么还与活不活的有关系。路学伟说当然这是谣传，可谣传有时候也不可不信。我问他到底怎么回事。路学伟说现在又有了新的说法，说这件事与黑社会有关系。否则谁会把活儿做得那么利落。我起了一身冷痱子，因为“活儿”，因为“利落”。路学伟又说冯诺，我真的很为你担心，你到底想干什么？我说我不想干什么，我只想找到伶俐，我要知道她在哪里。现在天一天比一天热了，我得设法找到她。路学伟说，她已经那样了，你别再把自己搭进去。我有些激动，我说你怎么知道我会搭进去？如果事情的发展到了非搭进我不可的程度，路学伟，拜托你给我送个花圈。路学伟好长时间说不出话来，我也不说。我们就这样拿着电话，什么也不说。后来还是路学伟打破了沉默。路学伟说冯诺，我不知道对你说什么。我说那就什么也别说。路学伟说冯诺。路学伟又说冯诺。我听出路学伟的声音已经有些乞求了，可我就是不说话。路学伟说冯诺，你软弱一下，求你了。这样一件事哪是你一个弱女子能够管的？我说我不想管，我只想知道我的朋友在哪里。我做得一点都不过分，可你们谁都不愿意帮我，谁都不愿意。还没看见危险在哪里，你们就先找个理由逃遁了。路学伟，你真的连这样一点忙都不肯帮我？路学伟说，我只不想你更深地介入，这对你没有好处。我说我不要好处，我的朋友都失踪了，我还要好处干什么？

路学伟终于叹了一口气。路学伟说："我可以给你电话，但这个电话只能你自己打。你不知道永泰这些日子人心惶惶，你别让苏格为难。"

我说："苏格不是我的朋友，我不会勉强她。"

苏格却出乎意料的爽快。苏格说："冯诺，你的事就是我的事。说吧，要我帮你做什么？"

我说我想见一个叫夏刚的人，你跟他熟吗？

苏格坚定地说："熟。"

我说："听说这件事牵扯到黑社会，如果万一把你扯进来你怕不怕？"

苏格说："有什么好怕的，谁不是肩膀上边顶一个脑袋。"

我的心里别提多敞亮了。我想，我多喜欢苏格，苏格原来是这样一个女子。模样清水芙蓉，心灵也是清水芙蓉。侠肝义胆，铁骨柔肠。我一激动差点把我内心的感觉告诉她，但关键时刻我咬住了嘴唇。我不喜欢当面说奉承话，这不是我的风格，况且苏格这样的女子不需要奉承。你应该注意到了我使用了"女子"而不是"女人"，这是有分别的。"女人"可以随便给任何人使，"女子"却不同。也许在别人的感觉里这两个字的差异很小，但在我的感觉中差异却很大。许多事情我都有我的原则，我的原则有时并不符合大众尺度。

但是我喜欢。

我们在电话里约了时间地点，苏格问我怎么跟夏刚说。我说实话实说。

夏刚如约来到了那家“玫瑰书屋”。

起初我并没有在意那家书屋叫“玫瑰”。我之所以选择一间书屋是因为它在交通要道上，我们谁过去都方便。过去我去过那家书屋，简单、整洁。我对简单整洁的东西素来抱有好感，而且吻合我现在的心境。至于书屋的名字，我并不怎么关心。我去得早些，在小木凳上坐了坐。仰头就看见了“玫瑰”两个字。我问书店的主人，怎么想起用“玫瑰”两个字呢？主人是一个年轻的小伙子，长相清秀。他带一点羞涩地告诉我，因为是情人节那天开的张，所以随便就拣了这两个字。这是几年前的事情了，要是放到现在，就会选一个别致些的名字。我问他生意如何，他面露难色，说仅是维持，现在爱看书的人越来越少了。我说你怎么选择干这一行呢？小伙子无可奈何地告诉我，喜欢呀，喜欢看书，喜欢得没办法，就想开个书屋吧。当初想得挺好，可没想到做这个不能养家糊口。小伙子忙别的去了，我继续在小木凳上坐着。想情人节这样一个概念好像就是最近几年才听说。我小的时候爷爷在菜园里养了一大片玫瑰。爷爷在北京做事，那些玫瑰都是他从北京的单位找来的。姹紫嫣红地一片，可我们都不叫它玫瑰，而是叫它月季。在我们眼里，玫瑰与月季根本没有分别。

有没有情人节对我们与许多人来说都一样。我想，如果不是伶俐出了事，我仍会觉得玫瑰和月季没有什么区别。它们都是圆团团的花，长着相同的叶片。现在我知道了它们的区别在哪里，玫瑰是血红的颜色，玫瑰的身上有血。

在曾经遥远的某一天，一堆骨血育出了一束娇艳的花，后人都叫它玫瑰。后人之所以叫它玫瑰是因为它美丽，但不知道培育它的是人的骨血。

后来玫瑰成了爱情的象征。其实，更多的时候玫瑰就是玫瑰，它什么也象征不了。

一个男孩子跑上楼的时候我微微有些失望。他有着一张年轻的脸孔，很生动。只是太年轻了些，我担心有些事情他无法理解。他环顾室内的时候我轻轻喊了声："夏刚。"果然是他。他向我走了过来，朝我伸出了手。夏刚说："我知道迟早有一天你会找我。"这话让我心头一震。我问："为什么？"夏刚说："你到处去找崔厚容，怎么会想不起来找我呢？毕竟我是最后一个见到她的人。我和她分手以后五分钟内她就失踪了。因为那段路离她家最多不过五分钟。想一想我都觉得奇怪，五分钟能做什么事？它却能让好好的一个人失踪。"我注视着夏刚，夏刚的睫毛很长，眉毛很重。这应该是一个心性耿直的人。夏刚又说："你不来找我我也会找你。只不过不会是现在，要等一切都平静下来，要等我的一些想法成熟，我会好好跟你谈一谈。"我有些担心。我说："你知道我是谁吗？"夏刚说："我了解你要比你了解我的东西多得多，我相信这一点。”我说：“这就好。我还担心你不会赴我的约呢。”夏刚说：“你不知道我的心情，我多想找谁谈一谈啊！可看一看周围的人，谁都不适合做我的听众。我知道我有些话只能跟你说。”我不再问为什么，我知道夏刚这样说话一定有缘由。我只静静地听着就是了。

夏刚生动的面孔变得凝重了，他抬起重重的眉毛看着我。他说：“我想把事情从头讲起，你会嫌我啰唆吗？”

我说：“我不会。”

夏刚忽然哭了。他说：“这些事情整天像磨盘一样压着我，压得我好难受啊！”

崔厚容比我大两岁，很多时候我都叫她崔姐。你可能不知道我们那里的习惯，我们的企业虽然是合资，可因为经营管理方面都是照搬香港的总公司，所以很多生活方面的事情也原样搬了过来。比如，我们把所有的女士都尊称为小姐。别管多大年纪，都是张小姐李小姐地叫。当然也没有年龄太大的，如果有一个六十岁的人来公司，我们也不知道叫她什么好。崔厚容来的晚，我们理所当然都叫她崔小姐。不知怎么回事，后来的这位崔小姐总能让人感到压力。她的衣服穿得漂亮，人也长得漂亮。还有更漂亮的是她的言行举止，总有那样一种说不出的魅力。她的能力也没的说，总能把许多细小的事情办得漂漂亮亮。她为人做事喜欢淡淡的，含而不露，这些都是我们喜欢他的理由。公司里的许多人都喜欢她。我就直言不讳地对你说吧，我们公司的袁总就喜欢她，曾经从国外给她捎过香水。你猜她怎么着，她就把香水放在办公室，每天往窗上地下喷一点，给大家提提精神。其实谁都知道这香水属于私人馈赠，如果她私下收起来，不会有任何人知道。可崔厚容不是一般的人，她把香水放在窗台上，算公用的。谁愿意往身上喷一点也行，可她自己一点也不用。我这么说你就明白了吧，她在我们眼里不但是一个漂亮的人，还是一个聪明的人。她巧妙地化解了一些麻烦事情，却一点痕迹也没露，让谁都无话可说。

很长一段时间我都以为她是一个冷冰冰的人。我一跟她说话就紧张，崔小姐那三个字总难叫出口。有一天，我们公司开例会。我刚出现在会议室门口，她就迎了出来。她说夏刚有人找你。我说人在哪？她说在洗手间。我将信将疑，还是去了洗手间。洗手间空无一人，我站了会儿，想她说这话不会没有原因。我在一面镜子前仔细检查了一下自己，发现裤子没有拉拉链。那天我穿的是一件紧身夹克，所以这件事非常明显。你也许觉得这不过是一件小事，那是你不了解我们那里的情况。我们制度、纪律的那种森严你想都想不到，很多人都是如愿进了公司的大门，却又让森严的制度和纪律挤了出去。合资企业的薪水可不是那么好挣的。

那天下班的时候我在厂门口等她。我说我一定要谢谢你，你说吧，怎么谢？没想到她是那么爽快的一个人，她说你就请我喝杯咖啡吧，我刚好口渴了。我们去了一家酒吧，刚刚坐下，有个卖花的小女孩走了过来。崔厚容说夏刚，给我买一枝花吧。我连忙买了一枝送给了她。其实我可以多给她买几枝的，甚至可以买一束。可不知怎么回事，我觉得她是那样一种人，是那种平白无故就让你信任的人，甚至信任她说的每句话，她话中的每个字。所以她让我买一枝我就买一枝，丝毫也不觉得有什么不合适。那天是我们第一次单独在一起，感觉是有些特殊的。她说你不要叫我崔小姐，我不喜欢那种称呼。我问叫什么，她说叫什么都行。名字，小崔，都行。我说，我想叫你崔姐，你比我大两岁。她说那也行。明天你在公司就大张旗鼓地叫，我看有没有人响应。果然有人响应，公司里的几个年轻人都叫她崔姐，那种风气一下子就变了。

后来我们的交往就多了。她经常谈起她的儿子，叫双赢。聪明、懂事。她也经常谈起她的小时候，在一个村庄里，有一条河，有好多树，夏天她们到河里洗澡。因为每年都有人溺水，所以老师严禁学生中午到河里去。下午第一节课挨个儿检查，都把胳膊伸出来，老师在上面用指甲划一下，如果是道白痕，就证明你中午下水了。下水的学生要罚站，不准坐着听课。通常是老师在前面站着讲课，学生站着在后面听，因为全班没有几个不下水的。有几个不下水的是因为有病，或者不会水。所以站着听课的学生不以为耻，反以为荣。他们还能站着睡觉，让老师用教鞭一个一个地敲脑袋。她还讲她们去采野菜，误闯进西瓜地里。闯进去了当然就不能轻易出来，拣个最大的西瓜掏空了瓤儿，套在脑袋上顶出来。结果把看瓜的吓得要死。她的故事都很有趣，让我着迷。我简直想不到这样一个崔厚容会有那样一个童年，连一点她现在的影子也没有。说心里话，我是有一点崇拜她的。在她面前我很少说话，都是我听她说。她好像也非常想说，有时候我甚至怀疑这么多年她都没跟谁痛痛快快地说过话，很多时候她都是一个孤独的人。

这就说到了情人节那天。其实没进永泰之前谁都不怎么在乎情人节。你也知道，情人节在我们这个地方就是那么回事，也就是一些小孩玩玩闹闹。可永泰毕竟是合资企业，与香港那边连着血脉呢。也不知人家那边什么样，反正我们这边一早就有人订饭局。都是不错的人，请你吃饭，你好意思不去？我问崔姐去不去，崔姐说去就去吧。其实那天我是真的有事，我们小孩病着呢。发高烧，我一下午打了三次电话，都说烧还没退。那晚如果崔姐不去，我也就不去了。我也知道请客的人醉翁之意不在酒，人家是有重点的。这样我们六个人去了那家台商经营的饭庄，一顿饭吃得很热闹。而且我们从来没喝过那么多酒，崔姐也放开了量，跟这个干跟那个干。可那天我总觉得她情绪有点不对头，不瞒你说，她去洗手间我都跟了去，在外面候着她。当然她在明处我在暗处，我是装着去吧台买烟顺路跟过去的。她从洗手间出来打了一个电话，拿着手机怔了半天，又打了一个电话。第一个电话我没听清楚说的是什么。第二个电话是打给一个男人的，提醒他今天是情人节，别忘了给妻子送花。打完电话她又坐回到酒桌前，说今天就到这里吧，男士女士都早点回家，平时忘了爱情的，就在今天想起来吧。于是大家附和了她的建议，把最后一杯酒喝了。

我们两个结伴回了家。开始走得默默的，她好像有些晕。后来有一阵风吹了来，仿佛把她吹醒了。她问我，夏刚，如果你不喜欢一个人，非常非常不喜欢，你怎么办？我说我一辈子不见他。她又问如果不见他不行呢？我说那就把拳头对准他的脸，让他哪远滚哪去。她缓缓地摇了摇头。我现在还记得她当时的样子，摇得非常缓慢。其实这个时候我已经想到她说的是谁了，我非常后悔把话说得那么莽撞。可她却能看出我的心思，她用过去一贯的语调说，没什么，我也经常这么想。她甚至主动挽起了我的手臂，她说今天是情人节，夏刚，就让我挽一挽你吧。你是没听见她说话的声音，那么苍凉。苍凉得让我想掉眼泪。她说你在饭店里为什么总跟着我？我马上否认有这回事。她抖了一下我的胳膊，说你瞒不了我，我知道你在跟着我。我今天情绪不好，让你担心了。我问为什么情绪不好？她淡淡地说没什么。她说你有没有听见我打的那两个电话？接电话的是一对夫妻，他们此刻肯定都在骂我神经病，又不是给你送花，你操的哪门子心。可是夏刚，我非常想打那个电话。我现在还想打给他们，问问他们有没有照我说的去做。你知道我为什么要这么做吗？我说我不知道。她说我也不知道。我怎么觉得如果今天不打这个电话就再也不会有机会了呢。我说你现在最需要的是休息，你喝多了。她说夏刚，我不想回家。我说天底下哪有不想回家的人呢？她说你不懂，你不懂的。她说我总觉得我可能活不长了，早晚有一天会有人谋杀我。我惊问谁？她不回答，可她缓缓地说，我总有这种感觉，总有。端起水杯有，端起饭碗有，躺在床上还有。有一天我做了噩梦，梦见有人想掐死我。当我从梦中醒来，你猜我看到了什么？我当然猜不到，可我的心一下子就揪紧了。她说，我看到了一张脸离我的脸只有几厘米近，那个人的两只手已经放到我的脖子上了。我一着急从床上摔了下来，昏迷了好几个小时。可醒来我告诉自己那一切都是梦，想掐死我的是鬼不是人。

当然我那是在欺骗自己。我知道。如果有一天我突然死了，你一点都不用奇怪，也不用怀疑谁。那肯定是我不想再欺骗自己了，我活够了。夏刚，我真的活够了。说这话时我们已经走到了那棵老槐树下，你知道的，就在天河商厦旁边，我们走到这里就要分手了。她说夏刚，你抱抱我，抱抱我。于是我抱住了她，我的眼泪滴到了她的头发上，我不知道怎样才能安慰她。她又说夏刚，你吻吻我。我长这么大都没被人吻过。可我还哪有力气吻她呢，我哭得连头都抬不起来。她却很快冷静了下来，用纸巾给我擦眼泪，还嘱咐我今天听到的话对谁都别说。然后，她走了。

我也走了。我一路走一路哭，有个人骑着车子从我身边经过，问我是不是把孩子丢了。我想了想，说没丢那人老大的不乐意，说没丢孩子你哭什么？这年头也就这一码事值得哭一哭了。我一想，也对。快到家门口了，也没法再哭了。我在楼下转了转，让风把脸上的泪水吹干，就上楼了。

家里一个人也没有。有张字条是留给我的，说我的手机打不通，她抱孩子去医院了。我想，孩子到医院我就放心了，我不放心的还是崔厚容。电话拿起来好几次，又放下了。我不知道电话通了以后我该说些啥。后来我终于没有打那个电话，就去医院了。

没想到那一面真的就是永别。

有时我会这样想，假如我打了那个电话，会不会就是崔厚容接的呢？

假如真的是崔厚容接的，那她还会失踪吗？

12

夏刚又说，她嘱咐我别把那些话告诉任何人，按说我是应该那么做的。如果她好好的，没出什么事，我愿意和她分享一个秘密。可能用分享这样的词不准确，可在我的情感世界中，她的位置是有些特殊的。只不过她不知道，我也不知道。我说过我一跟她说话就紧张，从一见面就如此。后来一些东西就慢慢地滋生了。所以我经常留意她，她笑的时候我会笑，她难过的时候我也难过。有一次她在上班时犯了胆结石。你知道她有结石病吗？很厉害的，犯起来就疼得不得了。她疼的时候会面色苍白，出许多虚汗。我偷偷在镜子里看了看我的脸，我也面色苍白，后背都溻湿了。这一切我没有告诉过她，可我想她是知道的。她有什么事情都会跟我说。有一次我去外边给厂子买东西，她在半路截住了我。看了看左右没人，她小声对我说拜托给她捎一包卫生巾，要好的。

这样的小事很多，我现在的脑子很乱，都想不起来了。对了，我在解释分享。我愿意和她分享一切事情，不管好的还是坏的。我们说过很多话，但从没谈过感情问题。我没谈过，她也没谈过。所以我对她的家庭生活一无所知。可我能感觉到她不幸福，不是不幸福，而是很痛苦。有好几次我都想让她跟我说说那些事，她都回避了。我并不是想探听她的隐私，而是有些事情说出来心里会舒服些，我是这样想的。所以情人节的那个晚上是唯一的一次，她跟我说了那么多的话。我那天晚上一宿没睡。从医院回来已经是半夜了，我躺在床上却无法入睡，眼泪一个劲儿地顺着眼角往下流，擦都擦不绝。我并不是一个感情脆弱的人，是她说的那些事情让我脆弱了。我有些承受不起这种事。这种事换了任何一个人，我都会怀疑她的脑子有毛病。只有崔厚容，我不怀疑。我那个晚上甚至这样想，如果她需要我，不管任何事，我都会去做。假如她需要我离婚跟她一起生活，我也一定会这么做的。虽然我很爱我妻子，可我会说服她。这些想法当然有些可笑，可我在那个晚上翻来覆去想的尽是这些东西，后来我终于从那种纠葛中解脱出来，天亮了，该上班了。我想，我一宿没睡崔厚容肯定一宿睡得很香，因为她酒比我喝得多。她早晨会精精神神去上班，和以往的任何一天一样。还因为她很会克制自己，总能很阳光地对待别人。谁都不会知道昨晚发生了那样的事，她会说那样的话。在所有人的眼里她都是一个很强大的人。身材娇小，精神却强大。这是她给大家的总体印象。

我第二天一早就去市里办事了。因为我们的货物得走港口，一应手续都得我去办。走在半路上太阳升起来了，我还在对自己说一切都过去了。昨天其实什么都没发生，只不过是一个朋友多喝了几杯酒，有些伤感，说了些伤感的话，就这些，没什么大不了的。这种事在男人身上也经常发生，哇啦哇啦地哭，翻江倒海地吐。神神经经说点子莫名其妙的话。可一切过去以后，又是一个体面的人。很多男人都有过这种经历，实在不值得大惊小怪。那天我很晚才回家，回家以后很晚又接到一个电话。有人告诉我崔厚容失踪了，我还说今天不是愚人节吧？我只当有人在跟我开玩笑，还跟我妻子说现在真是越来越西方了，早晚有一天我们会忘了我们是哪国人。可没想到的是，不幸的事情真的发生了。

所以这些日子你不知道我是怎么过来的，我都要崩溃了。我总愿意到人多的场合去，而且瞅谁都像崔厚容。有空闲就往她的办公室跑，总想她会在什么时候突然出现，给大家一个意外。其实这种意外已经不可能了。按照公司的规定，无故旷工三天者就当自动离职处理。不是辞退，我们这边讲究辞退，香港那边讲究自动离职。听上去好听得多，其实都是一码事。三天过去我的心都凉了，你知道咱们这边的好企业不多，像永泰那样有规模的不多，再觅这样的职业很难。何况她的位置重要，第三天已经有人接手她的工作了。公司每天人进人出的事情多如牛毛，哪会允许这样一个位子空置呢？

时间一天一天过去，我才相信崔厚容是真的出事了。她出事了却和我有关系，因为我是最后一个见到她的人。所以每天都有很多人问我同样的问题，你最后见她时什么样？你们都说了些什么？你有没有目送她回家？因为如果目送的话，我差不多就能看见她到楼梯口。这才多远的距离呀，统共不过二十几米。所以我只能对人说我没有目送她，我的孩子那天有病，和她分手我就急急忙忙走了。问我的这些人有爱热闹的，有关心她的，警方也问过我。可我能对人实话实说吗？她嘱咐我别把这些话告诉其他人，我得遵守诺言呀。

我之所以把这些话告诉你是因为我相信你。我在崔厚容那里见过你的照片，是在河滩上照的。有麦田，有河水，你们共同打着一把伞，在阳光底下笑容明媚。那天我们几个同事到她家里去，她把所有照片翻出来，让我们看。我们都看这一张好。自然，纯正。说如果没有那把伞，就更自然更纯正了。那天去她家是因为有个同事想看她的房子，也预备买那里的。所以大家利用午休时间去了好几个人。见到了她的儿子，也见到了她的丈夫。我们同事有孩子在她丈夫的那所学校上学，所以提起来大家都知道。她丈夫是那样一个人，外表冷静，内心却激情四射。他把他们家里当成了讲坛，把我们几个都当成了他的学生。所以从他家里出来有的同事就感叹，说有孩子还是送到那所学校吧，瞧人家的教师水平。大家都对她丈夫的印象很好，只有我是一种很难说出的感觉。谈不上好，也谈不上不好。

那天我知道了你的小名。因为在这之前崔厚容也常提起你，用的是一个字：伴。她一说“伴”我就知道她说的是你，但她一直没有提起过你的名字。那天以后她就用名字代替了，我想，她是以为我已经认识了你。你就是坐在她身边的那个小女孩，比她大三个月，被她靠在身上的那一个。其实你们的几张照片都是她靠在你身上。我曾经问过她，我说你怎么总喜欢靠在别人身上呢？她说她很多时候都很依赖你，她说我和小茹总是争争吵吵，可那种依赖的感觉谁也代替不了。

我一直以为小茹是你的大名，因为她总是用这个名字称呼你。那天晚上我问她，你今晚打电话是打给小茹的吗？她认真地说是打给小茹的，但你应该叫她冯诺，诺言的诺。这个世界上除了她的妈妈只有我叫她小名，别人叫不合适。我哦了一声，我说你没告诉过我。她说你有一天也许会认识她，她下岗了，每天待在家里。可她是一个与别人不太一样的人。我没问她你与别人哪里不一样。毕竟，我不认识你。

我不知道我遵守诺言对不对。我只把这一切都告诉你，只告诉你一个人。不管是现在还是将来，这些事情只有你一个人知道。我想崔厚容不会反对我告诉你。在我的感觉中，你们应该是一个人。我说得对吗？

我的话完了。夏刚说我知道你每天都在找她，你能告诉我，我应该做点什么吗？

我说："毫无疑问了。"

夏刚问："什么毫无疑问？"

我说："她肯定是被谋杀了，这是其一。其二，谋杀她的人肯定是她亲近的人。"

夏刚不安地说："我只是把我知道的情况告诉你，我没有任何结论。"

我说："我有。你想，如果她在楼群外边失踪不会连一点蛛丝马迹都没有。因为当时时间并不是很晚，最多不过九点。她住的那个居民区人很多，而且三面都有出口，怎么那么巧，那些潜伏的人对她下手的时候没有任何人看见？况且她不会那么顺从地就跟别人走，怎么也得有搏斗的痕迹吧？所以，事情只能有一种解释，她是在回家后出的事，她的丈夫杀了她！"

我吓得浑身一哆嗦。话是从我自己口中出去的，可我还是吓了一跳。我紧张地看着夏刚，看能不能也吓着他。我看见夏刚长舒了一口气，他松了松自己的领带，好像是让自己的那口气出得更舒服些。

他说："我心里有这样的话，可我不敢说。那天我去公安局做笔录时，心里一直很矛盾。我想，我如果说了这些会不会有助于他们侦破案件呢？可我又说服自己这些算不得证据，毕竟人命关天。警方不会因为当事人酒后的几句话就定谁是杀人凶手。毕竟我们是法治国家，凡事要讲究证据。"

我说："我有证据！"

这话吓了夏刚一跳，他紧张地看了看我，用神情询问：证据在哪里？

于是我把我所有的怀疑都对他说了。第一次去他家，陈文化冷静地侃侃而谈，像是在说别人的事。第二次去他家，陈文化早早布置了灵堂，而且他一再断言人已经死了。他表面上看去很沉着，其实心底很不踏实。我在伶俐的房间里时他一再找各种理由进进出出，为什么？他怕我发现什么。最后我还是发现了他写给伶俐的一张字条，上面充满了杀机。

夏刚问我字条上写些什么。

我简要说了。也没法不简要，因为上面拢共三五句话，而且他称妻子为"崔厚容同志"。表面看上去这是一种大众称谓，可我能感觉到这样称呼含有一种咬牙切齿地味道。

夏刚说："只是，他为什么要杀害自己的妻子呢？他这样做有什么理由吗？"

我说："这只有陈文化自己知道。"

夏刚说："不过我还是有疑惑。他一个手无缚鸡之力的人，一个人肯定难以做成这件事，那么现在的问题是，谁会帮他？我倒更倾向于现在社会上流传的一种说法，这件事与黑社会有关，也许他是主使。不过问题又出来了，据我所知，他们家刚还完购房贷款，生活一直都很拮据。他哪来的钱去雇用黑社会？而且我还知道陈文化是一个很会过的人，把钱看得很重。所以，这又生出了新的问题，妻子的工资比他高出许多，他干吗杀她？"

我看着夏刚。

夏刚又说："如果说感情不好导致杀人害命，那么必须有前提。比如，第三者插足。可我的一个亲戚告诉我，陈文化是一个很正统的人，循规蹈矩。不管对女同事还是女学生，连玩笑都不开。他每天除了上课就是埋在书桌前读书，所以他是很受欢迎的一位教师。因为现在的许多老师都开始不务正业了，炒股，做生意，兼家教，五花八门。可陈文化连一点不良的反映都没有。所以别说为了第三者杀人，他连女朋友都没有。"

我问夏刚的亲戚是做什么的，夏刚说是他姐夫，也在那所中学教书，而且与陈文化在一个年级组，他们很谈得来。夏刚的姐夫说，陈文化除了虚荣心强一些没有别的缺点。比如学校搞什么活动，他们班不拿个第一他连觉都睡不好。哪怕是个跳绳比赛之类可有可无的奖状，陈文化也一定要争到手。还有就是脾气犟，认准什么事九头牛都拉不回来。所以谁都怕与他抬杠，他抬起杠来没完没了，只要分不出所以然，你想收兵都不行。可因为他带哪个班哪个班的成绩就能提高一大块，所以这些事情别人也只是私下说说。他年年当先进，年年当模范，大家都心服口服。

我说："听说他的德育教育也很出色。"

夏刚说："我姐夫也奇怪，陈文化做了那么多年的班主任，他的班里永远也没有打架斗殴、早恋或者别的乌七八糟的事情出现。现在的校园也不平静，许多事情防不胜防，让老师终日提心吊胆。可陈文化什么事情都防得住，学生就听他的，这一点别的老师也奇怪。"

我和夏刚都呆住了，好长时间无话可说。夏刚仰脸望见了小书屋的招牌，夏刚说："我已经见不得那两个字了。"

我知道他说的那两个字是"玫瑰"。

夏刚又说："如果不是那个该死的情人节，也许这一切事情都不会发生。"

我看着夏刚。我还是感觉他太年轻了，虽然他只比伶俐小两岁。也许就是因为夏刚年轻伶俐才信任他。不过，年轻不是过错。

我说："夏刚，谢谢你。谢谢你在最后的时刻陪着她。"

夏刚给了我一张名片，上面有他的职务和手机。我说夏刚，我有点后悔来见你。

夏刚不解地看着我。

我说你把我的思想搞乱了。

我从玫瑰书屋出来正遇上下班的人流。我没想到时间已经这么晚了。我在马路边站着，面前是十字路口。暮色已经笼罩了这座城市，南来北往的人们行色匆匆。我的心里忽然很难受，便在马路边上蹲了下来。旁边一个修车人左三右四看了我好几眼，走过来关切地问："你怎么了?"我说我没怎么，只是有点不舒服。他拿来一个马扎让我坐下，还问我喝不喝水。我说我不渴，我说我过一会儿就会好的。我把额头抵在腿上，闭起眼睛待了会儿。修车人说："姑娘，别怪我多嘴，你在里面待的时间长了些。"我马上就把难受忘了，瞪大眼睛看着他。我说："你知道我什么时候进去的?"修车人说："我没看见，是别人看见的。"我问那个人是谁，修车人说："肯定与你有关系的人呗。你在里边坐着，人家在外边坐着。"我一下子抓住了修车人的手，我说："大爷，快告诉我那人长什么样。"修车人说："我看不清楚。那么大个的墨镜戴着谁看得清。再说，你不也没看清吗?"我这才想起好像是有人到书屋里转过，因为我面朝门口，所以我能看见他。可惜当时我被夏刚吸引了，进进出出的人一个也没留意。我会被跟踪？谁会跟踪我？我慢慢松开了修车人，我说你搞错了，那个人跟我没关系。修车人马上不高兴了，啪啪拍了两下手，说："跟我有关系行了吧？我狗拿耗子多管闲事行了吧?"修车人把扳子钳子之类的东西往车上归置，看样子他也要收摊了。我为难地站起了身，把马扎帮他放到了车上。我说："我不明白你怎么认定那人跟的是我，我没有什么事情需要别人跟着呀。"修车人的鼻子哼了哼。"需要。"修车人说，"一看就是经常看报纸的人，还知道什么事需要什么事不需要。我问你，那个店里还有像你一样一坐就是半天的人吗?当然，不算那个男的。人家不进去惹祸就不赖了，你还说什么需要不需要！”

我这才明白修车人的意思，他把我和夏刚之间的关系想错了，他以为我们在书屋谈情说爱呢。我想了想，决定对他把事情说明白。我说师傅，你误会了，你完全误会了。刚才与我在屋里说话的人我们并不认识，最起码在我进去之前我们不认识。前些日子有个人失踪了，你知道这回事吗？有一个人，三十多岁的年纪，晚上从饭店出来就失踪了。失踪的那个人是我妹妹，亲妹妹。说这话时我掉了眼泪，我现在的感觉就是失去嫡亲妹妹的感觉。我说我现在正在到处找她，哪里都找遍了，可没有她的踪影。那个人是她的同事，他们那天晚上一起吃的饭。一起吃饭的有六个人，可只有他俩顺路，把我妹妹送到了家门口。我妹妹就是在她家门口失踪的，就像雾、像烟一样，连影子都没有留下。所以，我今天找他问问情况，他说了很多过去的事情。不知不觉的，天就黑了。

我看见修车人的眼睛睁大了，他重又把马扎拿了下来，扶我坐上去。修车人说：“那件事我当然知道，不是说拐了两百万块钱跑了吗？”我说那都是别人造谣，有人说她拐走了两千万。不过，这都不可信。我了解我妹妹，她不是那样的人。修车人张大嘴巴点头，说：“姑娘，看你就是面善的人，你妹妹也错不了。你可要小心一点，真的有人盯着你。”我让他仔细说。修车人说，你进那个书屋不久就来了一个人，大个子，长头发，黑脸庞。他在外边转来转去，然后就去了屋里。我以为他进去以后会打架呢，结果他又转了回来，也在我这马扎上坐着。我看着这人不一般。我说是等谁不？他说谁也不等。说话挺横，我就不敢再问什么了。那个时候我正忙，也没空理他。后来他给我扔了一根烟，说瞧见那个女的没有？我装傻，问哪个女的。他吐了口唾沫，往书屋那边努了努嘴。我说我看见了，是不是穿蓝衣服的那个？他没理我。后来他就把半根香烟摔在地上，走了。那可真是根好烟，那么香的烟我活半辈子都没见过。

我想了又想，还是没觉出那个人跟我有什么关系，或者我跟他攀得上什么关系。可是有些事情我愿意跟陌生人探讨。我说："照你看那个人为什么跟着我呢？"

修车人说："最早我以为是你当家的。现在看来——他不是？"

我说："不是。我当家的跟你说的正好相反，头发不长，个子也不大。"

修车人说："会不会雇了别人？"

我说："不会。他不会做这种事。"

修车人抱歉地说："那我就不知道了。"

我说："我认识一个三角脸的人，皮肤很白，人很干瘦。跟我的人会不会是他？"

修车人连连摇头，说："不是那样的人。"

我说："天都黑了，家里人该等你回去吃饭了。谢谢你的马扎。"

我把马扎重又放回到车上，跟他摆了摆手，我朝马路中间走去。

他喊："姑娘，姑娘。"

我又走了回来。

他说："我有一件事想跟你说。"

我说："你说吧。"

修车人说："早先我们有个邻居，两口子从来不争不吵不红脸。后来那女的也失踪了，男的还在电线杆子上贴广告，到处找。结果后来找着了，就在他们家的自留地埋着呢。那年村里统一修一条渠，把人修了出来。后来公安局破了案，原来是那男的谋害的。他夜里把人勒死了，然后装进麻袋背到了自留地里。要是不修那条渠，案子就永远破不了。"

我问："他为什么要下那么狠的手？"

修车人说："那人平时可老实了，连只羊都不敢宰。谁也没想到他会杀人。后来公安局一审才审出来，那男的有病，那女的偷人。那男的说，如果我不杀了她，她迟早也会杀了我。"

我问："你为啥要跟我说这些？"

修车人说："啥也不为。就是临时想起来了，觉得应该告诉你。"

我说："我听明白了，你快回家吧。"

晚上宋桂英和她丈夫小齐来串门儿，大包小包买来了东西。我很生气。我说宋桂英你这是干什么，你把我们当成什么人了。宋桂英眼泪汪汪地说，你不知你家大鹏帮了我多大的忙，我要是再憋闷下去，早晚也得闹出个心脏病。自从小齐下岗，我就一天也没顺心过。冯诺，不瞒你说，我连道儿都想好了。我想我们一家三口熏点煤气算了。我边削苹果边说，宋桂英你净瞎说。我们还有多少日子好过啊，你咋能往短路上想呢？我告诉你，多难的日子你都留不住它，再难的事情都有过去的时候。只要人好好的，就没有什么过不去的沟坎。小齐同意我的话，他说宋桂英就是小心眼，哪像冯诺心胸开朗。宋桂英说你像人家史大鹏一样养活我，我也能心胸开朗。我把苹果堵到了宋桂英的嘴上。我说也就是小齐护着你，否则你的腮帮子早肿了。

史大鹏还没回来。史大鹏调职以后消沉了那么几天，把自己打扮成小老头，整天上班晚晚地去，下班早早地回。几天以后，他们的大领导忽然光顾了史大鹏的办公室，坐了大约一刻钟。大领导说，过去我总是忽视你们这个部门，你们肯定对我有意见。现在我知道了我们政府的工作其实数你们重要，我以后会多到你们这里来了解情况。怎么样，现在有什么困难没有？史大鹏说别的困难没有，就是十多个人的部门就一部车，下乡跑不过来。大领导马上拍板从办公室调来一辆车，给他们用。史大鹏的心情一下子就云开雾散了。史大鹏又恢复了过去的样子，上班早早地去，下班晚晚地回，总是一副日理万机的样子，忙得像国务院总理。自己又买皮鞋又买西装，好像要把前几天形象上的损失补回来。他给宋桂英安排工作的事一直也没跟我说，当然我也没问。想不起来问。我每天除了琢磨伶俐的事什么也想不起来，我好像真的已经出毛病了。

我问宋桂英工作怎么样，宋桂英说比原先在厂里都好。工资高，活也轻省。就管一座办公楼，从一楼打扫到四楼，也不过两个小时。其余的时间自己随便安排。还能从厂里往家打开水，她已经焊了一只大铁壶，可以盛三暖瓶水。光这项一年就能节省好几百块钱。小齐说你说这些也不怕冯诺笑话。宋桂英说是你了解她还是我了解她？我们谁跟谁呀，还笑话。哪像你，知识分子没当几天，却当了一身的习气。小齐只是笑，一脸好男不和女斗的神情。我说宋桂英你这么说话就是矫情了，人家都不跟你一般见识。

宋桂英也笑了。

我问小齐在干什么，是不是还在摆那个算卦的摊。小齐不好意思地笑了笑，说凑合混吧。宋桂英说冯诺你是不知道，我们小齐的生意出人意料的好，一个月居然能挣好几千。我立刻有了兴趣，催他快说说，来算卦的都是什么人，赶集进城的农民？宋桂英说冯诺你这样说话都是皇历了，现在的农民不好蒙了，他们知道他们再算命也还是要和土坷垃打交道，所以现在想赚他们的钱不容易。说来你都不敢相信，小齐的客户很大一部分都是坐机关的。个人来问前途如何，单位来问风水。某某局就是，他们的车老出车祸，就让小齐过去看看。小齐说他们的门口开得不好，他们转天就把门口从西边倒东边去了。几句话的事，小齐要五百，人家非要给两千。说以后还有别的事来问先生呢。嘻嘻，小齐都成先生了。

小齐说开始也好长时间没人问我。后来有一个人从我面前过时摇下车窗玻璃看我，他是坐小车的。小车已经开出去老远，他回来了车没回来。我就知道来生意了。他问我是哪的人，我说了一个最远的村庄。他说你上过学吧？我说我是本科生，只是因为从小喜欢《易经》、八卦，就出来摆个摊儿。他问我干几年了，我说如果连业余的时候算在一起，也就十几年。他问准吗？我说有时候不准，事物总是在不断地发展变化，计划还赶不上变化呢。他在我面前坐了下来。我说您是不是想问仕途？他愣了一下，说你怎么知道？我说您面相带着呢。他老老实实说，不瞒你说，我还真是想问问。你认识我吗？我说不认识。他说你在电视里也没见过？我说我从来也不看电视。一本《易经》让我研究了二十年，我才刚懂个子午卯酉。他放心了。说了自己的生辰八字，问能不能“转正”。我说如果能“转正”也就在最近半个月以内，过了这个时间就再也没有机会了。他马上觉得我说准了，说有没有什么办法力保自己能“转正”？我说凡事都事在人为，古人云谋事在人成事在天。你做了你应该做的，将来就不致后悔。我告诉他应该怎么怎么做，他很虔诚地信了。没想到我那次的预言准了，第一单生意就赚了一把。

我问：“你真的能算得出来？”

小齐说：“我哪有那本事。有那本事我还在街上摆摊？”

我说：“那你怎知道他要问仕途？”

小齐说：“有段时间不是嚷机构改革吗？有一大批干部要动。他一个坐小车的人，除了仕途不会关心别的。况且他不认识我，我认识他。就是某某局的，我不过装着不认识他就罢了。”

我说：“小齐，你还真有勇气。”

小齐说：“人被逼急了什么事都干得出来。刚开始赚别人的钱我理直气壮，觉得政府既然不给我工作就别管我干什么，反正我不偷不抢，法院也管不着我。干了一段心里还是觉得不是滋味。觉得这不是正道。”

宋桂英说：“瞧瞧，知识分子的臭毛病又犯了吧？”

小齐说：“好歹我也是在组织的人。”

宋桂英说：“组织不是不要你了吗？原先你还夸海口，说你们单位裁员裁到百分之九十九点九九也不会裁到你，你就是剩下的那零点零一。结果怎么样，下岗的那百分之三十你那名字还排在前边。”

小齐说：“那是有人公报私仇，我不是同腐败分子做斗争了嘛。”

宋桂英说：“结果腐败分子把你斗下去了。”

我问小齐是怎么回事。

小齐说：“一座海鲜楼一年从我们厂结走180万，我实在看不下去，联合几个人写了份材料，而且署上了我们的真实姓名。后来这份材料转到了厂领导手里。厂领导分别找人谈话，就是不找我，我就知道大势不好。这不，又改革时我就跟老弱病残一起下岗了。”

宋桂英点着小齐的脑袋说：“傻不傻，要是人家史大鹏绝对不会干这种事。”

小齐说：“所以我才摆摊给人算卦。这要是公平竞争下的岗，我哪好意思干这个。”

宋桂英警告说：“不准你不好意思。咱这一窝八口还指望你呢。都什么年代了，挣钱还羞羞答答的。只要能挣钱，让我当婊子都干。”

小齐瞪了宋桂英一眼。宋桂英一梗脖子，也瞪他。

我连忙转移话题，问她知不知道戴月月的事。宋桂英说她的事能不知道，八字还没一撇呢就嚷得满世界都知道。我前两天见了她，她还想给我名片，我没接。我说你快省省留着送给别人吧，印这玩意儿也得花钱。她说花钱也花不着她自己，公司副经理以上人员都享受这种待遇。你说卖菜刀的都有经理副经理了，这笑话是不是也大了点。

小齐说：“你就是观念陈旧。卖耳挖勺的还有董事长呢。”

宋桂英说：“我不陈旧哪显着你了？明儿我也像戴月月一样找个糟老头子，看你还说不说我陈旧。”

小齐气得把脸扭到了一边。

宋桂英继续说：“冯诺你给我们评评理，我们整天一个锅里抡马勺，你说他能比我先进到哪？可他就是整天瞧不起工人阶级，动不动就说我层次低、没水平。我说你有水平，你有水平你不是和我一样下岗了吗？”

我笑了。说：“宋桂英，我还真不知道你是罗圈思维。说来说去又把话说了回来。”

宋桂英说：“冯诺，你不向着我说话。”

我说：“你就是没有人家小齐水平高，承认一下没有什么难为情的。”

宋桂英说：“你们家谁水平高？”

我说："当然是史大鹏。"

宋桂英说："也对。咱厂的姑爷混到史大鹏这份儿上的少，你咋不让他找个事干?"

我说："我会自己去找。"

宋桂英说："别嘴硬了，你一个下岗工人，认识谁?"

正说着，史大鹏推门进来了。史大鹏进来了电话也响了。史大鹏边打招呼边去接电话，喂喂了两声，又放下了。

小齐和史大鹏握手，又说了一些客气话，就起身告辞。

我提前把宋桂英拿来的所有东西都打了包，让她怎么拿来的，再怎么拿走。我说你今天不拿走，转天我会给你送回去。我说我们认识不是一天两天了，我说到肯定做到。

宋桂英急赤白脸地跟我闹，我一点通融的余地都没有。

宋桂英只得把全部东西都拿走了，只放下了一罐甜面酱，是她自己做的。

史大鹏说："人家真心诚意给你送点礼，你收下是对人家最大的尊重。否则会造成误会，以为你嫌人家礼轻。"

我说："你少放屁。我的事我知道该怎么做。"

史大鹏说："一根筋。"

我说："你筋多。没肉没骨头，都是筋。"

史大鹏说："我怎么才能让你明白点道理呢？冯诺，你很多时候都不通情理。"

我说："我愿意。"

史大鹏说："也就是我还能迁就你的坏毛病，换了别的男人你早挨拳头了。"

我说："换换试试？"

说完这话我笑了。我觉得我这个时候的思维特别像宋桂英。

我问史大鹏怎么这么快就给宋桂英办好了手续，是不是戴月月找到单位的缘故？听说戴月月那天穿得特性感，你们单位的人都摘下眼镜瞅她。

史大鹏说是呀，她要是再三再四找我，我哪里消受得起。

我说你别臭美了，人家戴月月傍上的除了董事长就是总经理，哪有你这样一穷二白的。

史大鹏说，没吃醋吧，怎么这么酸？

话说到这儿电话又响了。史大鹏去接，里面还是没人吭气。史大鹏疑惑地问我："你没搞什么鬼吧？"

我骂了一声"狗娘养的才搞鬼"，就把电话拔了。

13

这个骚扰电话已经连续出现好几天了。它非常有规律，总是在晚上九点半到十点半之间响起。有时一晚上响两遍，最多时它响过五遍。史大鹏接电话它不吭气，我接电话它也不吭气。我们都没把事情往别处想，顶多是一个失眠或变态的人，随便找一个号码，摁着玩。别人家也发生过这种情况，所以没有什么值得大惊小怪的。这天晚上我的神经忽然变得敏感了，想起修车人的话，我忽然大叫一声："史大鹏，我被人跟踪了！"

史大鹏侧过脸来看着我，满脸狐疑。他说："你是不是做梦了？"

我像被梦魇罩住了，再也说不出一句话。待徐徐吐出一丝气，然后哇的一声哭了。

这个时候我才真正意识到我和伶俐确实是阴阳两隔了。过去不管我多么失望多么绝望，心底总有一丝侥幸存在着。尽管我遍天下地去寻找她，其实是为了找不到她。找不到她就证明她还活着。我何尝不想她能与人私奔或携款逃走呢？只要你活着，就足以抚慰我。只是我知道那不可能，伶俐不可能。因为我不可能你才不可能，你不可能我也不可能。没有人能理解我们这种感情，但我们自己理解自己。我们在许多年前就已经奠定了这种基础，没有人知道，或者有人知道他们却早已忘记了。我们会忘记吗？不会。我不会，伶俐也不会。即使我们一百年不见面，我仍然会这样说，我们都不会忘记。

就是我们十二岁那年的一个午后，我们挎着篮子去了村外的一个香瓜地。天气热死人，我们在这样一个闷热的午后出来当然不是为了采猪草，采猪草不过是个幌子。我们走僻静的路，钻高秆庄稼地，最后来到了稻草搭就的窝棚外边。我们知道看瓜的老满叔喜欢睡午觉，他的午觉经常睡得很长，经常顾不得满地的小香瓜。我们把一切都侦察好了，选择老满叔当班的时候来到香瓜地，不能不说我们别有居心。我们蹑手蹑脚地贴在窝棚外边听动静，我们希望听到老满叔那打雷一样的鼾声。可里面发出的声音与我们期待的正好相反。那是一种什么声音呢？我听不出伶俐也听不出。我们反复听仍然听不出。我们两个绕到了窝棚的前边，前边只挡着一块门帘，半截的。我们两个一人扒在一边往里一看，我们同时发出了一声叫，同时撒腿发疯似的跑。我们横穿了整个香瓜地，小香瓜在我们的脚下噼里扑噜，瓜秧在我们脚下稀里哗啦。我们一直跑进了村子，见到第一个人就告诉他，老满叔与小热妈在瓜棚里白光光的，不穿衣服！见到第二个人也要告诉他。反正我们见到一个告诉一个，不一会儿就告诉了许多人。有许多人朝香瓜地里跑，其中也包括老满婶子和小热的爸。我和伶俐满身都是汗水，因为天儿热，因为紧张，当然还因为兴奋。有那么多人追着我们问怎么回事，问那两个人除了不穿衣服还干了些什么。我和伶俐不得不气喘吁吁地停下来比比画画，说他们这样还有那样，总之我们也没看得很清楚。跑到家来我们已经不记得究竟跟多少人讲过了，我们正要跟妈讲，妈啪地打了我一巴掌。

这一巴掌拍到了我的后背上，我小小的背心立刻被撕扯开了。我一个马趴扑到地上，半天爬不起来。我不是疼，而是根本不知道疼。还不会喘气，也不会动。妈却一点也顾不得我，抻了一件外衣披到身上就走了。伶俐把我扶了起来，这一刻的工夫，伶俐的脸和嘴唇都白了。伶俐说小茹，我们可能闯祸了。我徐徐吐出一口气。伶俐说我有点害怕了。我从地上爬了起来，想哭。伶俐又说小茹你倒是说话呀！我不以为然，我说我们闯什么祸？又没偷香瓜。伶俐忧伤地说小茹你真傻。我们肯定闯祸了，不信你等着瞧吧。

那个时候伶俐就住在我们家，我们俩住在厢房一铺小小的炕上，是爸专门为我们俩搭的。伶俐除了往家送猪草几乎不往家走。所以他们家发生了什么事我不得而知，可我们家却吵得天翻地覆。妈责怪爸不管孩子，那么大的丫头口无遮拦。爸从来受不得埋怨，开山放炮似的跟妈嚷，震得我们家的房子晃晃悠悠。我们的房子是座老房子，谁大声咳嗽它都从房顶掉土渣。这个时候我仍没觉出事情有怎样严重，直到转天早晨，有人跑来告诉爸妈老满叔和小热妈在那天夜里双双上了吊。

我和伶俐都还没有起床，我们尖着耳朵把院子里的声音听得一清二楚。来送信的是瘸老太的儿媳，外号叫大灯泡。因为她不长头发，头上无冬历夏顶着个破草帽子。她一着急就把破草帽子拿在手里扇风。大灯泡呼呼扇着说，一早有人去香瓜地，离老远就看见那边的两棵树上吊着两个布袋子。走近一看，才发现是两个人。再走近一看才认准是老满和小热妈。妈当即就哭了起来，那么悲伤的声音我从来没听到过。他们慌慌张张地走了，临走还没忘记锁上厢房门。我和伶俐都猜妈锁上房门到底要干什么，想来想去只有一种解释，他们回来要收拾我们。

我和伶俐跳窗逃了出来，裹进了看热闹的人群里。那年节村里的热闹不多，只要有什么可看，连没满月的孩子都来。我们看见了两个白茬棺材，并排放在香瓜地里。香瓜地一片狼藉，许多生瓜蛋子都被人用脚碾碎了。据说老满婶子和小热的爸都不收敛死者，嫌他们丢人。是队里出了两副棺木，装殓了他们。死在外面的人又不能回村，只得在香瓜地里辟了场子。人群里唾沫星子横飞，大家都在说老满叔和小热妈的不是。说他们看着像两个老实人，其实与老实人相差十万八千里。老实人就该投井跳河，还可以喝“1605”，你挂在树上不是存心吓唬大伙吗？没有人说起我们，大家都把我和伶俐忘记了。可我们自己没有忘记自己。我们彼此牵着手，我们的手都冰凉。我们都能从彼此的瞳孔看到自己的那张脸。那张脸像一张猫脸，那双眼睛像一双猫眼睛，比画的都圆，连眼皮都没有。我们从人群里退出来回了家里，又从窗户跳了进去。我们在炕上坐着，你看着我我看着你。伶俐说我们害死人了。我有些不敢相信，老满叔和小热妈真的死了吗？昨天他们还活得好好的呀。伶俐“哇”的一声哭了，说傻小茹，我们真的害死人了，我们害死人了！我说这算我们害死的吗？我们并没有做什么呀。伶俐却什么都懂，伶俐说是我们把他们的事情告诉了别人，他们是羞死的。我也哭了。我的嘴张得比伶俐大，哭得比伶俐响。哭够了我们就去上学了。妈到学校看过我们一眼，只一眼，什么也没说就走了。妈什么也没说，可我看懂了妈的神情。妈是怕早上的事吓着我们，所以才锁上了厢房的门。等她想起我们该上学时我们已经走了。妈不放心，还是到学校瞅了我们一眼。

那一天我们知道了什么叫沉默。我们一整天跟谁都不说话，让所有的同学都感到惊奇。因为过去我和伶俐都不是这样的，都是爱说贪玩的人。只要不是上课，屁股一刻也不在凳子上坐着，我们坐不住。可那以后的许多日子我们却不会玩了。我们经常勾着头在一起坐着，看地上的一棵草，看草上的蚂蚁爬。感受着小小的灵魂在火上蒸着在水中煮着。除了妈那一巴掌，没有人对我们表示什么。我们越来越沉重的思想负担都来自于我们的心灵深处。因为我们一天一天在长大。今天与昨天不同，明天又与今天不同。在岁月流转中，我们懂得了许多事，甚至懂得了男人和女人。我们懂得了老满叔和小热妈在一起不过是在做生孩子的勾当，可那种勾当却吓住了我们。我们怎么能被那种勾当吓得疯狂呢？所有的孩子不都是那种勾当生出来的吗？我们非常懊悔曾经的疯狂，假如不是我们疯狂，老满叔和小热妈都不会死。他们会在瓜棚里生一个孩子，长得像小香瓜一样，头上戴满黄色的花，香气四溢。满地的香瓜都会在一夜之间成熟，而不是当作生瓜蛋子被人踩碎。我们觉得非常对不起老满叔，非常非常对不起。我们经常坐在老满叔的墓前说这三个字，说着说着就泪流满面。我们能想起老满叔的许多好处。他不善言谈，却很内秀。他用麦秸编成蝈蝈笼子，我和伶俐一人一个。他用燕麦草扎绿色的小姑娘，小姑娘戴绿帽子穿绿裙子，我和伶俐都宝贝似的收藏着。后来绿姑娘变成了黄姑娘，燕麦草干了，黄姑娘散架了。我们会给她们挖一个坑，把两个姑娘一起埋在地下。老满叔的好处真是说也说不完。可这一切都因为我们贪嘴的缘故葬送了。香瓜还没有熟，我们却想吃了。于是我们在一个午后悄悄摸到香瓜地，于是一场悲剧就这样发生了。没有人发现我们的变化，但我们知道自己在变了。我们再不说粗话，不和伙伴打架，不偷瘸老太家的桃，不做任何讨人嫌的事。我们光鲜地做人完美地做事，我们很多时候甚至表现得很做作，但我们的灵魂的确升华了。我们懂得了什么叫自律，我们很小的年纪就做成大人了。

所以很多时候我们和周围的人群不一样。小的时候不一样，长大了依然如此。我们不敢说我们为什么和别人不一样。那个结始终在我们心中藏着，任何时候伸手一摸，都能摸得到。

只是我们已经很少去摸它了，有些东西已经和我们的血肉融在了一起。

我知道伶俐的确已经离我远去，我听见了黑夜行走的声音，里面就夹杂着伶俐的脚步声。只是伶俐走得不甘心。她是一个多美丽的人儿啊，多热爱自己的工作啊，多喜欢聪明漂亮的儿子啊。可这一切都被那个玫瑰之夜剥夺了。春天来了，花却死了。我在永远失去伶俐以后才知道自己多么需要她。我已经知道了谁在跟踪我，谁在给我们家打匿名电话。有人心虚了。他为什么心虚？因为他害怕了。他为什么害怕？愤怒已经让我失去了理智，我掀开被子跳下了床，我说我要报警！史大鹏死死搂住了我，他说你安静一下，安静一下。把事情对我说说，谁在跟踪你？他为什么跟踪你？史大鹏把我拥到了床上，掀起被子盖住了我。史大鹏说你这个样子没法报警，警察不会相信你。他给我倒了一杯水，像哄孩子一样强迫我喝下去。史大鹏说这段我工作忙，也没顾上问你，到底发生了什么事？

我的情绪还在激动着，我说有人可能会谋杀我。史大鹏眼睛瞪得铃铛大，一迭声地问谁？为什么要谋杀你？你到底做了什么？于是我给史大鹏从头讲。讲我第一次去伶俐家，第二次去伶俐家。第二次去时我已经有了预感，我能感觉到有一把刀就在我头上悬着，我是从那座房子里逃出来的。我讲着讲着自己越发深信不疑，仿佛那一切都已经发生了。我讲了好久，连修车人对我讲的他家邻居发生的事我都对史大鹏说了。史大鹏也非常震惊，他一再问我你讲的这些都是真的？真的有一个戴墨镜的人在跟踪你？我用力点点头。史大鹏倒吸一口凉气，一把搂住我说傻媳妇，你咋不早说，这是闹着玩的吗？这样下去你总有一天也会像伶俐一样失踪的！史大鹏紧紧搂着我，像什么东西失而复得一样。史大鹏说你今天好好睡一觉，如果明天早晨你还坚持你现在的记忆，我就不上班了，陪你去公安局报警。我依了史大鹏。我现在确实需要他。我从没感觉到自己像现在这样需要一个男人，需要躺在他的臂膀上，我的身体贴着他的身体，这样我现在才感到安全了。我问史大鹏如果我真的失踪了你会怎么样？史大鹏半天不回答我，我仰脸看他的脸，才发现他掉了眼泪。他更紧地搂了我一下，说别说傻话了，我不会让你失踪的，我永远都不会让你失踪。一股暖流涌到了我的心间。这是老词儿，上学写作文时常用。可真的就是一股暖流涌到了我的心间，把我化成了一汪水。我说史大鹏，对不起。对不起，史大鹏。那天的事都怪我，我不知道报纸里面夹着墨水瓶，否则我不舍得把它扔出去，十好几块钱呢。史大鹏用胸口堵住了我的嘴，说无论你做了什么都用不着给我道歉，我知道你的心。这话有点像流行歌曲，若在过去我会嫌它酸，可现在我听着这些话却感到熨帖极了。我说史大鹏，有件事我必须现在告诉你，过了这段我要出去找个工作，哪怕像宋桂英那样打扫卫生我也一定要出去。史大鹏连连说好。我知道他在敷衍我。我又说这件事我是最后一次告诉你，等我找到工作那天我就不再通知你了。

史大鹏这才认真了，说："怕我养活不了你?"

我说："这是两个性质的问题，我需要工作。"

史大鹏说："你那么想工作到底是为了什么?"

我说："我有工作的权利。伶俐也有，可她却被剥夺了。我不想我的工作权利也同样被剥夺。"

史大鹏说："你又犯毛病了。"

我说："你怎么认为都可以，这件事是不可改变的。"

我踏踏实实睡着了，连梦也没做。自从伶俐失踪后我从来没这么放松过。

第二天，史大鹏比我醒得早。我睁开眼时他已穿戴整齐了。他说你先睡一会儿，我先给孩子做饭。我点了点头，合上眼睛又睡着了。我这段时间一直缺觉，所以总觉得睡不醒。我居然梦见了伶俐，她头戴王冠，身穿紫袍，浑身上下霞光万道，是一个国家的女王。我想问问你是人还是神，如果是人你就没有被谋害，如果是神你就告诉我谁是谋害你的凶手。可我无论如何走不到她身边，伶俐像蜡像一样面无表情。于是我对自己说伶俐已经被谋害了，否则她怎么能当一个国家的女王呢，她又没住在白金汉宫?

伶俐没有看见我，她的目光打在我的身上却一直面无表情。于是我愈加确认这不是活着的伶俐。伶俐虽然身为女王前呼后拥，可却连一句话也不能说。

伶俐的仪仗走远了，漫天烟尘堵塞得我不能呼吸。我憋得用力蹬了一下腿，醒了。

史大鹏在我的床头坐着。我只做了一个梦的工夫，沙沙已经走了。

史大鹏说："昨晚说的话你还记得吗？"

我说："过一百年我都忘不了。"

史大鹏说："思来想去我们还是不能报警，万一报错了怎么办？我们会冤枉好人呀！这件事太重大了，我们还是谨慎一下好。"

我把脸扭到了一边。我说："我不是不谨慎，我已经非常谨慎了。许多天来我连你都没告诉，你怎么还说我不谨慎！"

史大鹏赶紧说："冯诺，我不是不相信你。你这些日子神经处于高度紧张状态，产生一些幻觉不是不可能。何况这件事陈文化已经报了警，公安局侦破那天不就什么都明白了吗？"

我说："如果公安局一年侦破不了呢？如果公安局一辈子侦破不了呢？我们就眼睁睁地看着凶手逍遥法外？目前的状况是，只有我一个人了解一些情况，我们协助公安局尽早破案有什么不好？退一万步说，也许我们提供的情报有误，公安局可以甄别、筛选，留下有用的东西。难道我们说谁是凶手公安局就会上去抓人？史大鹏，你也太简单了！"

史大鹏看了我一会儿，努力调和着语调说："事情如果不涉及陈文化，怎么办都行。一个失去亲人的人，我们又怀疑他是杀人凶手，如果万一是我们搞错了，对他是不是太残酷了？况且还会有另外一个结果产生，那就是陈文化原本与此事无关，可因为我们提供的信息误导了公安局，错杀错判的事情也不是不可能。如果事情真是这样，我们又该怎么办?”

我顿时怒火中烧，大喊了一声：“史大鹏！我不想听你说这种话！公安局错杀错判与我没有关系！我只管提供情况，不负法律责任!”

史大鹏无奈地把嘴闭上了。

我余怒未消，说：“真不像个男人!”

史大鹏把眉头皱了起来。

我从床上爬起来，说：“我自己去!”

史大鹏把我摁住了。对着房顶想了一下，说：“这样吧，我们报警。但我们不去公安局，那样目标太大，说不定很快就能把消息泄露出去，这对谁都没好处。这样吧，我们找个熟人，你看怎么样?”

我用鼻子哼了一声。这就是史大鹏，报警也要找个熟人。

史大鹏又说：“薛勇就在刑侦支队，我们把他请到家里来，不好吗?”

我当然认为这个主意不错，但我不会把我的想法说出来。我又哼了一声，表示不屑。

史大鹏说：“我去打电话?”

我无动于衷。史大鹏就知道我默认了。

史大鹏的电话打了很长时间，说的都是废话。这个同学发了财，那个同学升了官。还有一个同学受了点小贿，不值当的事，居然进去了。就是因为他没跟上司搞好关系，让人黑了一把。又说谁谁的官路被谁谁堵上了，谁谁将来能到什么位置上之类的话。最后装作漫不经心地，史大鹏问到了那个案件。我急忙跑过去听，史大鹏摁了免提。只听薛勇在电话里说，我就在这个专案组，种种迹象表明人肯定是不在了，只是现在案情进展不大。我们也奇怪，冲活儿做得那么利落肯定与黑社会有关，否则不会连蛛丝马迹都没有。史大鹏说失踪的人是你嫂子小时候的伙伴，这些日子她一直在找人。有些情况她想跟你念叨念叨，可不算报警啊！我听见薛勇在跟别人小声说什么，然后很快在电话里说："我马上就过去。"

史大鹏叮嘱："你可一定要穿便衣，听到没有？"

薛勇是史大鹏上高中时的同学，俩人在一个寝室里睡上下铺，睡了三年。史大鹏说薛勇上学的成绩不是很好，他总迷福尔摩斯，迷得神魂颠倒。有一次，寝室的一个同学丢了钱包，让薛勇破案。薛勇通过缜密侦查，排除了内部作案的可能。后来真相大白，钱包被一位邻居同学拿走了。这件事使薛勇名声大震，因为他们寝室六个同学，自封为六君子，曾经插草为盟。这件事情一出，闹得全校皆知。后来有人丢支钢笔也来找薛勇破案，薛勇成了想当然的公众人物。

只是校方上上下下的人都对薛勇不满意。薛勇助人为乐，有人却认为他是狗拿耗子。而且危言耸听，说如果全班有一个高考不上线的，就是薛勇。可最后的结果是，薛勇不但上了线，还考上了自己喜欢的学校，如愿以偿地当上了中国的福尔摩斯。

能上自己喜欢的学校的人不多，不管是成绩好的还是成绩差的。填报志愿时许多人都是迷迷糊糊的，成绩差的人盲目自大，成绩好的人胆小如鼠。

只有薛勇一心一意地报考公安部门的学校，今年考不上，明年再考。

结果薛勇一考就中。史大鹏说薛勇的才都是鬼才，他天生就是当警探的料儿。

薛勇是骑一辆白色的摩托车来的，有点像动画片里霹雳闪电那种，不用发动，就比光速还快。薛勇上楼是跑上来的，但一点也不气喘。没等他敲门，史大鹏就把门打开了。俩人像会见外宾一样先拥抱，后握手，然后又彼此打量，说些胖了瘦了之类的话。胖的人肯定是史大鹏，用我姥姥的话说，他不胖会飞。这句话的意思可以这样解释：他不能不胖。他怎么能不胖呢？或者他想不胖都不行。每天在酒席宴上泡着，人就像发面馒头一样，暄了。而且我不是攻击史大鹏，我总觉得他做的那些工作没意义。各种各样的数据详而又详，甚至精确到零点零几。可只有他们自己知道那些数据是怎么来的，大多是根据领导意思揣摩出来的。嫌高了，去点儿。嫌低了，添点儿。小数点后故意多点上几位，谁见了谁都会以为这是真的。相比之下我更喜欢薛勇的职业，干脆、利索，不夸大、不张扬。薛勇不等寒暄完毕目光就落到了我身上，史大鹏还意犹未尽的样子，如果不是薛勇果断截断他的话茬儿，他能一直说到地老天荒。

官场混的人都有这本事，不论大官僚还是小官僚。

薛勇说我们知道有一个人一直在找崔厚容，这个人是不是你？我问你怎么知道。薛勇说市面上的人都在说，我们怎么能不知道？我说我一直也没有找见她，也不知那些人把她弄到了哪里。薛勇说你也许能帮我们的忙。我把这话理解为“你的讲述可以开始了”。于是我从玫瑰之夜那天开始说起，那天是2月14日，我在晚上八点一刻左右接到了伶俐的电话。我已经能确定这个电话的大致时间，因为我当时正在看某部电视连续剧，我能让剧情在那一时刻定格。伶俐问我有没有人送花。这是我最后听到的她的声音。然后就是转天的2月15日的晚上我知道了她失踪的消息，电话是她爱人打来的。顺便说一下我夜里做了一个梦，梦见她在一口井里，被人捆绑着。在梦里她最后说的一句话是“红月里三号”。为了能让薛勇听得明白我又插叙了一段话。我提起了我们小时候，有那样一种情感没有血缘却超越了血缘。所以她出事以后我才到处奔走。然后我说到了第一次去她家，我想怀疑却不敢怀疑。第二次去她家我不敢怀疑却不能不怀疑。我看到了“灵堂”，看到了字条，看到了陈文化表面上的无动于衷和心底的惊慌失措，他连一点做出来的悲伤都没有。他做不出来。然后就是夏刚回忆的那个玫瑰之夜，伶俐明确地说她有了预感，喝水时、吃饭时，甚至睡觉时她都感觉到有人会谋杀她。谋杀甚至已经变成了行动。有一天她从睡梦中醒来，有两只手正好放在了她的脖颈上。如果她再晚一些醒，失踪的那天可能就不是情人节了。然后我又说到了修车人，是修车人告诉我有人在跟踪我。因为与我交谈的夏刚和我年龄相仿，修车人怀疑我在与人谈情说爱。所以此人跟踪我是不会有错的。何况小书屋的生意很冷清，只有我和夏刚在里面坐的时间长些。然后就是那个匿名电话，电话总是在每天的同一时间响起，上下不超过一个小时。不知这意味着什么，但我敢肯定那个电话与失踪者有关。否则不会有人那么有耐性地反复拨一个电话。我讲了很长时间，薛勇听了很长时间。薛勇始终皱着眉头，让我不敢看他。那些在我心中七拧八转的东西从我嘴里讲出来却像流水一样，淡而无味。我讲不出我心中的那种感觉。我怎么讲不出我心中的那种感觉呢？我心中的那种感觉多浓烈啊，划一根火柴就能烧成熊熊大火。只是我讲不出来。我讲不出来薛勇就听不到。薛勇就一直皱着眉头，一刻都没有舒展。而史大鹏则在房间里转来转去，一会儿倒杯水，一会儿递支烟，这都影响了我的情绪。我总是难以集中精力。我还一直在想着起起牙，我一直在想我还没和薛勇讲起起牙呢。那眼井就在起起牙的花心里。我总怀疑我遗漏了什么，我反复回过头去讲，这也影响了我的心情。总而言之言而总之，我忽然很灰心。仿佛这一切都是我编纂出来的，都离我非常遥远。我终于觉得有些话已经说不下去了，于是我住了口。

我难过地说："对不起。"

薛勇一愣："对不起什么？"

我无法把那种感觉说出口，我感到很痛苦。

薛勇说："冯诺，我代表我们专案组感谢你。"

我的眼泪都要下来了。过去薛勇是叫我嫂子的，现在他却叫我冯诺。我喜欢他叫我冯诺，他这声冯诺顶得上别人叫我一万句。

我说："我做错了什么吗?"

薛勇摇摇头。

我说："我说错了什么吗?"

薛勇也摇摇头。

我问："我的感觉对吗?"

薛勇这回不摇头了，可也不点头。薛勇沉思一会儿说："有些事情我也说不准，所以，请原谅我不能把我们工作的进展情况告诉你。但有一点请你放心，这个案子也许不会太长时间了。"

可我还是想了解些什么。我说："你为什么要代表专案组谢我?"

薛勇巧妙地说："专案组不止我一个人呀。"

我知道他在跟我玩文字游戏，可对这种回答我已经很满意了。

史大鹏仿佛有些不好意思。他说："我劝了她半天，说她掌握的这些乱七八糟的东西没用，她不听。还非要亲自到公安局去。女人任起性来你一点辙都没有。这不，还要你辛苦一趟。"

薛勇严肃地说："你这种态度是错误的。我们希望人人都像冯诺一样，能把情况如实反映给我们，那样会给我们的工作减少好多困难。请你不要说辛苦不辛苦之类的话，别把官场那一套带到这里来，我现在是在工作。"

我幸灾乐祸地看着史大鹏。

史大鹏说："你再表扬她两句，我晚上好跪搓板。"

薛勇笑了，说："你再不注意饮食，这样发展下去你想跪搓板都跪不了。"

史大鹏说：“我又没病，干什么想跪搓板?”

薛勇站了起来，对我说：“冯诺，别再去找人了，你已经尽力了。剩下的事情我们来做，请你相信我们。”

薛勇拿起了他的包，做出了一副要走的架势。我扯住他的衣袖不撒手。我说：“你听懂我的话了吗?”

薛勇认真地看着我。

我不安地说：“我是在提供情况，没有指认谁是杀人凶手。”

薛勇连忙说：“我懂，我懂。”

我说：“你们回去会抓人吗?”

薛勇说：“你为什么要问这种话?”

我想了想，说：“我有些不踏实。”

薛勇说：“你没有做错什么，用不着不踏实。”

薛勇朝门外走去。

史大鹏说：“真忙成这样？我把那几个找来聚聚。”

薛勇说：“等案子结了再说吧。”

薛勇的白色身影在我眼前消失了。

我感叹：“当年要是嫁个刑警多好啊!”

史大鹏说：“臭美了吧？那几句话是哄幼儿园小朋友的，别当真。”

我说：“我现在就是幼儿园小朋友。”

史大鹏说：“那你也太早恋了点。”

史大鹏边说边穿外套，他也要去上班。

我在沙发上坐了下来，那种感觉有些奇怪。那些在我心上积存多日的东西顷刻间都烟消云散了。我的心情从未有过的宁静。我努力去想陈文化，可陈文化真的距我非常遥远。

除了一个概念，我简直想不起他是谁。

而且我重又怀疑那个戴墨镜的人是不是在跟踪我，也许是修车人搞错了。

电话铃响了，是小兵打来的。小兵的声音听起来非常虚弱："小茹姐，我姐的事有进展吗？"

我说："暂时还没有，不过你别着急，着急解决不了问题。"

小兵说："我还是怀疑他。"

我居然问："谁？"

小兵说："陈文化。"

我说："你的任务是好好上学，你怀疑谁都没有用。"

小兵说："我们总可以向公安部门举报吧？"

我说："小兵，你不应该怀疑他。你姐的事我们谁都不了解，所以轻率地怀疑谁是不负责任的。你说过他们彼此不相爱，可不相爱不是一个人失踪的理由。尽管有人因此失踪过，但那个人不一定就是你姐。所以小兵，你唯一应该做的事就是好好学习，也好让你姐姐放心。以后我会把你上学的费用寄过去，就像你姐在时一样。"

小兵沉默良久，说："小茹姐，你没出什么事吧？我听着这些好像不是你说的话。"

我说："就因为我是下岗工人？"

小兵连忙说：“我不是那个意思。我只是觉得事情有点不对头，过去你好像不是这个样子。”

我愣住了，我也不知道我过去是什么样子。我过去有过其他样子吗？

小兵说：“小茹姐，我现在只能指望你了，别丢下我姐不管。”

我说：“能做的事情我都在做。小兵，我们相信公安部门好吗？”

小兵答应了。

我一再叮嘱小兵有什么事情就告诉我一声，别把我当外人。我说小时候的事你还记得吗？我一直是把你当成亲弟弟的。虽然我们没有血缘，可有些情感是能超越血缘的，我说得对吗？小兵说小茹姐，我明白。我说你既然明白就把详细地址告诉我，我好给你寄生活费。我可能不会像你姐姐寄的那么多，但供你读书不成问题。小兵为难地说你都下岗了，连你还都要别人养活。我说这只是暂时的，我会重新上岗的。小兵到底还是把地址告诉了我。我把地址写好以后挂在了墙上，我对自己说：“这是你必须要做的。”

14

沙沙在午饭的餐桌上对我说：“冯诺，有件事情我现在通知你。”

沙沙板着面孔，成了一个严肃的人儿。我知道沙沙在谈她自以为重大的事情才会喊我冯诺。如果她想知道今天吃什么饭，她会喊我妈妈的。

我放下筷子看着她，我也严肃地说：“你说吧。”

沙沙说：“最近几天我们一直在策划一个行动，题目是，保卫流苏树。你知道我们学校的那棵流苏树吗？”

我说：“不知道。”

沙沙说：“你怎么能不知道呢？就在前边的操场上啊。你是到我们学校去过的，怎么可能没注意到它呢？”

我想了想，说：“我到你们学校去的时候天气正冷，万木萧条，所以我没看见流苏树很正常。倘若我是春天去的，正赶上流苏树开花，我一走进校园就能闻见香气，我不会不注意到它。”

沙沙说：“你说得很准确。流苏树开花的时候确实就是这个样子，白色的，毛茸茸的，我们一走进校园就能闻见扑鼻的香气。夏天树上落满了知了，我们就在流苏树的树荫里跳房子。我们一多半的同学都在作文里写过它，眼看我们就要毕业了，我们都跟流苏树有很深的感情。”

我说：“你们要带它走？不可能吧？”

沙沙把最后几口饭划拉到嘴里，气愤地说：“我们学校要修操场了，校长要把树锯掉。我们班的同学闻讯后，联合写了份材料，直接交到了教导处，要求学校把流苏树保护起来。我们在材料中说，流苏树是古树名木，我们虽然马上就要毕业了，可以后还会有许多小弟弟小妹妹来上学。没有流苏树的校园就不是美丽的校园了，到那时，他们写作文时写什么？”

我说：“学校是怎么给你们答复的？”

沙沙说：“学校根本就没给我们答复，他们只说一群小毛孩子懂得什么，就把我们轰了出来。”

我说：“沙沙，我非常理解你们对流苏树的感情。可你想过没有，操场上有一棵越来越大的树，将来有一天那棵树会把操场的天空挤满。那样的操场还是操场吗？你们没法打篮球和羽毛球，许多体育项目老师都没法安排。所以我觉得学校锯掉那棵树是对的。树在别处还可以栽，几年以后还可以长成大树。你们的校园一样变得美丽，是这样吗？”

沙沙叫了起来：“你对我们学校真是一点都不了解！那不是大操场，是小操场，是我们上劳动课的地方。学校锯掉树不是为了让操场更宽阔，而是他们不懂得热爱树木。他们想锯掉哪棵就锯掉哪棵，真的妈妈，他们已经锯掉了两棵紫薇，这样下去我们的学校就要完蛋了！”

我说：“沙沙，不许这样讲话。”

沙沙说：“你不信？我们好多同学都对学校失去了信心。一个连树都没有的学校光秃秃的，还想让我们热爱她？想想都没劲，真的。”

我说：“一棵树就那么重要吗？”

沙沙说：“比你想的还要重要。”

我说：“操场不是你们班的操场，是全学校的操场，是不是只有你们班的学生要保卫流苏树？”

沙沙说：“别的班当然也有，可都没有我们班的环保意识强——因为我们就要离开了。”

我扒了一口饭，我说你告诉我没用，我也没办法。

沙沙说："你咋会没办法呢，你有的是办法。我们想请家长声援我们，一起与我们保卫流苏树。所以我们做了如下规定：一、今天下午两点所有的家长没有特殊情况的都在操场上集合，一起与校方谈判。校方迫于家长的压力也许会放弃打算。二、如果谈判没有结果我们将罢课进行示威，请家长不要干预。"

我吃惊地说："你们不想升学了？"

沙沙说这是两回事。我问你们这是跟谁学的。沙沙得意地说有高人指点。我们班有个同学的姑姑在北大读书，我们特意用电话请教了她。

我说："沙沙，你们还是小学生呢，万万不能采取过激的办法。"

沙沙不满地说："你有更好的办法？"

我说："我没有。可我知道你们这么做不对。学校锯掉一棵树不是你们罢课的理由。"

沙沙眼巴巴地说："你总可以去声援我们吧？"

我说："怎么声援？"

沙沙说："去谈判啊！学校说我们是小毛孩子，总不能这样说家长吧？"

我问："你们班的家长都去？"

沙沙坚定地说："都去。我们放学的时候已经谈好了，或是爸爸，或是妈妈，一位同学一定要来一位家长。为了保卫流苏树，你一定要去声援我们。"

我问她们班的刘老师知不知道这件事，沙沙说刘老师既不支持，也不干预，像以往一样不多介入。我们写的那份材料想请他看看，可刘老师说你们愿意送哪送哪去，谁问就说我不知道。所以这件事我们没有再请示他，让家长声援完全是我们自发的。

我在厨房磨蹭了好长时间，这件事我有些拿不准。可事情本身我倒是挺感兴趣，孩子们居然想到要保卫树木，我们在这个年龄的时候什么样？肯定是围在锯树的人身边看热闹。那个时候我们都喜欢看热闹，连两只狗打架我们都要观赏老半天。保卫流苏树是一件多有意义的事啊，如果我是学校校长，我就会保留这棵树，无论它多么应该锯掉。

我在厨房磨蹭不是在想我去不去。我肯定是要去的，既然沙沙这样要求我，我断没有不去的道理。我只是想弄明白这种声援有没有意义，或者孩子要求家长去声援有没有道理。为了一棵树兴师动众的事，我没遇到过。

这树种在北方不多见。我心里一动，扔下了手里的活计，去网上查找流苏树的信息。不查不知道，一查吓了一跳。

沙沙却有些不放心，就在我屁股后头跟着。沙沙说："我们要好的几个同学都起誓了。"

我问起的什么誓。

沙沙说："谁的家长不来谁就是叛徒。"

我说："你放心，我去。"

沙沙说："两点就在大门里边小操场的流苏树下集合，记住了吗？"

我说："记住了。"

沙沙说："你一定要好好准备，把校方驳倒，帮助我们取得最后的胜利。"

我心里慌愧得厉害，我要怎么做才能不辜负她的希望呢。

每一个家长走进孩子学校的感觉都有些特殊。如果你的孩子不是一个优等生，不能受到老师的交口称赞的话，那么你的感觉肯定和我一样。脚步是虚的，腿是软的，心是散的，还有些上气不接下气。每次走进校园我其实都是这种感觉。一年总要开几次家长会，校长在广播里上大课，班主任在教室里上小课，其实就是挨训。老师训起人来跟训孙子一样。你的孩子这也不行那也不行，这样发展下去一事无成等等，把家长搞得一个个面容憔悴。我还记得我第一次来开家长会的情景。那时沙沙刚上一年级，老师一进教室，第一句话就说，谁是史沙沙的家长？我赶紧站了起来，心怦怦直跳。老师说，你们孩子从来不完成作业。我说我们完成呀，沙沙每天到家的第一件事就是写作业。作业写不完连饭都不吃。老师马上不高兴了，说你的意思是我冤枉了她？我当然没有这个意思，我不过在如实说明情况。后来我想了想，觉得有两种情况可能发生。一是沙沙哪天把作业忘了，她做的作业不是老师留的。还有一种情况是，沙沙写了作业却丢在了家里。有时我收拾房间时会发现。不过这种事情毕竟不是每天都发生。我想把我想法告诉老师，可老师根本就不想听我说话。眼睛居高临下地望着别处，骄傲得像个君王。再看其他家长，每一个都低声下气，说话都战战兢兢，恐怕哪句话说错了惹老师不耐烦。老师表扬你就跟着表扬，老师批评你得跟着批评。一个家长会开了两个多小时，除了憋气你什么收获都没有。

但也有光彩照人的家长，他们的孩子哪哪都好，考试考双百，听老师的话，从来不淘气。老师会反复表扬。这次表扬，下次依然表扬。有时还让他们写成书面材料，在会上交流。他们能把经验写成一本书，念得所有的家长都打瞌睡。老师就在讲台上敲文明棍，说难怪你们的孩子不注意听讲，根子原来都在大人身上。那种家长就像单位的一把手，从来不屑于与人交流。你如果主动与他说话，他就像一人之下万人之上的总理大臣，说话都是鼻窦炎味，让你恨不得给他开开刀。

有一次，我带着沙沙去朋友家串门。朋友的孩子刚上中学，听说沙沙的班主任是刘一流，马上做出晕过去的样子。说学校那么多老师，你怎么那么倒霉，偏偏遇见他啊！你们给他送礼了吗？沙沙说没送。中学生说歇菜歇菜，你在班里不会得烟儿抽。我问你送礼了？中学生叹口气说我们送轻了。那天我们班里搞联欢，我唱了一首外国歌曲，刘一流没有听懂。他对大家说，同学们，你们知道什么叫跑调吗？听听这个同学唱的歌，这就叫跑调。我就知道我们的礼送轻了。

我问她们送的什么。

中学生说："给他送了一个纸风筝，想让他飞得离我们又远又高。"

我和沙沙大笑起来。

中学生又说："有什么办法呢。他总跟我们要礼物，说我们是一群白眼狼，都教你们六年了，你们一点人心都没有。"

沙沙兴奋地点头说："他也这样说我们。"

中学生说："你快毕业吧，你只有毕业才能摆脱刘一流。否则他总像噩梦一样罩着你。"

说得我们也像做了噩梦一样，好长时间打不起精神。

我两点整走进了学校，径直去了沙沙说的那块小操场。我还真没好好打量过这座校园，因为孩子成绩不好，总觉得校园不是我们的。所谓的操场其实只是一块空置地，看上去有些荒凉。一些杂木已经被砍倒了，随意在地上堆着。那棵流苏树真的让我心中一动，树冠像一把巨伞，能遮好大一块地方。它的枝叶就像篦头的小篦子，细碎却规整，花苞纯白，有一种宁静的美。它的花毛茸茸的，像鸟儿肚皮上的羽毛，比春天的风都柔软。还有它的香气，淡淡的，融合在空气里，在很远的地方都闻得见。我想起来了。我闻到过流苏的花香，只是一直没能引起注意。这里有些偏僻，它又被许多树木遮掩着。学校的旧址曾经是一座大庙，这棵流苏树肯定就是那座大庙的遗物。

下课铃响了。

我看了表，离规定时间已经超过了二十分钟了，可小操场上仍然是我一个人。我有些狐疑，不是每位学生都来一位家长吗？怎么没有第二个人露面呢？我看见沙沙气喘吁吁地跑了过来，后面跟着她的几个同学，沙沙夸张地大口喘着气，我怀疑她是有些心虚的。沙沙说："对不起，妈妈。"我说："我不需要对不起，你对我说清楚到底是怎么回事？"沙沙说："对不起，只来了你一个人，他们的家长都没时间。"我看着那几个孩子，女孩子有我认识的李小满，男孩子有我认识的高玉树。我问李小满："是不是每位学生都来一位家长？"李小满看了眼沙沙，说："是这样的，可我的爸爸妈妈都不愿意来，他们说那样会得罪校长。"高玉树是个胖男孩，赶忙点头说："阿姨，是这样的，我父母也是这样说。"我还是不相信，问："你们班多少学生，他们的家长难道都没有时间？"沙沙的脸红了，说："妈妈，我骗了你。"我看着沙沙，等着她的下文。沙沙又说："保卫流苏树小组就我们几个，别的人都不愿意参加。我们班的班长还说，你们就去保卫吧，学校早晚把你们都开除。我说他们没有权利，九年制义务教育是国家规定的，他们不能剥夺我们上学的权利。妈妈，我说得对吗？"

我没理沙沙。我问："谁的姑姑在北大？"

一个娃娃头的女孩被推了出来，说："阿姨，我们没有别的意思，我们只是想保卫流苏树。只是家长都不理解我们，我妈妈知道我给姑姑打电话，还打了我。"

高玉树说："阿姨。"

那几个孩子一起说："阿姨。"

我又好气又好笑，说："你们是不是知道下午只有我一个人会来？"

沙沙说："我们已经估计到了这种局面，我们知道最少能来一位家长。她就是我的妈妈冯诺。"

我说："我是天底下最大的傻瓜。"

几个孩子都笑了。

我说："对不起，我要走了。我还有事。"

沙沙马上就急了，说："你还没见我们校长，怎么能走呢？"

我说："我见谁都不管用。我不是这座城市的市长。"

沙沙说："可你非常可能说服校长，我们的校长是新来的。"

我说："沙沙，你已经让我伤心了。"

沙沙说："你比流苏树更伤心吗？它都成老爷爷了，可有人还是要谋杀它！"

沙沙掉了眼泪。

我也差一点儿落下眼泪了。我听不得"谋杀"这样的词，沙沙的话言重了。

娃娃头说："阿姨，你说服不了校长我们都不怪你，我们只是想试一试。"

我还有什么话好说呢？只能试一试了。

上课铃响了。孩子们像上了发条一样下意识地跑。只有沙沙跑了两步停了下来。沙沙说："妈妈，求求你了，帮帮我们吧。"

沙沙从没用这种语气对我说过话。

我挥了挥手，沙沙也跑走了。

我在一棵枯木干上坐了下来，是挺粗的一段树干。不知是什么时候被什么人锯倒的，好像在这里已经横陈了许多年了，树身上都长了干木耳。我仰脸望着流苏树，我真没想到我掉进了女儿设计好的圈套中。而这个圈套却是为了保护树木。我是谁？我不就是一个下岗职工吗？有什么资格保卫流苏树？只因为我是史沙沙的妈妈？史沙沙的妈妈比别人有更多的权利和义务吗？我不知道该对我的女儿说些什么，该对流苏树说些什么。这样一棵树，会因为我说些什么而改变命运吗？

我知道我只能去说了，我没有别的选择。沙沙选择用“谋杀”这样的词语刺痛了我，我了解我的女儿，她善良柔弱的心灵不能被伤害。保卫流苏树其实就是保卫女儿。

也许我什么都保卫不了，但我愿意向女儿证明，我尽力了。

有一群人朝这边走来。他们手里的长条锯那么长，斧头的利刃寒光闪闪，粗麻绳像蛇一样盘在身上。他们一共是六个人，都穿着粗布衣服，嘴里都叼着纸烟。他们谁都没有注意到我，可他们每个人的神情都落在了我眼睛里。我拦住了一个年龄稍长的人，问：“你们是来伐流苏树的吗？”

他说：“是呀，这棵树实在是太老了。”

我说：“师傅，请你们等一等，我想去见一见校长，你们一定要晚一些动手。”

他说：“你什么意思？”

我说：“这棵流苏树也许会保留下来。”

他哈哈哈地笑得我莫名其妙。他说：“你说晚了，我们人都来了。我们今天下午的全部工作就是伐倒这棵树。如果这棵树不伐，我们做什么？”

我指着那根倒着的枯木说：“你们坐下歇着。”

他说：“歇着我们当然愿意，可谁发我们工钱？”

我说："师傅，你们就稍稍等一等。这棵树许多孩子都对它有感情。我去见一见校领导，如果我说服不了他们，你们再动手，行吗？"

他说："行倒是行。只是你的时间不能太长，否则我们下午的活不好安排。"

一个年轻人说："你去也是白去。人家定了的事，还能改？"

我说："师傅，我不回来你们先别伤害流苏树，你们一定要答应我。"

年轻人说："你要是一辈子不回来呢？"

年长的师傅喝了他一句，怪他不该这么讲话。他说："你快去快回。你如果说服不了他们，我们也好早一些动手。"

怎么那么巧，范玉成是史大鹏的同学。

史大鹏的同学太多了，这座城市的角角落落都有。我实在不喜欢这种无巧不成书的事。可有什么办法呢，生活中的那种巧合真的是无处不在，既出乎意料，又都在情理之中。我知道范玉成一直在教育口做事，最早在乡下教书，后来调到教委。一个月以前才来到这所学校，任校长。我和范玉成不熟，他只和其他同学到我家去过一次，还是在几年前，我之所以记住他是因为他长相有些特殊。身材有些五短，只留小平头，脑门很窄，却有很深的皱纹。那天他在我家喝醉了，打碎了我们新买的一套茶具中其中的一件。我有些心疼，当然我不能表现我的心疼。后来另一个同学又打碎了一件，我就没感觉了。可范玉成是老实人，总翻来覆去表示道歉。另一个同学则洒脱得多，用脚把瓷器碎片往沙发底下一蹚，没事了，就像在酒店里一样。

那个时候的范玉成只有一个心愿，就是想调到城里来。记得那次在我家吃饭大家还帮他探讨过这件事，探讨来探讨去也没个结果。帮着瞎出主意行，却没有一个能帮他解决实际问题的。那年范玉成的女儿该上幼儿园了，可乡下没有。女儿的妈在小学教书，女儿就在妈的屁股后头跟着。妈在上头讲课，女儿在底下淘气。范玉成说他女儿想上城里的幼儿园都想出毛病了。你想不到城里的幼儿园对乡下的孩子有多大的诱惑，就像高等学府对莘莘学子一样。每到晚上女儿都问他们，我啥时能上幼儿园呀？他们总是回答快了。女儿偶尔与他们进城哪也不去，就在幼儿园的门口，等着看别的孩子放学。那种感觉挺让人辛酸的。记得当时范玉成直抹眼泪，别的同学就嘲笑他，就那么点芝麻绿豆的事也当回事？别扯淡了！

我是挺同情范玉成的。我觉得范玉成能把那种感觉说出来，特别不容易。记得我当时坐在角落里帮他想了半天办法，但都没有可行的。他的女儿比沙沙小半年，我想也许可以让她来我家，与沙沙一同上幼儿园。沙沙烦幼儿园烦得要命，每天早晨都要跟我讲许多条件。手绢要带有孙悟空的，衣服要穿带拉链的。不走这条街走那条街，因为街上有许多卖小百货的，专门挣孩子的钱。沙沙多个小伙伴也许不是坏事，可我们如何安置多出来的那个孩子呢？当时我居住的房子比现在的这所更小，只一室一厅，有个沙沙已经天下大乱了，再多出一个真是无法想象。但我还是把我的想法说出来，我说也许可以让她来些日子，住在我家。我们条件是差一些，但满足一个孩子的愿望还是能做到。范玉成拒绝了。他说女儿离不开妈妈。他说唯一可行的办法就是调到城里来，他们夫妇能来一个就行。他说有句老话叫铁杵成针，我就不信功夫到了办不成事儿，你们都等着瞧吧！

后来范玉成怎么进的城我们就不得而知了。不是他一个人进来的，是和他爱人一起进来的。让大家目瞪口呆，不知他怎么忽然有了通天的本领。范玉成进了城没有主动与人联系，可能也没人主动联系他。所以后来人离得近了，消息反而少了。

我没想到我有那么好的运气能碰到范玉成。我在办公楼的楼道里先碰见了刘一流。刘一流首先和我打招呼，说来了？说校长办公室在二楼。我不知道他说这话是什么意思，但有一点很清楚，他知道我要来，而且知道我为什么而来。刘一流的面孔一点也不温和，所以我看不出他对这件事的态度。我想我此刻的行为真的就像一个二百五，被几个孩子驱使着，来做力所不及的事。校长如果还算客气，会将我礼送出门。如果碰上一个不客气的校长，说些难听的话也在所难免。

只是我得代表孩子把想法说出来，即使一点作用也不起，我也一定要说出来。我既然答应了孩子，就没有理由反悔。

何况我也喜欢那株流苏树。再过不久，它就花开满枝头了，流苏树繁花似锦的样子会让我的女儿开心。女儿开心比什么都重要，我历来这么认为。

我忐忑不安地敲了门。

我一眼就认出了他，那个留着板寸的范玉成，现在仍然留着板寸。也许是我的心情过于激动了，我马上叫出了范玉成的大名。

范玉成也没怎么费力就想起了我。他说："大鹏呢？没和你一起来？"

我说："我一个人来的。"

范玉成边沏茶边忙着发感慨，转眼就好几年没见了，真是日月如梭啊！那年去你家我的孩子还没上幼儿园呢，可现在都上好几年级了。

我把白瓷茶杯端在手里焐着手，我的手有些凉，因为在外面坐久了的缘故。范玉成马上发现了这一细节，起身关上了窗户。

我说："范玉成，真没想到碰上你。"

范玉成显然有些失望，他一定以为我是专门来找他的。

我说："你来做校长的事我家大鹏也不知道，一直没听他念叨。"

范玉成说："也赖我，我谁也没通知。也不是什么好事，大家知不知道也就这么回事。"

我说："怎么不是好事？是天大的好事呀！"

范玉成说："你们孩子在这所学校？"

我马上支吾了。我说："在这所学校不假，可我说的话与她没有关系。"

范玉成说："与什么有关系？"

我想到外面的伐木师傅在等着，决定直奔主题。"我看外边有工人准备伐树，学校为什么要伐掉那棵流苏树？”

提起工作，范玉成马上眉飞色舞。他说他来的时间不长，很多工作摸不着头脑。所以只能在慢慢摸索的同时看到什么做什么。比如，学生的很多课桌都不叫课桌，就是四根木棍支一块板，在那里对付着用。他利用周六周日两天找来了好几个木匠，把所有的桌椅都修好了。再比如，过去的厕所都是旱厕，老远就能闻到臭气熏天。他投资十几万元建了两座漂亮的水冲厕所。许多老师都对他这么花钱有意见，说有那钱还不如发奖金。他说都什么年代了，我们的思想那么停滞不前哪行。学校应该是一个文明程度比较高的地方，总让学生进那种厕所哪行。范玉成接连说了好多事情，都没涉及为什么要伐那棵流苏树。

我说：“我是为了那棵流苏树来的。”

范玉成惊愕地看着我。

我说：“我真的是为了那棵流苏树来的。好好的一棵树，你们为什么要伐掉它？”

范玉成笑了，说：“我们为什么不能伐掉它？我不喜欢树，我喜欢院子里光溜溜的，一眼就看出去很远。树要栽到犄角旮旯，而且要经常换代。我不喜欢旧的东西，听说这棵流苏树都活一百年了。我们一所小学，留那么老的东西干啥？”

我说：“可是孩子们喜欢它。你知道他们多喜欢这棵流苏树吗？有了流苏树校园才显得美丽，他们才更加热爱校园。而且一棵树的价值还远远不止这些。你伐掉它容易，可如果让它长成现在这个样子，就不止是个时间问题。孩子们在发起保卫流苏树的活动，这件事你有没有听说？你的孩子有没有在这所学校？你是不是也应该听听她的意见？”

范玉成低下了头。我知道他为什么要低下头，他是不愿意听我说这些话。如果我不是他曾经认识的人，他会不耐烦地说好多话，我能想象得出。可是现在他只得忍着。

他说：“我的孩子没在这里上学，在这里上学也不会保卫什么流苏树。孩子的首要任务是学习，净弄用不着的，有用吗？”

我说：“保卫流苏树不算用不着。这样一棵树伐掉多可惜啊！”

范玉成说：“伐掉一棵树有什么可惜的，我看不出来。何况你来晚了，这棵树我们已经卖了。买主派来的人今天下午就来伐树，这个时候恐怕已经干得差不多了。”

我说：“他们还没有干，我让他们等等我。”

范玉成再次惊愕地看着我。

我说：“留着它吧。”

他问我的孩子在哪班，我告诉了他。他说：“你让我很为难，我是下很大的决心来伐这棵树的，可现在却要反悔，人家要管我要误工补贴。”

我说：“留下它吧。这是棵古树，有灵性的。”

范玉成琢磨了半天，说：“好吧，就照你说的办。我不伐它不代表我做出的决定不对，而是要给老同学你一个面子。既然你专门为一棵树来，我不给面子也说不过去。好吧，我现在就去告诉他们。”

范玉成站了起来，却不急着往外走。他继续说：“你不知道现在做点事情多难，多好的事都有人提反对意见。就像旱厕改水厕的事，不是好事吗？可还是有人写匿名信，说我借机大捞一把。你说修个厕所我能捞什么？捞块砖头？”

我说：“谢谢你。”

范玉成说：“谢什么？这还不是咱们一句话的事。”

我起身告辞，范玉成一直把我送到楼下。离老远就喊一个叫李主任的人，说过去看看，那棵流苏树咱不卖了。

李主任颠颠跑了过去。

范玉成说：“我就不远送了。”

我说：“留步吧。”

我朝学校门口走去。走到那里突然想回头看一眼，就见教学楼有几扇窗户都打开着，里面伸出来好多只小手，每只手里都舞动着一条红领巾。我数了数，那是三楼。忽然醒悟了，许是沙沙他们那个班。

我的眼睛湿润了。

唉，真是没奈何。

走出学校我的心里一点轻松愉悦的感觉也没有。我不喜欢这种结局，虽然这种结局是我和女儿想要的。试想一下，假如范玉成不是史大鹏的同学，事情会是怎样一个结果呢？我肯定会被从那间办公室轰出来，毫无疑问。我说服不了他，我没有本事让他改变一种观念，而且他也不屑于改变。这件事情的解决只是缘于史大鹏的一个面子，百年流苏树之所以存活只因为一个小人物的面子。天啊，这岂不折煞史大鹏。我边走边为流苏树感到难过，也为女儿感到难过。我不会把细情告诉她，不会告诉她事情之所以能够解决只因为校长是你爸爸的同学——那样他们的保卫计划就太可怜了。她一定以为他们之所以能保卫流苏树一定是因为选对了人——冯诺，与校长对话时感动了他，于是最终采纳了他们的建议。我情愿沙沙这样认为，毕竟还有一份关怀在里边。否则，那些孩子的心里会怎么想，每天面对一棵别人施舍了生命的流苏树，他们还能像过去一样爱它吗？

我希望我的女儿是一个会热爱的孩子。热爱人，热爱植物和动物，热爱校园。热爱一切应该并且能够热爱的东西，多么好。可热爱又是多么艰难。没有人能够听听他们的声音，他们的愿望。他们宝贝似的人生其实只是一张华丽的渔网。

我在街的拐角看见了一个熟悉的身影，那是一个做馅饼子的女人。我们这座城市有许多做这种生意的人，没想到徐姐也加入其中了。馅饼子是用玉米面做皮儿，干白菜或野菜做馅，佐以虾皮和少许韭菜，在街面上很盛行。我们都吃过徐姐包的玉米馅饼，野菜是大家出去玩时采来的。徐姐的手艺不比人差，再加上有一份心情在里边，就觉得比吃海鲜还香。可徐姐真的干这个还是出乎我的意料，她是一个心性高的人，曾经想开饭店、干洗店，还想干美容美发，一直都想挣大钱。徐姐的侧脸对着我，她的生意不好，有些落寞。我不忍走过去，走过去说什么呢？那些玉米饼子圆圆的，摆满了高粱秸秆编的盖顶。那只盖顶也是我熟悉的，我们曾经把包好的饺子摆放在上面。我站了会儿，一个蹬三轮车的老人问我坐不坐车，我说不坐。老人想走，我说："您能帮我一个忙吗?"老人善良地说："你说吧。"我说："我想买那个人的馅饼子，可我不好意思过去。您能帮我去买些吗?"老人点了点头。我拿出二十块钱给了老人，告诉他就买这么多。老人不相信地看着我，说那个人的馅饼子好吃吗？我说，市面上数她的馅饼子好吃。老人信了我的话，回来时提了两只塑料兜。我把其中一兜送给了他，让他拿回去让家里人尝尝。尝尝您就知道我说的是真话。

"以后您什么时候想吃了就去买她的。"我说。

老人非常感谢的样子走了。

沙沙回家来高兴得没了人形。她说你能想到吗，我们刘老师是同意我们保卫流苏树的。刘老师的家就在学校对面，流苏树开花的时候香味能飘到他家院子里。得知流苏树不被伐的消息他跑到了教室，他说同学们，你们快把窗子打开，把红领巾解下来，向史沙沙的妈妈致意。学校真的同意不伐流苏树了，那棵流苏树保住了！刘老师也趴在窗口向妈妈挥手，妈妈你看见了吗？我当然没有看见，但我告诉女儿我看见了。沙沙说，同学们都让我问你是怎么说服校长的。我灵机一动，说校长也是热爱流苏树的，只是与你们热爱的方式不一样。他不是要伐掉，他只是想移栽到别的地方。这样啊！沙沙有些失望，但很快又振奋了，说这样一棵大树能不能移栽活也是未知数，说不定是另一种意义上的谋杀。我捂住了胸口，我还是听不得这两个字。沙沙又说，还有一件事，我说出来你准高兴。我问是什么事。沙沙耳语似的说，我们开始喜欢刘老师了。我让她再说一遍。沙沙大声说："我们开始喜欢刘老师了！"这话让我有些心潮澎湃。我喃喃自语说你们真的开始喜欢刘老师了？沙沙说真的开始喜欢他了。过去刘老师从来不表扬我，可最近这一段时间老表扬我，你说我能不喜欢他吗？

沙沙说："妈妈这回你在我们班彻底震了。尤其李小满和高玉树，对你佩服得五体投地。他们都说，要是能给你当孩子多好啊！"

我说："你不用拍马屁，先把骗我的事说清楚。我总以为我的女儿不会撒谎，敢情也是个骗人精。"

沙沙搂着我的脖子说："饶了我吧。我要是不那么说，你会去吗？你不去流苏树能保住吗？"

我说："这不是你骗人的理由。"

我想拧她一把，手下去是虚的。沙沙咯咯笑着跑回了自己的房间，"砰"地撞上了门。

史大鹏回来沙沙已经睡下了。我把今天的事情对他说了，重点告诉他不要当着沙沙的面提范玉成的名字，我不想让孩子知道他们有这层关系。我说史大鹏你好大的面子，一棵百年流苏树要冲你的面子活着。史大鹏说范玉成晕菜了，他不知道那棵流苏树是文物？他敢动文物应该先摸摸自己有几颗脑袋。我无语。我在范玉成面前不敢强调那树是文物，我怕让他觉得是威胁，从而形成逆反。史大鹏开始打电话，打到第四个电话才找到范玉成的电话号码。史大鹏说："听说你冲我的面子才没砍那棵流苏树？"范玉成说："是呀，老同学嘛，这点面子应该给。只是我现在还没想明白，你的家属为什么对那棵流苏树感兴趣。"史大鹏狠狠地说："为什么？那是在救你！你知不知道那棵树算文物？每年财政都拨专款养护它。毁坏文物该当何罪你知不知道？"范玉成说："不可能吧？怎么没人告诉我？"史大鹏说："看来那所学校不欢迎你，有人在等着看你犯错误。"这话肯定把范玉成说毛了，好半天没接话茬儿。史大鹏又说："看来你得多加小心了，你现在是光棍跳舞。"史大鹏说完这话就把电话挂了，连再见也没道。

我说："今天沙沙把我忽悠了。"

史大鹏说："犯傻了吧？让几个孩子蒙得痦迷三道。"

我说："无论怎么说流苏树保住了总是好事。"

史大鹏说："别不自量力了。这年头你还想用道理说服谁？范玉成要不是我的同学，你不定在哪哭呢。"

我不言语了。

15

一天深夜，我家电话铃声大哗。我和史大鹏一同被惊醒，陡然坐起身，他按住了我，我按住了他。我们一同去看表，已是凌晨三点。夜深人静，电话铃声像锋利的刀片一样切割着你的神经。我不由就发起抖来，徒然问："是谁？"史大鹏准备下床，我却死死抱着他的一只胳膊不放。我忽然想到电话也许是家里打来的。母亲年事已高，身体又不好。我从史大鹏的身体上翻了过去，伸手抓住了电话。电话里是一团呜呜的哭声，哭得我心乱如麻。我大声说："谁？你是谁？快说话！"里面喊了一声"冯诺"，我就知道了电话不是家里打来的。我在一把椅子上坐了下来，耐着性子听着哭声由强渐弱。我说："你到底是谁？"我突然大喊了一声："你是伶俐！"我哭着说："你是伶俐吗？"电话里忽然没了声音，好像是被我吓住了。我又接连不断地喊了几声伶俐，我说伶俐你快答应我！

史大鹏从我肩膀上把电话拿了过去。史大鹏说："你到底是谁？不说话我就把电话挂了。"里面才有了声音，说我是戴月月，不是崔厚容。我是人不是鬼。史大鹏不满地说你都把冯诺吓坏了，你怎么在这个时间打电话？戴月月又想哭，史大鹏喝住了她。说你到底有事没事？没事就算了。我把话筒拿了过来，我说戴月月，你在哪？戴月月说，我在海南呢。我遭抢劫了，冯诺，我身上一分钱也没有了。我说你们老板呢？你不是和他一起去的吗？戴月月说，他比我更惨，让公安局给逮起来了。我问她现在在什么地方，戴月月说在一个旅店里，她把手表押给了人家，人家才允许她入住和打电话。我知道戴月月有一块瑞士名表，想必押的是那一块。戴月月说，我怎么那么倒霉，第一次到海南就碰到了这种事。劫我的是三个五大三粗的男人，不但要钱，连衣服、手机都要。可能以为我的手表不值钱，所以，把表给我剩下了。其实我的表是最值钱的，是他们不识货。

史大鹏听得不耐烦了，小声催我："快问她找你干什么，深更半夜的，还让不让人睡觉。"

我问她家大刘知不知道她现在的状况，戴月月说，千万别告诉他，告诉他我就不找你了。我说告诉他有什么不好？戴月月说，我怕他担心，你不知道，我们大刘他胆小。

把我的鼻子该气歪了。我心说戴月月什么时候变得懂人事儿了。

我问：“你都需要我干什么？”

戴月月说：“你得给我寄钱，你不寄钱我就回不去。你手头有纸有笔吗？”

我示意史大鹏把床头的台历拿过来。史大鹏没好气，随手一丢，台历掉在了地上。

我说：“你说吧。”

戴月月说了卡号，我又逐字核实了一遍。告诉她明天一早就去银行打款。

史大鹏说：“小心她骗你。”

我没理他。

史大鹏说：“我发现你越来越好骗了。”

我说：“天底下的人谁骗我都无所谓，只要你别骗我。”

史大鹏说：“我骗过你吗？”

我说：“你心里明白。”

史大鹏不理我了，一心一意去睡觉。我却一直到天光大亮都没睡着。戴月月在电话里喊我冯诺，我却疑心她是伶俐。我好好想了想，伶俐从小到大从来没叫过我冯诺，就像我从来没叫过她崔厚容一样。

戴月月从海南回来先到了我的家。是午饭前到的，提一个破书包，穿一件二大褂子，一看就是从地摊上买的。披头散发，不化妆就像变了个人。开了门我还以为是个要饭的，心里还紧着思忖，这个要饭的可真像戴月月。直到戴月月出其不意地搂住我的脖子，我才叫了出来："你怎么弄成这个样子？"戴月月又是呜呜地哭，鼻涕眼泪蹭了我一脸。戴月月说："冯诺，你不知道，我差一点就再也见不到你了。"我说："三亚的沙滩好吧？再好也不能不回家。"戴月月说："人家和你说正经的，你还取笑我。"我去厨房给戴月月做饭，我和沙沙预备吃些剩饭，正好没有多出那个人的。戴月月在屁股后头跟着我，说："冯诺，那天你怎么把我当成崔厚容了？吓了我一跳。她还没消息?"我应了一声。戴月月说："再找不到尸体就没法要了，你不知道现在海南的天多热。"我手里正好拿着菜刀，"啷啷"一声，菜刀让我扔到了案板上。戴月月小心翼翼地看着我，说："你还发神经哪?"我把菜刀举了起来，说："戴月月，你再说我就宰了你!"戴月月扭身出了厨房。我却没有心思再做什么，从冰箱里拿了两个馅饼子扔进了微波炉。

戴月月说她还是昨天晚上在火车上泡了一包方便面呢。因为不舍得钱，她眼睁睁地看着坐在旁边的一对情侣吃鸡腿。去在天上飞，回来在地上跑，天上地下真是大不相同。沙沙说："妈妈，你为什么不给月月阿姨做些好吃的?"戴月月说："你妈抠门，怕我把她吃破产了。"我冷着脸对沙沙说："你问问月月阿姨都做了些什么，她做的那些事趁不趁吃饭。"沙沙说："阿姨你犯错误了?"戴月月脸红了，连忙说："冯诺，你别当着孩子的面乱说话。”我说：“你也有女儿，你让她长大以后怎么做人？”戴月月不耐烦地说：“得了得了，好像世界上就你一个好人似的。”

戴月月一边吃一边说玉米馅饼子真难吃。“我敢肯定不是你做的，你做的没这么手艺潮。”我说你甭抬举我，东西是徐姐做的，徐姐现在就在大街上出摊儿呢。戴月月马上把嘴巴张大了，说徐姐当真做了这个？她不嫌栽面儿？我说，凭劳动吃饭有什么可栽面儿的，跟个男人满世界疯跑就不栽面儿？戴月月说，冯诺你不用总唱高调，你去摆个摊儿给我瞅瞅。我没理她。沙沙问我：“妈妈，跟男人满世界疯跑是去做啥？”

戴月月咯咯笑了起来，说：“沙沙长大就自然知道了。”

我给戴月月找了一套西服，是我唯一一套值些钱的衣服。我让她换上以后赶紧先回家，免得家里惦记。戴月月却顺势躺在了我的床上，说：“我不走。我告诉大刘明晚才到家。”我说：“你就说你提前回来了有什么不好？”戴月月说：“不好，他会来不及准备。”我也不知道她想让大刘准备什么，也懒得问。我在戴月月的身底下铺了一张床单。戴月月说：“不用铺，我不嫌你们脏。”我说：“我嫌你脏。懂吗？戴月月，你不知道我有多讨厌你。”戴月月说：“我又不是你肚里的蛔虫，你讨厌不讨厌不用告诉我。”我把戴月月换下的东西都扔到了阳台上，我说：“你怎么连点自尊都没有。”戴月月说：“我要自尊干啥？我一自尊好从你这儿跑出去？你就死了这条心吧。”

我说：“有时候你真像一个聪明人。”

戴月月得意地笑了。

戴月月把我拖到床上，让我听她讲故事。她说，我这次去海南可惊险了，你不想知道？我说你说吧。戴月月说他们是从北京坐的飞机。这边晴空万里，到那边可不好了，大雨滂沱。一看那么大的雨她就有些犯嘀咕，担心会出什么事。这一路她喝了四听椰子奶，喝得一个劲儿地跑厕所，飞机上的厕所又高级，所以，她乐得多跑几次。张老板是一个体贴的人，怕她冷，特意给她要了条小毛毯。可到了海南以后形势就变了。先说下了飞机，顶着大雨，机场敢情有人接机，可在之前老板根本没告诉她。来接机的是个二十多岁的女孩，个头又矮，皮肤又黑，手里拿着一枝玫瑰。老板径直朝她走去。女孩说你是李先生吗？我说你找错人了。老板却用身体把我挡了起来说，钱小姐，是吧？老板接过了玫瑰花。后来钱小姐把我们接进了一家酒店，是全海南最高级的，里面连游泳池都有。张老板整天一个人出去东奔西跑，把我一个人丢在了酒店里。别说去沙滩晒太阳，连大海毛都没看见。张老板告诉我海南的治安不好，别到处乱跑。所以吓得我连酒店门都不敢出。我问他是不是跟钱小姐在一起，他说钱小姐是什么玩意，我哪能跟她在一起。他说回去的时候我们不能坐一个航班，你先走，我后走。我说这是为什么？我到机场连北都找不着。他说这个你不用担心，到时有人给你办手续。我还是有些不踏实，可我知道我只能照他说的去做。事情就这样定了下来，我们在海南待了三天，转天我们正要准备出门，有几个身穿警服的人走进来，忽然用铐子把老板铐了。老板倒没怎么害怕，我可是坐那儿就起不来了。一个警察问我，你是不是戴月月？我说你们不是海南的警察吗？怎么会知道我的名字？那个警察说，连你们家门儿朝哪边开我都知道。你过去是不是永兴集团的？我说是呀，可我啥都没干过呀，我到他们那个公司还没半个月。警察说，麻烦你跟我们走一趟吧。我可知道公安局不是好地方，我一边走一边问，我没犯法吧？他们自己有说有笑，可就是不理我。到公安局给我做了笔录，问我是哪的人，来海南干什么，跟老板是什么关系。我故意说男女关系，把他们都逗笑了。说你胆子不小啊，敢来这里幽默。我问老板在哪里，他们说老板已经收监了。我说他犯了什么法？他们说他犯的法大了，这要不是我们心明眼亮，把你当个从犯一点问题也没有。我说我愿意当从犯，他带着我来的，我一个人也回不去呀！这时一个警察踹了我的凳子一脚，我就不敢乱说了。后来一个年龄大些的警察对我说，姑娘，你年轻轻的干些啥不好，咋和那些毒贩子裹在一起。这要是时间长了还有你的好？我说等等！我说我们公司是经营刀具的，怎么说我们是毒贩子呢？老警察说，经营刀具你们来海南干啥？一下子就把我问住了。没来海南之前我以为是来度假，可到这里全没个度假的样子。我一下子就明白了。我说我可不是坏人，我从来也没做过犯法的事。他们做的事我全都不知道。老警察可真是个好人，一直对我和颜悦色。他说你们一下飞机我们就注意到了，你们不是一伙的。否则你也不会安安静静坐在这里。海南也没什么好看的，姑娘，回去吧。

我在海口的街道上溜溜坐了一下午，我旁边就是一棵椰子树。海口的天真蓝，真干净。我做梦也没想到我能来这里。我就盼着现在是在做梦，醒了有人给我买机票，有人陪着我回家。海口的太阳真大，可也说落就落了。天一黑我就慌了，你知道我一个人没出过远门，我不知道该怎么办。想来想去我还是去找那个警察，让他给我拿个主意。可人家警察下班了，我还没找着人。你不知道冯诺，那个时候我都难死了。我想我万一要死在这里连个给我收尸的人都没有。谁都不知道我是谁。我们大刘还不得像你找崔厚容那样疯了似的找我？你找是在家门口找，方便得多。我们大刘要是到海南来找那就麻烦了。我一边想一边掉眼泪，我想我这次要是回去可要好好跟大刘过日子，可不到处瞎跑了。我好吃懒做的毛病也要改一改，虚荣心强的毛病也要改一改，还有爱贪小便宜的毛病等等，我想了很多。我想我要是能活着回去多好啊！那段时间我光想死啊活啊的，被车撞死，被人打死，就像真事儿一样，让我起了一身鸡皮疙瘩。冯诺我还想起了你，我临来时你说过可别有去无还，可不就真让你说中了。我发现你这个人还真是与别人不一样，怎么未卜先知啊！我想这想那，可就是没想到我会被人抢。那三个人可能早就盯上我了，我刚拐上一条小马路，他们就从暗影里扑了上来，身手那个快，连外罩都给我扒了去。我喊了半天救人，可过往的人看都不看我一眼，好像我是隐身人，好像别人都看不见。你说海口的人是不是都有病？

身上一个钱都没有了我才想起找旅店，我想我要是还在街上晃悠还不知道再出什么事呢，弄不好真要搭上一条小命。可我接连找了两个旅店人家都不肯收留我。后来我才想起我还有一块表，是块好表，平时都舍不得戴。卖了它也够我坐飞机了，可是我摆弄半天，不舍得卖。

我把表交给旅店老板做抵押，老板还问我是不是水货。

我硬气地说你管他什么货，值钱就是了。

老板这才把表收了起来，就像把我的心肝收起来一样，让我揪得疼。我骂自己没出息，都什么时候了，还心疼一块表。这要是在外边留宿，可能连人都保不住。

冯诺，你是不是睡着了？你睡着了可说一声，我这儿也困了。

我其实没睡着，可也不愿意睁开眼睛，我习惯闭着眼睛听人说话。戴月月从没和我这么推心置腹说过话，我隐隐有些感动。戴月月却以为我睡着了，她让自己躺舒服，不一会儿，就发出了鼾声。

戴月月一觉就把天睡黑了。

醒来时我把饭都做好了，想让她好好吃一顿。可戴月月手忙脚乱穿我的衣服，把自己打扮整齐。戴月月说："冯诺，我得走了。"

我问："去哪？"

戴月月说："回家。"

我就知道戴月月改幌子了。我想让她吃了饭再走，戴月月说，她都四十八小时没跟大刘联系了，她要马上见到他。

戴月月噔噔噔地下了楼，急火火地跑走了。

我骑着车把全城的角角落落都跑遍了。

哪里有招工的信息我都进去问一问，哪里贴着小广告我都要近前瞅一瞅。我的条件不高，只要一个月给我两千块钱就行。两千块钱就够付小兵的生活费，我只想先把这笔钱挣出来。我不能用史大鹏的钱供小兵。即使小兵是我的亲弟弟，我也不会那么做。我做人是有原则的，该我尽的责任我绝不依赖别人。跑了一天全无收获。工作不是很难找，但很多行业都不适合我。需要加班加点的企业不行，餐饮业不行。我必须保证有给沙沙做两顿饭的时间。沙沙早饭可以在学校吃，中午和晚上不行。跑这一天我有好几次都从徐姐的馅饼子摊儿前过，我都绕开了。徐姐的摊儿还是很冷清，徐姐看上去还是有些落寞。这两天天冷，过路人都停不下脚步。天暖以后徐姐的生意会好起来的。天无绝人之路，我从来都相信天道。我还是托人把徐姐做好的饼子都买了下来。我知道这样帮不了徐姐，但我想让她高兴一下。她高兴一下也许就会增加些信心。徐姐一直都在干这干那，可哪样都干不长。她既然选择了干这行，我就希望她能一直干下去。我回家数了数，一共有二十五个玉米馅饼。如果让我一个人吃，我都有些害怕了。我把馅饼分成若干份，让沙沙分别送给左邻右舍。一楼的胖阿姨饭量大，我特意让沙沙多送了几个。沙沙问我哪来的那么多馅饼子，我说我做的呀，你看多薄的皮儿，多大的馅，里面放了好多花生油。沙沙特别愿意给人送东西，跑了一家又一家。我在门里听动静，沙沙在哪一家都大声说，阿姨，这馅饼子是我妈亲手做的，让你们尝尝鲜儿。沙沙的声音脆生生的，就像刚出地窖的青萝卜，谁听见谁都会觉得从心里往外舒坦。所有被送馅饼子的人都站在门口大声说谢谢沙沙，谢谢沙沙的妈。瞧沙沙妈手多巧，能把饼子包得那么圆，汪着那么多油，一看就开胃口。我知道这话是说给我听的，她们期望我能听到。一楼的胖阿姨甚至给了沙沙一份小礼物，把沙沙撵得像兔子似的跑。沙沙前脚跑进来，胖阿姨后脚就在外敲门。我把门打开了，胖阿姨喘得厉害，说话有点语无伦次。她说你还想着给我送馅饼子，我正想这一口吃呢。我见天让你大哥下班给我捎回两个，可他今天推明天，明天推后天，总忘。沙沙妈你真是一个好心人，你好心一准有好报。胖阿姨不知想起了什么，眼神忽闪，显得特别巴结。我让她进屋坐，她说灶上坐着锅呢。我就想把这个送给沙沙。沙沙是个多懂事的孩子，冲你和她爸，这孩子也错不了。沙沙说什么也不要人家的礼物，我代沙沙接了过来，原来是一包椰子糖。胖阿姨并不急着离去，说沙沙妈你这体形多好，还跟姑娘似的。我年轻的时候身体也像你这样，不胖不瘦，该鼓的地方鼓，该凹的地方凹。后来是因为闹了一场病，激素用多了，就再也回不去了。我真是担心她的锅，怕烧漏了，或把东西潽出来。我说，以后您有空就常来串门，我一天到晚总在家。胖阿姨说，早就想来，可就是一直怪不好意思的。不瞒沙沙妈你说，咱这楼口我进谁家的门槛子都是平蹚，还就是没到你家来过。改天我过来好好跟你说会儿话。说完这些，小心地扶着栏杆下楼了。

沙沙朝我挑起大拇指，说："冯诺你牛啊，馅饼子外交搞得不错嘛。"

我说："这跟外交有什么关系，还不是因为你不吃的缘故。"

沙沙说："你没听到人家夸你吗？沙沙妈这样，沙沙妈那样，我一辈子都听不到这么多表扬话。”

我说：“这是因为你妈我馅饼子做得好。”

沙沙说：“得了吧，你骗得了别人可骗不了我。我知道你一定是买徐阿姨的，还得是偷偷地买。你昨天跟月月阿姨说话我都听见了。”

我赶紧捂住了沙沙的嘴。我说：“小声点，小心别人听见。”

沙沙嘘着声音说：“我知道。”

我说：“如果万一那些吃馅饼子的人知道了馅饼子是买来的，你说他们会怎么想?”

沙沙说：“他们要加小心了，以为你要拉拢他们。”

我说：“我拉拢他们也没用。”

沙沙说：“他们可不会这样认为，他们认为自己的用处大着呢。”

我和沙沙都笑了。

我们心情都不错，跷着腿坐在沙发上看动画片。看一只耗子往猫脸上点红点儿，说猫得了麻风病。猫是一只傻猫，举着镜子左照右照。我说：“沙沙，你知道什么叫一箭双雕吗?”

沙沙说：“不知道。”

我说：“你妈我这就叫一箭双雕。你徐阿姨的馅饼子卖不出去，站在那里发愁。我把它们买过来，徐阿姨高兴，这是一雕。我把它们送给邻居，邻居们都高兴，这是二雕。”

沙沙说：“你把钱花了，我没法买巧克力了，这是三雕。”

我也挑起大拇指说：“真聪明。”

沙沙问："妈妈你说那些东西真的好吃吗？"

我问："哪些东西？"

沙沙说："馅饼子啊。外边是糙的里边也是糙的，咽一口刺嗓子。"

我赶紧给她忆苦思甜，说我们小时候啊，吃不着纯玉米面的，要掺白薯干面。

沙沙拍着手说："我最爱吃白薯干了。"

我说："我说的那个白薯干面不是你吃的那种。你吃的是熟白薯晒的干儿，我们吃的是生白薯晒的干儿。"

沙沙说："你们为什么不吃熟白薯的干呢？"

我说："我们不是不吃，是吃不起。一斤白薯晒不了二两干儿，假如我们都把白薯烀熟了晒成干儿，一年有半年我们要喝西北风。"

沙沙说："要是我情愿喝西北风，也要吃熟白薯干儿。"

我说："你不知道喝西北风的感觉。"

沙沙说："不就是饿肚子吗？有一天我饿得都直不起腰来，照样等放学了才回来。妈妈你不记得有一天我猫着腰回家的？那就是饿的。"

我说："我真是跟你说不明白。沙沙，我怎么说才能让你明白我的意思呢？"

沙沙说："你怎么说我都不明白。我给你出个主意，你说动画片，你说什么我明白什么。"

我说："对，就说动画片。"

我一早又要去找工作了，顺便把沙沙送到了学校。我一边走一边对沙沙说我也许会当一名清洁工。我是随便说的，只想看看沙沙的反应。沙沙说：“妈妈，你干什么我都支持你。”我说：“也许你爸爸会认为我做的工作不体面。”沙沙说：“那是他的思想意识有问题。”我惊奇地说：“沙沙，你知道什么叫思想意识？”沙沙说：“太简单了。我们班有个大小姐总不爱劳动，扫地的时候笤帚都不挨地，怕土落在身上。我们都说她思想意识有问题。”天啊，我女儿的思想都这么深刻了！沙沙说：“清洁工最伟大了，脏了自己，干净了城市。比有些人强，有些人就自己干净，一点也不讲公共道德。”我这才发现我们前边的一个男人一边走一边吃早点，随手就把塑料袋丢进了风里，塑料袋跟着风跑。从那人身边过时，沙沙说：“叔叔，请把废弃物品扔进垃圾箱。”那人一龇牙，就把沙沙吓跑了。

我从环卫局门前过时发现有一张新贴出来的广告，真是招清洁工的。我毫不犹豫就把车停下了，找到了招聘的地方。接待我的是四五十岁的一个女人，听说我是自己应聘，头摇得像拨浪鼓。一口一个“你不行”。我吃惊地说：“我当清洁工都不够格？”女人说你别误会，我没说你不够格，是说你太年轻了。我们想招五十岁左右的，身体条件好的。我没听明白，招工都是年龄越小越好，你们怎么还不怕大呢？女人笑了，说，我们可不是不怕年龄大，是不敢要太年轻的。年龄大些队伍稳定，不会轻易换工作，年轻的三天五天就有跳槽的，我们操不起那个心。这样一说我就明白了。我把自己的情况简单说了说，我说我很适合干清洁工，决不会成为三天五天跳槽的那一个。而且我女儿也支持我干这一行，她说清洁工人最伟大了，脏了自己干净了城市。女人大受感动，说现在有你们这种想法的人可不多了。你是不是家境特艰难？爱人也下岗了？如果不是逼到这个份儿上，谁也不会丢下脸来做这个。年轻轻地干点什么不好。干这个实在是可惜了。她终于拿出来一张表，让我填了。然后又仔细交代了责任范围和工作时间，说清洁工人就是辛苦，天不亮就得起床，你受得了吗？

从环卫局这里出来我直接去找了徐姐，吃了徐姐一个新出锅的馅饼子。我问徐姐生意怎么样，徐姐说还凑合。我说我也找到工作了，我刚从市容出来，准备当清洁工，承包天河商厦那段路。徐姐停了手里的活计，吃惊地问我："扫街？"我说："扫街。"我说这个工作适合我，只起个早儿就行。徐姐说："史大鹏同意你干这个？"我说这是我自己的事，他同不同意无所谓。徐姐语重心长说，冯诺，别耍小孩子脾气了。人家史大鹏是坐机关的，你这样做给他丢脸。我说我都不怕丢脸他怕啥？我就是要去扫大街，好好治治他那个毛病。徐姐说，冯诺你怎么还那么拧呢？你比不得我们，我们不干没法子。我说我也到了没法子的时候，人人都会有没法子的时候。过了好半天，徐姐说："不行让他想想办法？他连宋桂英都能安排。"我说："史大鹏没那么大本事。"徐姐说："再怎么也不能扫街呀。"我说我愿意扫街，扫街挺好的。

我的扫街生涯就这样开始了。我每天都四点起床，穿黄马甲，戴黄帽子。领了推车、铁锨、扫帚，直奔天河商厦地段。扫街的感觉挺好，真的。一条脏乱不堪的马路，经过我的清扫以后就变得又整洁又干净。我比别人干得都仔细，真的。我喜欢把事情做得出色，不论什么事情，我都愿意把它做到最好。我过去在公司上班时就是这样，我的岗总是干干净净整整齐齐，只有这样我的心里才会舒服。从我扫街的那天开始，史大鹏就不叫我冯诺了，而叫我环卫工人。他的脸色还是不好看，可他最终容忍了。他会絮絮叨叨说我的炉台灶具没擦干净，说愿意当环卫工人先把家里环卫做好了多好。连沙沙都看出事来了。沙沙说："爸爸，这些活是不是只能妈妈干？妈妈现在已经上岗了。"史大鹏看了我一眼，我"扑哧"一声笑了。史大鹏说："问问你妈一个月挣多少钱，还不够一壶醋钱。"沙沙说："那是环卫局不发给她，你不能怨妈妈。"我说："史大鹏，你一定要理解我，我需要工作，我需要开始。"史大鹏并不理我，他问沙沙："你们同学知不知道你妈妈是环卫工人？"沙沙说："现在还不知道，不过很快就会知道的。我早就想好了，我要写一篇作文，就写妈妈是怎么当环卫工人的。有一天早晨，妈妈扫街的时候捡到了一个钱包，她想这是谁丢的钱包呢？丢钱包的人该多着急呀！于是她就站在那里等，等到太阳升起来了，人们都上班了，终于看见一个人急匆匆地朝这边跑来。妈妈走上前去问，你是丢了钱包吗？那个人说，我是丢了钱包。一个月的工资都在钱包里，家里的小孩等着住院呢。于是妈妈把钱包还给了他，他感动得热泪盈眶，紧紧握着妈妈的手说，你真是活雷锋啊！"

我说："沙沙，你怎么瞎编？"

史大鹏说："编得好。我看还可以编点别的进去。比如，她不光捡了钱包，还捡了项链、手机、耳环、戒指之类贵重物品。她的思想也曾经产生过矛盾，是据为己有还是交还失主？如果据为己有，那得值多少钱啊，够扫一辈子大街的……”

沙沙说：“妈妈刚扫三天街，哪里会捡那么多东西？如果能捡那么多东西，那得有多少人愿意当环卫工人啊。”

我说：“看来沙沙动心了。”

史大鹏说：“沙沙，别做梦了。你妈哪是什么活雷锋啊，我如果不去给她放一个钱包，她一辈子也捡不着。”

沙沙说：“你为什么要去给她放？”

史大鹏说：“这样你好写作文呀。”

沙沙想了想，忽然拍着手说：“这样就更好了，妈妈捡了一个钱包，等来等去等到了失主，一看失主不是别人，原来是爸爸。多有意思！”

我说：“这叫写作文吗？老师告诉你们写作文就是这样瞎编？”

沙沙说：“不瞎编哪有什么东西可写，我们班同学都是这样写的。”

我问史大鹏：“你是做饭还是辅导孩子作文？”

史大鹏戴上围裙乖乖进了厨房。我提溜沙沙去了她的房间。沙沙边走边问：“妈妈，要不我写保卫流苏树？”

我烦道：“有什么好写的，你还是写环卫工人吧。”

16

我每天经过天河商厦路口都要停下来往南看一眼，这里能看见伶俐家的窗。有时能看见窗上亮着灯，有人影一闪一闪。有时我想，不知是不是天意，这样大的城市扫哪里不好，偏要我扫天河商厦这段路。伶俐最后的脚印就印在这条路上，我怎么扫都扫不掉。路边的海棠树开花了，仿佛是一夜之间的事，所有的花都从树干里钻了出来。它们都是树的孩子，冬日怀胎春天分娩。第一眼看见它们，绝对是梦中的感觉。我会多看它们几眼，为了伶俐多看它们几眼。我做任何事都会想到伶俐，这已成了习惯。有一天，我早起看见了晨跑的陈文化。他穿了一双白色的运动鞋，一身大红的运动衣，跑得气宇轩昂。他是从我的身边跑过去的，他没认出我是谁。我可是好好打量了他一眼。他还是那样瘦，筋筋巴巴的一张脸，一点肉也没有。但他的神情专注而认真，好像把所有的精力都集中到了脚步上。我从来没见过跑步跑得那么认真严肃的人，看上去有一点怪诞。我看着他从天河商厦路口拐了进去，还做了几下操，然后就非常认真地跑回家了。

我看着陈文化跑回了家。可却没有人看见伶俐从这里走回去。也许有谁看见的，是那棵老槐树。那晚伶俐和一个叫夏刚的年轻人躲在这棵槐树的暗影里，伶俐说抱抱我。伶俐说吻吻我。伶俐说长这么大都没有人吻过我。槐树什么都知道，可是它不说。我总觉得夏刚是太年轻了，虽然他只比伶俐小两岁。如果不是因为他太年轻了，我肯定他不会对伶俐失踪一无所知。我想，他能感觉到空气有些异常，或者氛围有些紧张。可惜他什么也没感觉到，他哭着先走了。也许这一切都是天意，我想。我不应该抱怨夏刚。夏刚什么责任也没有。夏刚不是伶俐的爱人，他们不过是同事加朋友。伶俐在那种非常的情境下把他当成了爱人。伶俐是有预感的，我知道。所以伶俐在最后的时刻把心中隐秘的东西讲了出来，讲给了夏刚。换了别人伶俐同样会讲的，她知道她不讲就再也没有机会了。

那个玫瑰之夜，那个在我们这座城市一点也显不出浪漫的玫瑰之夜，成了一个女人的坟墓，成了另一个女人心中永远的痛。

真的，这一切不是编的。我在某一个早晨真的捡到了一个栗色公文包。头天晚上下了些小雨。雨不是很大，可马路湿漉漉的。我来到了天河商厦路口，一眼就看见了那只包躺在了地上。我捡起来看了看，断定不是谁当垃圾丢掉的。我把包挂在车把上，开始清扫那段路。雨后的路清扫起来很方便，不用一下挨一下地扫，那样会把路面弄得更脏，只需把行人随手丢下的垃圾捡起来就行了。海棠树的花瓣落了很多，我清扫它们费了些力气。按说我是不需要清扫它们的，它们不算垃圾，管理人员检查路段时不会因为海棠花瓣扣我的分，因为它们随时都在风中飘。可我还是把那些花瓣收集起来，堆到花坛里。行人眼看就多了，我不想看见花瓣被脚踏如泥的样子。这只是一瞬间的想法，因为回家还早，因为还想做点事。我知道过往的路人都在看我，看我清扫海棠花瓣，看我车上挂的包。我希望能有失主走过来把包认走，那样会给我减少好多麻烦。可失主没有那么好的运气，他不知道我在等他。

我把包拿回了家里。实在没事的时候打开查看了一下，内容丰富得很，有存单，有手机，有名片夹。我们是座小城市，名片夹里有我认识的人。这让我有了兴趣。我一页一页地翻下去，又见到了两个我熟悉的名字，但他们都不认识我。他们都是这座城市的成功人士，属于人人都知道的。这时我把名片夹放下了，研究那只手机。手机像日本货，有几个字看着眼熟，却一个也不认识。忽然手机叫了起来，吓了我一跳。我手忙脚乱把电话接通了，喂了一声。对方问："你是谁?"我说："你找谁?"他说："我找张学友。"我说："我不是张学友。"那人说："我知道你不是张学友，让张学友听电话。"我告诉他张学友把包丢了，我在马路上捡到了。你如果能跟张学友联系，就告诉他包在我这里。那人说了一句"还有这种事"就把电话挂了。我继续翻名片夹，我在名片夹的最后一页看到了一张名片，我的头"嗡"的一声大了。

那张名片是伶俐的。

天籁时装精品屋

崔厚容（业务主管）

地址：渔阳东路358号

手机：138202×××××

我把名片夹"啪"地合上了。

我一再告诉自己一张名片说明不了任何问题，何况这是一张过了时的名片，伶俐在"天籁"的时候不定发出去多少张。可我还是控制不住自己的欲望，把包里的东西哗啦哗啦全倒了出来。其实没有别的新鲜内容，有几页纸，空白的。有一小瓶药，都是英文字母。有一把指甲钳，屁股后头挂着一个绿如意。除此之外还有护照、身份证之类的证件，主人确实叫张学友。没发现任何我所需要的内容。可我还是紧张，手机再一次想起的时候我抓起来就嚷："你是张学友吗？我想见你！"

那人沉默了一下，说："我是张学友，你能告诉我你是谁吗？"

这话让我冷静了，我说："我是捡到你包的人。"

张学友问："你是在哪里捡到的？"

我说："天河商厦路口。"

张学友说："包是什么颜色？"

我说："栗色。"

说完这话我就清醒了，怎么是他问我，应该我问他才对。

所以他问我包里有什么东西我拒绝回答。我说这是我应该回答的问题吗？你如果真是失主，又想失而复得你的包的话，好像不应该这样盘问我。

他马上表示道歉，说丢了包非常着急，说你什么时候能够还给我？有什么条件？

我说没有条件。我现在就想把包还给你，快说，我们在哪见面。

我急吼吼的样子像是把他吓着了，他说："你为什么这么急？"

我愣了一下，说："着急的不是你吗？"

他自嘲地说，我是有些急糊涂了。里面的各种证件补办起来很麻烦，这么着，里面的现金都给你，如果嫌不够，我们还可以再商量。

我说我不要现金。

他问那你要什么？

我说我什么也不要。

他沉默了一下，说我想起来了，包里确实没现金，对不起，是我记错了。可我的卡里有现金，随时可以提取。所以还是请你说个数目，我们也好商量。

我不耐烦了，提高声音说："没见过你这么麻烦的男人，包你到底要不要？"

他赶忙说要。这样吧，你等我十分钟，十分钟以后我再告诉你具体地址。

我在屋里转来转去，看着墙上的表。十分钟过去了，手机没有响。二十分钟过去了，手机仍没响。我怀疑手机是不是自动关闭了，是不是没电了，是不是振铃坏了，是不是……

手机终于响了。

张学友说："我们在绿缘茶庄见面。你知道绿缘茶庄吗？就在天河派出所左侧。"

我冷笑，"要是我改变了主意呢？"

张学友仓促地说："你想要什么条件尽管提。"

我说："那我们就在派出所门前见面吧。虽然我很想与你到绿缘茶庄去坐一坐。可我担心那样也许会吓着你。我现在就骑车过去，需要十五分钟到那里。你看着办吧。"

我把电话挂了。我把他的东西照原样摆好，连掉出来的纸屑都给他装了进去。为防意外，我把那只包外边又套了一只大布包，把它严严实实包裹起来。

我提前几分钟到了天河派出所门口，站在门口的一株龙爪槐下。

派出所门前有三个男人站在那里。都穿深色西装，都戴茶色墨镜。他们左顾右盼的样子显然在等人。我试探地喊了声："张学友!"

那三个人同时朝我看，其中一个迟疑地往这边走。

我只用眼睛的余光看他。他在几步远的地方停住了脚步。

他说："你是在等张学友?"

我不回答。他谨慎的样子让我不齿。他盯着看我手里的布包。

他说："我就是张学友。"

我看了他一眼，说："我不认识你。"

他说："是我丢了包。你不是捡包的人?"

我慢腾腾地把包拿了出来。他放心地笑了，朝身后的两个人挥了挥手，那两个人走了。

我说："我现在还不能给你，你得请我喝杯茶。"

他说："吃燕窝都行，只要小姐给面子。"

我说："我叫冯诺。"

他尴尬地说："哦，冯诺。"

我们去了绿缘茶庄二楼，挑了一个临窗的地方坐下。我把包放到了茶桌上让他清点一下里面的东西。他只草率地看了一眼，就把包收了起来。

他说不好意思，我没想到事情是这样。

我说是不是怀疑我是女绑匪。

他说你那样说话谁都会产生怀疑。现在这个社会，什么稀奇古怪的事都有。你捡了人家的包，你却急着与人家见面，换了谁都得好好想想你的动机是什么。

我叹了口气。我说："我是有动机。如果没有动机我不会这么快就来见你，最起码我也得让自己歇一歇。"

他说："说吧，你的动机是什么？"

我说："不怕我有埋伏？"

他紧张地四下看了一眼。

我说："我看了你的东西。请原谅我看了你的东西。里面有一张名片是我朋友的，我就是为了她的事来找你。"

他脱口而出："是崔厚容？"

我点点头。

他说："你是谁？"

我说："我说过了，我叫冯诺。"

他说："是她朋友？"

我说："是。"

他拿出一支烟来，摆弄一下，又放了回去。他说："我和她没有什么关系，只不过她在我那里打过工。她打工那段时间是我们效益最好的。我劝她别去永泰，可她非去不可。结果到了那里出了这种事。如果她还在天籁干，这种事也许可以避免。前几天我翻腾抽屉，发现了她在我这里时印的名片，就放到了名片夹里。她是我见过的最能干的女性，知道她出事我很难过。"

我说："我知道你是谁了。伶俐跟我提过你。你经营了一家时装店，叫天籁。"

他默默点了点头。

我说："我希望知道有关她的更多的事情。"

他说："听说案子有线索了。"

我问："什么线索？"

他马上支吾了，说："我也是听别人说的。消息也不一定准确。"

我不好再为难他。我说："关于她失踪的事，你都知道些什么？"

张学友说那段时间他刚好没在家，去广州办货去了。一周以后回来，才听说了这件事。当时社会上的流言很多，都是有损人格的。张学友说他一点也不信那种流言，他了解崔厚容。

"只是她为什么会失踪呢？"张学友问我。

并不容我回答，张学友又说："换了任何一个我熟悉的人失踪我都不感觉意外。唯有崔厚容是真的让我意外了。我最初的反应是她遭遇了绑架，可这么多的日子没有消息，只能说事情的结果可能比绑架更坏。这就带来了一个问题，她不是一个能与人结仇的人，谁会对她下毒手呢？"

我看着张学友。

张学友说："极有可能是她身边的人。"

我说："你认为是她的家人？"

张学友慌忙摆手说："我没这样说。"

我看了看表，时间已经不早了。我站起身来说："谢谢你的茶，我得走了。"

我下了楼，从龙爪槐下推出了自行车。张学友追了上来，说："你是扫街的？"

我说："不是扫街的就捡不到你的包了。"

张学友说："你身材不错，其实蛮适合卖时装。你愿意到我的店来吗？"

我说："我做不成崔厚容。"

张学友说："谁都做不了她那样。不过总比你扫街收入多。"

我谢了他，骑车走了。

那天是4月28日。薛勇首先打了电话来，告诉史大鹏，他们找到的那个人可能是崔厚容。史大鹏把电话听筒紧贴在耳朵上，边听边紧张地看我。我凑过去听，史大鹏把我闪开了。我问："薛勇说了些什么？"史大鹏说："没说什么。"我知道史大鹏在骗我，我隐隐能听见薛勇的声音，只是不很真切。正在这个时候，家里的电话又响了。我急忙把听筒抢在了手里。我说："你好。"电话里说："崔厚容找到了。"我"啊"地大叫了一声。我说陈文化，你再说一遍！陈文化说，崔厚容真的找到了。就在北面山背阴的一个枯井里，一个放牛人发现的。她头朝下栽在了里面，弄上来时手里攥着两把泥土。经初步勘察，警方说人是被打昏以后扔下去的，几个小时以后曾经醒来。可因为伤势严重，她没有能够自救。很庆幸她的尸体并没有腐烂，虽然过去了那么长时间，可那

个地方在背阴处，一点太阳也不着，所以人还是完整的一个人，只是又小又干，别人恐怕很难认出是她来……我再也听不下去了，头发根根直竖起来。我说陈文化，你说是不是你杀了她！是不是你杀了她！你曾经让我到山里去找她，你一直知道她在那口井里对不对！陈文化你是个杀人犯！你把伶俐杀害了！

史大鹏把电话从我手里抢了过去。他用一只胳膊挡住我，把电话挂上了。史大鹏说："冯诺你疯了，你怎么能这样血口喷人，你这样说话要负法律责任！你知道你这是什么性质的问题，陈文化完全可以控告你！"我大哭着说："史大鹏，伶俐被人杀了你知不知道，伶俐死了你知不知道！杀了伶俐的人就是陈文化你知不知道！我一点儿也没有血口喷人，陈文化就是杀人凶手！"我用力推开了史大鹏，我说："我要去看伶俐！"

史大鹏靠在了房门上，任我怎么推他搡他拉他拽他，他都一动不动。

史大鹏说："冯诺你别闹了，你这样闹我不好受。"

我说："我好难受啊史大鹏，你帮帮我！"

史大鹏说："你先冷静一下好不好？伶俐终于找到了，无论怎么说是一件值得庆幸的事，后面的事情还很多，我们还是想一想眼下我们应该做什么。"

史大鹏把我拖到了沙发上，说："冯诺，你别这样歇斯底里，你这样对谁都没有好处。你说你怀疑陈文化，你把所有的疑点都对薛勇说了，能做的我们已经都做了。冯诺，你好好想一想，事情如果是陈文化做的，公安局会对他采取措施的，还用你指控他是杀人凶手？公安局一直没对他采取措施，就证明他与此事无关，你的感觉是错的。冯诺，那些话不是儿戏，你不该那样轻易说出口。”

我说：“我是轻易出口吗？我不是已经忍了太长时间了！”

史大鹏说：“你为什么不继续忍下去，一直忍到真相大白那一天呢？到了那天你会说，事情原来是这样的。你之所以怀疑陈文化，是你骨子里对他有成见。到了那天你才能知道，你骨子里的成见有多深。”

我说：“这与成见没有关系。”

史大鹏说：“怎么没有关系？陈文化好心好意告诉你伶俐找到了，是看在你辛苦找伶俐的分儿上，是因为他知道你为了伶俐着了不少急。可你这样闹人家一顿，还不知他心里怎么受，也不知双赢在不在他身边。”

我逐渐安静了，觉得史大鹏的话多少有些道理。可陈文化冷漠的声音令我无法忍受，我又要打摆子。我想陈文化也许是这样一种人，属于神经特别坚强，或特别冷漠，就像亘古的一块冰，没有什么力量能使之融化。

我说：“我要去看伶俐。”

史大鹏坚定地说：“不行。”

我说：“我一定要去看看她！”

史大鹏说：“结婚的时候我答应过你妈，你忘了？”

我当然不会忘记。父亲去世的时候我都不能见最后一面，妈妈说我不能见已经去世或刚出娘胎的人，妈妈是听接生我的产婆说的。

可是我不能不去见伶俐，我必须去见她。没有任何理由阻止我见到她。我找寻了她那么久，我没有理由不见她。

我不信产婆说的话，虽然生沙沙时我被妈妈蒙住了眼睛，我顺遂她是因为我想顺遂。产婆说那些时我刚出生，我不能信她一辈子。

史大鹏忧心忡忡："万一有什么不好呢？我没法向你妈交代。"

我说："不会的，史大鹏，我不用你向我妈交代。"

史大鹏要给我妈妈打电话，说这样的事还是征询一下她老人家的意见。我攥住了史大鹏的手。我说："她年纪大了，别再让她担心。产婆说我不能见死去的人和刚出生的人。将来女儿也要生孩子，我不会不在她身边。所以史大鹏，我保证我没事。我要去见见她。"

史大鹏还在犹豫。

我说："我会把伶俐当作活着的人，史大鹏，你不懂！"

我们先见到了陈文化。

陈文化奔过来与史大鹏握手，居然掉了两滴眼泪，居然。史大鹏拍了拍他的手背，表示安慰。陈文化说："人已经没法看了，你们就不要看了。"

我看着陈文化。

陈文化说："我是好意。"

我说："她在哪儿?!"

陈文化忽然激动了，大声说："我说你别看你就别看，人都成了那种样子，有什么好看的!"

我说："你就那么怕我看?"

陈文化继续大声嚷："我是怕你看了受不了！我也怕崔厚容受不了！死了那么长时间了，你想不到她变成了什么样子！崔厚容若是自己知道，也不会同意你看她!"

我说："陈文化，你再怎么说也改变不了我。我必须看她一眼。"

陈文化忽然泄了气，扭头就往其中的一个房间走。史大鹏忽然拦住了我，小声说："冯诺，别去了。"

我甩开了史大鹏。

我看见了那个人。盖着脏兮兮的白布单，看上去像个婴儿。

是一张我全然陌生的脸，我一点都不认识她。

我走了出来。我说："陈文化，这个人不是伶俐。"

陈文化捂住脸呜呜地哭了。

史大鹏哀求我："冯诺，你别说这种话。"

我说："伶俐不是这个样子。"

陈文化委屈地说："小茹姐。"

他如果叫我"小茹"我会愤怒，可他却叫了我"小茹姐"。

我心里有了一点滋味。

陈文化说："小茹姐。漫说你认不出她来，就是我也认不出她。我只能凭衣服的碎片和她身上的某些记号判断这个人是她。毕竟我们结婚十几年，我不会认错人。"

这是伶俐出事以来我听到的他最动感情的一句话。我第一次把面前这个人与伶俐的丈夫画了等号。我说了声对不起。我想有些事情真的不是我能做的，不管我的心情多么焦虑。我们在一张排椅上坐了下来，开始研究下一步都做些什么。永泰一会儿来人布置灵堂，明天早晨九点举行向遗体告别仪式。

我说："伶俐不能这样接受人们的吊唁，她活着是一个美丽的人。"

陈文化说："所以这些事情只能拜托你。我的心里很乱，都不知道应该干些什么。"

史大鹏说："你只好好在这里陪着她，其余的事都不用你操心。"

我让方静陪着我跑了好几个大商场。

我买衣服从来也没这样挑剔过。我始终是一个很随便的人，从来也不为怎么穿着盘算。现在看来我是不懂得女人，其实是不懂得自己。给伶俐买衣服的过程激发了我的很多感想。我想，我要把伶俐打扮得漂漂亮亮的上路。伶俐生前是漂亮女人，死了仍然是漂亮女人。

女人漂亮是一件重要的事，我第一次这么认为。

有一条街叫花街。我们都知道花街是做什么的。卖纸人纸马，卖花圈贡果，色彩斑斓，什么都有。我对方静说陪我去买伶俐穿的衣服，方静脱口说："去花街。"

我说："不去。"

我说我们不去花街，我们不给伶俐穿那种衣服。那种衣服只配一般的人穿，而伶俐是不一般的，她的不一般在我的心里。我糊里糊涂说着，也不管方静听得懂听不懂。我说我要把伶俐打扮得漂漂亮亮的上路，她是一个喜欢漂亮的人。花街的东西只能让她变丑，配不上她。方静，你明白我的意思吗？方静说冯姐，我明白。我又说可惜我不能给她买裙子，虽然我知道她多喜欢穿裙子，一年四季都穿。可这个时候我觉得她穿裙装不合适，最起码不庄重。而且我也不给她买棉衣，你知道有些人在伏天也要穿着棉衣上路的，可我知道伶俐她不喜欢。

方静说："她好像还活着。"

我说："我愿意所有的人都那样去感觉她。"

我跑的那几个大商场都是平时自己不去的。平时我更喜欢在地摊上买东西，便宜。现在我知道了买衣服不但要去大商场，而且要多去几家。多去几家你才可能买到你心仪的东西。

我买了黑色西服，白色衬衫，玫红的领结。海蓝色的羊绒大衣，细高跟的高鞠牛皮靴，天鹅绒丝袜，还有一副网眼的白色手套。当然，我没忘记买内裤和文胸。

我又在鲜花店里买了三十八朵玫瑰，放在了伶俐的遗体前。

伶俐安详地躺在那里，是我心中的那种安详。伶俐没有让我感到恐惧，在我心中，她仍是活着时的样子。同时，伶俐又是美丽的。虽然她的生命结束了那么久，伶俐依然是美丽的。

伶俐打破了产婆给我的咒语。那道咒语曾经让我的家人如临大敌。

没想到有那么多人来看望伶俐。

我们饲料厂来了许多人，永泰集团公司来了许多人，还有陈文化的同事和朋友。我们车间的几个人自动站到了一起，徐姐、宋桂英、方静、戴月月以及其他几个人，我们在任何情况下都是一个团体。她们都流了眼泪。我知道她们此时的悲伤是一种纯粹的悲伤，此时的她们都像婴儿一样纯洁。不管过去她们怎样中伤过伶俐，现在她们都忘记了。是伶俐的死征服了她们，没有什么比死亡更有震撼力。路学伟来了，他是裹在一群厂里人中间来的。张学友来了，他腋下夹着那只栗色公文包，神情严肃地步入了吊唁大厅。他只草草跟我打了声招呼，我疑心他根本没认出我是谁。不是所有的故事都有结局，我知道我和张学友之间的故事已经结束了。我还看见了夏刚和苏格。夏刚朝我这里看了一眼就把目光转到别处去了。而苏格径直朝我走来，情不自禁地，我们两个人拥抱在一起。她说："冯诺。"我说："苏格。"再没有一句话。我们拥抱了好长时间，我们都从中得到了安慰。苏格回了她的阵营，飘飘的长发根根透亮，吸引了许多人的目光。戴月月趴在我的肩上说："我以为你和我们最好呢，没想到你还有更好的朋友，见面可以拥抱。你从来也没与我们这样，是不是?"戴月月忌妒了。我没有解释我和苏格。我们只见过一次面，通过一次电话，到底算不算朋友我心里也没底。可刚才一刹那产生的拥抱一下的冲动我无法解释。也许许多事情根本就不用解释，我想。小兵忽然闯入了大厅，我奔了过去，可还是迟了一步，小兵扑到了伶俐的身上，拉着伶俐的手说，姐，姐，你真不管我了，你是我唯一的姐，我舍不得让你走。姐你告诉我是谁害死了你，我一定为你报仇！姐你说话呀，他们为什么要害死你，为什么要害死你！姐，你说话呀！

我搂住了小兵。小兵像摇动一棵树那样摇着我，说小茹姐，你一定知道是谁杀了我姐，你告诉我！你一定知道是谁杀了她，你别再骗我了！小茹姐，告诉我呀！

我紧紧搂着小兵，让他在我的怀里像个孩子一样放纵地哭。我想，这就是血缘。血缘是无法代替的。陈文化代替不了我也代替不了，虽然我去扫街给小兵挣生活费，我永远也代替不了伶俐。小兵渐渐安静了些。我耳语似的对小兵说，现在没有人知道谁是凶手，我们都不可以乱猜。但凶手是逃不掉的，你姐的仇早晚会报。今天来了这么多人，都是来吊唁她的。小兵，克制一点，你姐现在需要安静，我们给她一个安静的氛围好吗？小兵点了点头。小兵问我伶俐是怎么死的，我不忍把那么惨烈的事情告诉他。我说小兵，以后有时间我再告诉你。你的两个姐夫都在那边，你过去打个招呼。小兵不动，我在后边推了他一把。小兵走了过去，勉强喊了声："姐夫。"嘴里像含着热豆腐。史大鹏拍了拍他的肩，陈文化张皇地朝我这里看了一眼，竟有些不知所措。

这时又来了七八个人，一看就是身份有些特殊的。有些有特殊身份的人你一眼就能看出来，他们的行为举止都与平常人不一样。宋桂英小声告诉我："中间那人姓袁，你记不记得他？"

我摇了摇头。

徐姐问："他们都是干什么的？"

戴月月说："永泰集团的啊，一看就是。"

方静说："那位袁经理看上去有些面熟。"

戴月月说："他经常在电视上露面。"

方静说："我从来不看本地新闻。"

袁经理一行朝这边走来，目光在我们这群人中间扫来扫去。陈文化紧走两步迎了过去，和他们说着什么。大厅里很嘈杂，他们的声音被嘈杂之声隐没。后来他们来到了我面前，陈文化说："袁经理，这就是冯诺。"

袁经理伸出来两只手。

袁经理的两只手上都有白癜风，吓得我倒退了两步。我的心里还莫名其妙地紧张，仿佛站在我面前的是只老虎。

陈文化补充说："袁经理说想认识你。"

我皱了皱眉头。我不知道为什么会皱眉头。

袁经理到底握住了我的手，接二连三地抖动。袁经理那个样子看着我，像元帅看着敌对阵营中的士兵。一分骄傲，两分得意，三分轻薄。我不知道我为什么会有这种感觉。袁经理笑吟吟地对我说："我早就知道你，冯诺。知道你是崔小姐的好朋友，知道你到处去找她，找得很辛苦。本来这是应该我们干的事，却让你做了，我代表永泰集团的全体员工感谢你。我曾对我们的几个副总说，这个冯诺不简单，值得我见一见。我早晚要见一见她。这可是不可多得的人呀，对朋友仗义，对感情忠诚。谁能与她交上朋友，谁就是天底下最幸福的人。所以，要教育我们的员工，向冯诺学习，虽然她是个下岗职工，可她的思想境界高，人格操守高，她能成为我们永泰全体员工的楷模。我前些日子去了趟韩国，最近又要去欧洲，没办法，总是忙。可我一定忙里偷闲把冯诺请到我们公司来，让她成为我们公司最尊贵的客人。”

“哗”的一声，有人鼓掌。

我却像受辱般的瞳孔充了血，这使我面前的这张脸变成了血红的颜色。我使劲抽出了自己的手，气愤地说：“我不认识你。”

袁经理一副大人雅量的姿态，说：“这不要紧，我们今天不是认识了吗？虽然这种场面不适合结识朋友，可谁也没有规定在这里不许结识朋友。我说得对不对？”

袁经理看了看周围的人，周围的人都点头附和他。

戴月月说：“袁经理，既然你知道她是下岗工人，就把她安排到你们公司吧。”

我狠狠瞪了戴月月一眼。

袁经理把两只手叠放在自己高耸的肚子上，歪着头看着我，说：“我们有这个荣幸吗？”

我恶心死了，腹内忽然翻江倒海。方静挽着我的手臂就往外跑，我们一直去了洗手间。我从来没有这么恶心过，像是要把五脏六腑全都吐出来。方静使劲为我捶着背，一迭声地问你怎么了，怎么了？出来看见史大鹏等在了门外。史大鹏说：“怎么忽然那样？”我眼里汪着泪，擦着嘴说：“我难受。”史大鹏说：“里面的空气不好，你们不要进去了。冯诺，那里没你的事了。”

史大鹏说完这话就匆匆走了。

我是不想再进那个地方了。不是因为空气不好，而是有更大的不想存在我的意识之中。我陡然觉得浑身发冷，陡然觉得我的手上也长满了白癜风。院子里正好有一个水龙头，滴滴答答淌着水。我把水龙头开到最大，狠狠冲洗着一双手，洗得心都凉了。我闻了闻自己的手，还是有一股怪味。

我不知道拿自己这双手怎么办，忽然心里充满了悲哀。

方静在一旁问我："冯姐，你怎么了?"

我不知道如何告诉她。我看着自己的那双手。

方静说："你不是在洗手。冯姐，你想到了什么。"

我想到了什么?我什么也没想到。我只是有一种奇异的感觉，那种奇异的感觉让我浑身不舒服。

我又吐了起来。腹腔其实什么也没有。我只是恶心，那样一种感觉让我恶心。可我并不知道那种感觉是什么。

方静说："你病了?"

我没病。我敢保证我没病。

方静试探地说："白癜风不传染。"

我激烈地嚷："别跟我提他!"

哀乐响了起来，是一架破的录音机放出来的，里面旋转的是一盒破磁带。那样一段哀乐不定放了多少天，不定放了多少年，不定送走了多少人。可那仍是一段哀乐，断断续续，呜呜咽咽，像一个倒了嗓子的优伶悲伤而无奈地唱着。天空中满是这种沉痛的音符，像水中的蝌蚪一样密不透风。后来声音散去了，天空沉寂下来，太阳打着晃升到了空中，世界变得明晃晃的，就像什么也没发生一样。人们像鱼一样排着队走了出来，身上都湿淋淋的。其实湿淋淋的是我的眼睛。人们三三两两议论着，自行车、摩托车、汽车，一辆一辆绝尘而去。最后出来的是袁经理一行。我转过身去背对着他们，我怕看见那两只白花花的手。

袁经理却绕到了我前边，问我："知道是谁谋害了崔小姐吗？"

我本能地转过身来，"谁？"

袁经理眯起眼睛想了想，说："我倒是知道一些线索。有一段时间有人造我和她的谣，我疑心有人忌妒她。"

我捂住了嘴，我又要恶心了。

袁经理赶忙说："你气色不好，要注意休息。什么时候想去永泰尽管找我，我永远欢迎你。"

袁经理扭着屁股走了。我奇怪男人走路也要扭屁股，扭屁股走路的男人多么丑陋啊。只是我不知道他为什么要扭屁股，他是完全可以不扭屁股的。

也许这也象征着权利，连屁股都要扭一扭。

一缕轻烟从那座高耸入云的红砖烟囱里冒了出来。我知道伶俐这回是真的驾鹤西去了。西边那一朵祥云就是她，伶俐做云彩也是片美丽的云彩。

17

喂，冯诺，是我。你能听出我的声音吗？我是王云丫。最近感冒了，不重。天气太不正常了。山里又冷，我没及时添衣服。你知道我正在山里搜集民间文学资料，计划写一本书。我在这片山区里已经转了两个多月了，跑了四个乡镇，一百多个行政村。我在山里认识了很多人。山里人都很朴实，听说我是来找“古记”的，有人背着筐就来了。不是背着筐来送“古记”的，而是背着筐去砍柴，半路想起一段来，就弯到了我这里。我一直住在放牛的老人家，你还记得他吗？上次跟你通电话时我提起过。虽然在山上放牛，却心系天下大事。家里只有他和老伴两个人，住在一座石头砌的房子里。是全村唯一的一座石头砌的房子。过去村里人都住这种房子，后来富裕了，都住了砖瓦房。山里人都以能住砖瓦房为荣，虽然谁都知道石头房子才是真正的冬暖夏凉。老人叫李迈，挺好的名字。可让乡亲们给叫糟蹋了。他们把“迈”字读成儿化音，舌头往上卷，后面还要挂上“那个老头子”几个字。老人在村里并不受尊重，因为脾气倔，爱伤人，凡事认死理儿。也许还有其他原因，比如没儿没女。山里的事情也很复杂，一时半会儿我也搞不懂。我选择住在老人的家是因为老人的老伴是一个很有风韵的女人。我说这话你肯定要笑我，都七老八十的人了，风韵是个什么东西。可是冯诺，我真正懂了风韵这两个字就是因为我认识了这个名叫叶梅林的女人。光听名字就有感觉吧？叶梅林，梅树就够有韵致的了，何况它又成林子了呢。那天，第一次在山上见到老人他就对我说了许多话。他说城里已经丢了四十多个孩子，说这个社会让他们糟蹋成了什么样子。那个时候天还很冷，山上根本就没有草。牛只能吃些隔冬的枯树叶，牛和他都很寂寞。我静静地听着他发牢骚，说城里发生的许多刑事案件，有些我根本就没听说过。那天他还说到了城里最近失踪的一个女人，是给资本家干活的。你记得吗？我曾经告诉过你，我一听就知道他说的是崔厚容。他说他们村有一个叫张生的人认识她，在崔厚容失踪前的半个小时他们还曾说过话。张生是在银行干保安的，是临时工。你有没有找过他？哦，你忘了。不忘也不会有收获。我当时就觉得这个张生也许在吹牛，他不过在显摆自己与某些事件关系紧密，以此来提高自己在人们心目中的注意力。有些人是有这种毛病的。我与老人聊了很长时间，老人真诚邀请我到他家去吃午饭，我去了。这样我就认识了叶梅林。我根本没想到他们是一对夫妻，根本想不到。叶梅林是那样一种女人，她身上有一种说不出的东西，让我想了好久。我想了好久以后才决定把说不出的那种感觉叫风韵。不是那种风韵，不是人们常说的风韵犹存的那种，而是属于精神特质的一些东西，让人很难形容。我一下子就喜欢上了她。她已经七十多岁了，可看上去一点也不像，就像五十岁出头的。也许连五十岁也不像。不是说她有多年轻，我只是觉得看不懂她的年龄。就像一幅画，摆放了许多年，画成了老画，可里面的人物一点儿变化也没有。她就像画中的一个人物，一看就是个有故事的人。我决定在她的家里住上一段，房租和生活费加在一起，我问她需要多少钱。她想也没想，说你就给五百元吧。一点儿扭捏也没有，一点儿踌躇也没有。爽爽利利，洒洒脱脱，那样一种做派，好让人喜欢。我说我给八百元。真的八百元一点儿也不多。她能把山里的家常饭做出精致来，而且又是早春，山里连一丝青菜也没有，都是去年秋天晒的倭瓜干、葫芦干、野菜干、香椿干、萝卜干，还有木耳、草菇、黄花、芥菜等。我从来没见过这么讲究的山里女人，能把干白菜做成漂亮的绿汤菜。每天李迈放牛回来她都在路口迎着，手里拿一把秃了苗的小笤帚，里里外外地给李迈扫。

你不知道我有多喜欢看李迈放牛归来的那一刻。我张家李家张村李村地到处走，可太阳下山之前我会赶回来。我会倚在门框上看着叶梅林迎出去，在晚阳的斜晖中看那把小笤帚在叶梅林的手里上下翻飞。我注意到他们几乎不说一句话。彼此一句话也不说。很多时候他们都用眼神交流。尤其是李迈，在山上是一个炮筒子脾气的人，在家里却是安静的，温和的，甚至柔软的。我从没见过这么有趣的夫妻，从没见过性格反差这么大的男人。我们坐在一张小炕桌上吃饭，话都是我一个人说。我问什么，他们答什么。我什么也不问，他们就什么也不答。但他们会看着我说话，我说什么话他们都表示赞同和理解。其实我知道他们的赞同和理解没有任何意义，有时他们甚至没听懂我在说什么。

那个村庄叫碗儿庄，分大碗儿和小碗儿。其实拢共没有两百口人，却拉拉杂杂地住了有半里地。我在李迈家做客的事村里人都知道，我在街上走，就有人扯着我的袖子问。闺女，你咋住李迈儿老头子家？住我家行不？在他家觉睡得着不？饭吃得香不？我不知道那些人的话里是什么意思，我也不想知道。我还要在碗儿庄住上一段时间，有些事情我会自己弄明白的。

那天李迈放牛却没有回来。我不具体告诉你是哪一天，因为你肯定知道。那天太阳下山了夜幕降临了，李迈仍没有回来。你知道山里的天黑得早，因为有山挡着。叶梅林站在路口手拿笤帚疙瘩的剪影一会儿就被夜色吞没了。我知道她担心了。谁都不会不担心的。李迈已经七十八岁了，虽然看上去不像，但毕竟是老人了。老人和一头老牛在应该回家的时候没有回家，是一件让人担心的事。我本来在她家门口站着，后来走了过去。对叶梅林说我出去找找？我从来也不称呼她，我觉得怎么称呼她都不合适。我倒是想叫她的名字，可又怕她觉得我缺少尊重。她看了我一眼，轻轻地说，不用。不说为什么不用。我是很想问一问的，可有些问不出口。

我们在那个路口站了有两三个小时。山里的风有些凉，我瑟缩着她也瑟缩着。她一次一次地催我回去，她不动，我也没有动。我曾经想过回去取件衣服，为我也为她取件衣服。只是想想而已，我愿意和她一道瑟缩着，那种感觉有些微妙，就像有人愿意跟你共甘苦一样。后来李迈老人回来了，大概是夜里十点半左右。我跳起来刚要欢呼，又憋了回去。李迈走过来就把后背给了叶梅林，叶梅林举着小笤帚借着星光一下一下给他扫，肩头、后背、衣襟、裤脚，扫得一丝不苟，像每天的这种情景一样，什么也不多，什么也不少。我看着这对老人，有些猜不透这种沉默意味着什么。后来他们并着肩往屋里走，叶梅林扯着李迈的袄袖。叶梅林问牛呢？李迈说，丢了。我大惊小怪地嚷，怎么丢的？让谁偷走的？报告派出所了吗？我之所以大惊小怪地嚷是想打破这种氛围。可这种氛围像黑夜一样是打不破的。后来坐到了炕头上，李迈诚惶诚恐地看了叶梅林一眼，说我去城里了。

李迈说他今天放牛走得稍微远了一些，到房岔子那里看了看。

闺女你可能不知道，过去我们都住在那里，因为没有水，后来又往远里搬了搬。那个地方只有一些树和墙基，还有大大小小的松鼠，一家子一家子地全住在那里。他已经好几年没到那里去了，这次去也许是最后一次了。他在自己家废弃的宅院里转了半天，看了牲口棚，猪食槽子，还有房子后边的那眼枯井，是他年轻时自己挖的。他总不相信他挖不出水来。井挖了一半，拆迁的命令来了，他们急急火火地就搬走了。他去看了那眼井，你知道他看见了什么吧？是的，他看见了那里面有一个人。一个女人，一个年轻的女人。穿着枣红色的裙子，身子在井底窝着。一只脚像扬起来一样支在井壁上，皮鞋只在脚趾上套着。他顾不得树上拴着的牛，就迈开大步进城了。他是为了这件事情进的城，直接找公安局报的案。回来时想起他的牛，牛已经被别人牵走了。

我很为他担心。这样一头大牛对这样一份小的日子来说，真是太重要了。我说想个什么办法能把牛找回来呢？可二位老人都悠悠的，他们说牛会自己回来，只要没人杀它。这么老的牛已经活过刀口了，所以它基本不用别人为它担心。

哦，原来这样。难怪他们不理会我的大惊小怪。

他们跟我谈了好多牛的事。说这只牛不是一般的牛，是一头比人都聪明的牛。不但会干活，还认识人，认识家。丢过不止一次了，它都能自己找回来。有一次还把小偷的肚子豁了个血窟窿，所以在这一带名声大着呢。走出十里八里，都知道这是李迈的牛。

李迈又跟我谈起了井底的那个人，愤愤地说，就是那个给资本家干活的。我不知道李迈凭什么那么说话，事实是这正是我心里想的。我想这肯定就是崔厚容了，是冯诺千辛万苦找的崔厚容。崔厚容在那样一口井里，谁能想得到。谁也想不到。李迈只愤愤了那么一下，就把其余的话咽了下去。其实我还想听他说些什么，我喜欢李迈像在山顶上那样讲话，那样放炮。我觉得那才是真实，可李迈在家里显然不是那个样子。家里的李迈与山顶上的李迈显然不是一个人，李迈把头勾了那么一下，不作声了。我本来不想说我心里的话，可此时不得不接了话茬儿。我说我也觉得是那个人。我不认识她，但她是我朋友的朋友，我的朋友在到处找她，找得很苦。叶梅林只轻轻叹了口气，摸着我的头发说，活着多好啊！

我承认她说得没错，可我也觉得她那样说话有些奇怪。

转天早晨我就下山了。我对那一对老人说，我要回城里办些事，过些日子就回来。你们有什么要捎的吗？叶梅林的神情有些暗，她好像并不希望我走。她不回答我捎不捎什么，而是问我知不知道隆盛钱庄，就在鼓楼西侧，也不知现在那里建了什么。我就有几分明白了。你知道我对这座城市的历史感兴趣，知道隆盛钱庄曾经是这座城市最大的银号。在解放军攻城的那个晚上，隆盛钱庄的老板纵火自焚，结果把半个城池都烧着了，死伤一百多人。

老板姓叶，叫叶子千。许多老人还都记得他，说他是个能把沙土变成金子的本事人。

我告诉叶梅林那里重新又修了一座建筑，是仿隆盛建的。八十年代中期那条街修了一条古文化街，恢复了解放前所有的建筑。

只不过隆盛不再叫隆盛，改称无终。无终在历史上曾经是一个国名，是个小国家。国王可能憧憬自己和自己的国家可以万寿无疆，才起了这样一个名字，意思就是永无终止。当初这批仿古建筑落成剪彩时许多都是沿袭了解放前的名字，只有隆盛的名号隐匿了。不能不说这与那场大火有关。

当然这些事情我并没有告诉叶梅林。我想我已经知道了她是谁，而且我已经知道我应该做些什么了。从城里回来，我会翻拍些隆盛的照片给她，她会把她的故事讲给我。

事情一定会是这样。

我下山了。你知道我下山来做什么。对，我是来参加崔厚容的葬礼。虽然我根本不认识她，可为了你的缘故，我想参加。何况我比谁都更早地知道了崔厚容被找到的消息，为了这一点，我也应该下山来。

这也算我与崔厚容的一点缘分。

那个晚上我本来可以给你打个电话。可是我又想，这样一个消息还是应该由别人告诉你。

我不忍告诉你。

所以那天我就在吊唁的人群里。你看不见我，我却看得见你。我知道是你打扮了崔厚容，让失踪了那么久的她，看上去像个新娘。那一刻我很感动，真的很感动。没人会想到要把这样一个人打扮成一个新娘，连她丈夫都未必想得到。真的，冯诺，你总是让我出乎意料。我已经把崔厚容当成新娘了，我就是来参加一个新娘的葬礼的，虽然我不知道谁是新郎。

还有那一束玫瑰。我站在那里想了很久，你怎么会想起送她一束玫瑰？是不是她和你生前有约，要有一束玫瑰为她送行？如果她真的需要一束玫瑰为她送行，那么送花的人为什么不是她的丈夫？

我站在那里寻找她的丈夫。我想知道她的丈夫是一个怎样的人。遗憾的是她丈夫显然没有特征，我在任何一个男人的脸上，都没有找到答案。我不知道哪个人是她丈夫，她丈夫被人群淹没着。

可我那么容易就认出了她弟弟，那个悲痛欲绝的男孩。

那一刻我有许多想法。以后有机会我会对你说。

我很庆幸没有错过这个葬礼。这个葬礼与我参加的所有葬礼都不一样。

我还看见了你呕吐时的样子，非常可怕。冯诺，是什么原因让你恶心成那个样子？你不用告诉我，你也未必能够告诉我，因为你自己未必很清楚。肯定不仅仅是因为一双手长满了白癜风。当时我就想，一双手不会让你恶心成那个样子，冯诺不是这样的人。肯定有什么缘由，天大的缘由。我甚至推测天大的缘由是什么，难道会与崔厚容有关？

当然不会。那样岂不成了三流电视剧，最蹩脚的侦探片也不会拍成这个样子。何况生活往往比影视更复杂。

我想你是不喜欢那个人。那个人的表演有些过了。只是，他为什么要在你面前表演呢？看上去你们素不相识。

我只是有些为你担心，你看上去那么憔悴。冯诺，你憔悴得都让人心疼了你知道吗？

要好好保重你自己。过去的都已经过去了。你有兴趣跟我去那个碗儿庄吗？去听听叶梅林的故事？那一定是个长长的悲伤的故事，而且肯定会相当精彩。你知道我多需要长长的悲伤的而又相当精彩的故事啊！

忘掉谁是凶手。谁是凶手对你并不重要。

你要这样对自己说。

可我能够这样对自己说吗？

参加完伶俐的葬礼我就觉得我病了，是因为我变了。我觉得我不再是我，我不是冯诺，我是一个自己并不知道的别的什么人。所以我病的症状就是：烦躁、虚妄、幻视幻听。不吃不知道饿，不睡不知道困。眼睛睁得大大的，想闭都闭不上。要命的是我夜里也这样，躺不倒。我一个人在房间里到处乱转，扰得全家不安宁。史大鹏威胁说你再这样下去就把你送安定医院了。我不怕威胁。因为我根本听不懂史大鹏在说什么。我的耳朵总是支棱着，听外边的动静。我总是听见外边有脚步声，噼里啪啦上楼，应该有敲门声但敲门声总也不响。我不知道我在等待着什么。我苦苦地想我在等待什么呢？有什么能让我这么等待呢？我不知道。我找到了沙沙的一支铅笔，想把那种等待写下来。可写些什么呢？我挖空心思都想不起来在等待什么，如何写呢？我烦躁地把铅笔扔到了桌子上，它骨碌到地下，我也不捡，想不起来去捡。这样过去了两天，史大鹏还有心情跟我开开玩笑。第三天我仍是这样，史大鹏有些害怕了。他扳着我的肩想让我坐下，我坐下马上就会站起来，我坐不住。史大鹏说冯诺，你再这样我可要跳楼了，你不去安定医院我可要去了。上床躺下好不好？我说我躺不下，你知道我躺不下怎么还让我躺？史大鹏从外边的小药店里买了一瓶安眠药。看见安眠药我的眼睛就亮了，一把就抓了过来。我说史大鹏你让我吃多少？你让我吃多少我吃多少。我也渴望睡眠，我这个样子并不好受。史大鹏吓坏了，赶忙把安眠药抢了过去，说这可不是随便乱吃的，我们先吃两片。我说不管用。史大鹏说你没吃怎么知道不管用？我吃了两片，睡眠没有来。一个小时以后，我又吃了两片，睡眠仍然没有来。我说我要崩溃了，崩溃可能就是这个样子。史大鹏说我们马上去医院，一刻也别耽搁了。史大鹏打电话找车，我过去就把电话线揪了下来。我说你别送我上医院，上医院我就死给你看。说着我把一条纱巾系到了脖子上。我说你不知道安定医院什么样吗？他们会用绳子把一个人捆在床头上，会用一根电警棍捅你的胸口，会把你和真正的疯子关在一起，你很快也会疯狂。史大鹏上来就搡了我一把，把我的纱巾抢走了，说你这到底是怎么回事，你从哪儿听到的这么乌七八糟的东西。你这个样子是不是要把人急死？

这天晚上已经很晚了，我家的房门终于有人敲响了。我跑过去开门，外面站着的人是薛勇。我的眼泪马上掉了下来，堵在门口问："薛勇，你怎么现在才来？我一直在等你。"薛勇愣了一下，说："我来晚了吗？我是不是打搅了你们？"史大鹏过来把我拽开，把薛勇放了进来。薛勇边打量我边说："到这边办点事，是不想到你家来了，时间也太晚了。可看你家亮着灯，平时过来的机会又少，就想上来坐一坐。”我欢喜得就像见到了旧日情人。真的，就是见到了旧日情人的感觉，恨不得搂住他的脑袋亲一口。可惜我没有情人，今日的旧日的都没有。我就把薛勇当作了情人。我坐得不能离他再近了，我说：“薛勇，薛勇。”薛勇奇怪地说：“冯诺，你怎么了？”我说：“我没怎么，我就想靠着你坐一坐。”说着我贴紧了薛勇，把自己牢牢地靠了过去。薛勇不解地去看史大鹏，史大鹏苦笑着说：“你来她还坐下了。她都好几天不肯坐了，不吃不喝不睡。自从参加完崔厚容的葬礼，她就变成了这个样子。我想送她去医院，她竟以死威胁我。过去的冯诺从来不这个样子，我怀疑她中邪了。”薛勇仔细看着我，我也仔细看着他。我说：“薛勇，我真后悔没嫁个刑警。”薛勇问：“为什么？”我说：“有些事情你不肯跟我说。”薛勇琢磨了一下，说：“我跟自己的妻子也不说，我们有纪律。”我问：“谁杀了崔厚容？”薛勇说：“现在还很难说。”我嚷道：“你什么时候才肯告诉我？是不是你永远都不想告诉我？”薛勇说：“我不是不想告诉你，是没有什么东西能够告诉你。一切都还在侦破中，都还没有定论，你让我告诉你什么？”我动手搡了薛勇一把。我说你就会说这些模棱两可的话，事情都发生这么长时间了，你再这样说话就是不负责任！你们整天都在干什么？打牌跳舞喝大酒，我知道这就是你们的工作！至于凶手是谁你们才不关心！反正死的人又不是你们的姐和妹，你们当然可以不上心！你们任由凶手在法外逍遥，却一点措施也不采取。薛勇，你老实告诉我，我没有说错你们，对不对？

薛勇不说话。

史大鹏忧心忡忡地说："她是真的病了。"

薛勇无奈地看着我，居然有些手足无措。我有一些惶惑地去想刚才都说了些什么。我好像不应该那样说薛勇，可我控制不住我自己。

薛勇说："冯诺，看来我今天不应该来看你们。很遗憾我没有给你带来你想知道的东西。可有一些事情我必须向你说明。这个案子是有些特殊的，就是因为它太特殊了，我才可以毫不夸张地对你说，我们投入了全部的力量。我，还有我们专案组的全体人员，谁都没有打牌跳舞喝大酒。因为我们的对手是一个真正的对手，他能把事情办得滴水不漏，足见他不是等闲之辈。所以冯诺，你急我们比你更急。你能想象到一个猎手的弹上膛刀出鞘，可却看不见猎物在哪里的那种滋味吗？那也是一种煎熬，冯诺，你能想象得到吗？"

我摇摇头。

薛勇说："耐心些，冯诺。你需要耐心我们也需要耐心，我不能对你保证什么，不能保证什么时候破案、什么时候能给你一个满意的答复。但有一点我可以向你保证，我们专案组的全体人员都会拿出百分之百的力量来做这件事。我们的对手很狡猾，可再狡猾的狐狸也斗不过好猎手。我们相信这一点，也请你相信这一点。"

我不知道我该不该相信薛勇。潜意识里我是不相信的。我想，薛勇不认识伶俐，他说的这一切不过是在敷衍我。他只能这么说。

他说对手很狡猾，其实是在告诉我他们对这件事无能为力。他说再狡猾的狐狸也斗不过好猎手，这是一句多耳熟的话呀，薛勇用这样一句人人尽知的话为自己的不作为找到了注脚，可情况也许正好相反。我悲哀地看着薛勇，我知道所有的故事正在或已经走近尾声了。

我突然泪如泉涌。

我看见伶俐无助地倒栽在那眼枯井里，手里只能攥两把泥土。我看见伶俐婴儿样的身体掩藏在肮脏的白布单下，让我无从辨认。一个生命就这样消亡了，消亡的哪里是伶俐，也有那个名叫小茹的女人呀！是什么原因让鲜花一样的女人毁灭得如此彻底如此不堪呢？我多希望有谁能给我说说清楚！

我本来一直寄希望于薛勇，如今薛勇也让我失望了。

如果薛勇都能使我失望，我还能对谁寄予希望呢？

我的哭声是纯粹的痛哭失声，连我自己都听出了几分惨烈。我在心底呼唤着伶俐的名字，伶俐啊伶俐，究竟是谁害了你，你倒是说一声啊！

可惜伶俐再也不能说什么了，她化作一缕轻烟飞走了。把无限悲哀无限伤痛留给了我，还有战战兢兢的那种感觉。我没有办法不战战兢兢，凶手也许就在我的视线以内，可我却不知道他是谁。

电话铃忽然响了。

我们一同去看表，刚好22：30。

史大鹏想去接电话，可薛勇拦住了他。

我走过去拿起了电话听筒，“喂”了一声，里面没有声音。我说我知道你是谁，是你，对不对？是你在一直给我家打电话，对不对？你到底想对我说什么？你为什么不把话说出来呢？你这样挂通电话却不说的那种感觉，不难受吗？

电话里的人压低声音说了句：“冯诺，我说出来已经没有必要了，因为你已经找到了崔厚容。”

电话“啪”地挂了。

我发出了一声大叫！我说那个人说话说出来已经没有必要了，因为我已经找到了崔厚容！他打电话真的是因为伶俐的事！

我扑向薛勇，摇晃着他高大的身躯说：“快告诉我，那个人他是谁？”

薛勇说：“是呀，你好好想一想，他是谁？”

我颓然坐到沙发里，我说我不知道，我一点也想不起这个人是谁。

薛勇旋风一样从我们家里卷了出去。史大鹏抢着去送他，可只来得及看见他的背影。我扑到玻璃窗上，浓黑的夜色里有一束光，薛勇的摩托车像飞火流星一样在我家楼下旋了一下，就没了踪影。

史大鹏又匆匆忙忙跑了回来，仔细锁好里外两层门，紧张地问我：“那人说话有什么特点？”

我说：“听不清楚。”

史大鹏说：“他是怎么说的？一个字也别落下。”

我说：“冯诺，我说出来已经没有必要了，因为你已经找到了崔厚容。”

史大鹏说：“他真是这样说的？”

我想了又想，确定说：“他真是这样说的。”

史大鹏说：“他叫你冯诺了？”

我说：“他叫了。”

史大鹏说：“那人知道你的名字，很可能是一个认识你的人。只是——那个人怎么会认识你呢？”

我望着屋顶茫然地想，想得头痛欲裂。我用拳头使劲撞击着额头，恨不得能把那个人从哪里掏出来。他说冯诺，冯诺。尽管是压低了声音的，但还是能听清楚声音有些特点。

——只是，这人会是凶手吗？假如他是凶手，他会把尸体藏匿了然后再企图告诉我？天底下会有这样善良的杀人犯吗？

那么他也许是知情者。如果真的只是知情者，那么他为什么不把情况反映给公安部门？我有理由相信，这个电话与过去出现的匿名电话都是一个人所为。那么问题是，他过去为什么不肯告诉我伶俐在哪里？伶俐已经入土为安了他才想起说这样一句话，不是玩笑还能是什么？

我去了趟山里。

当然不是去听叶梅林的故事。我暂时没有心情关注叶梅林，虽然我也很向往那座名叫碗儿的村庄。请原谅我不能把我的那位朋友介绍给你，她一直在暗处，关注着我和我的事情。有朝一日她会走到前台来，你会在一个适当的机会认识她。但眼下她又返回了那座名叫碗儿的村庄，听那里的山民背着筐来讲述民间故事，听叶梅林讲隆盛楼，听李迈讲那头牛。我的朋友就是做那种工作的人，她对所有的故事感兴趣。山上的花朵正开得绚烂，因为有了第一场小雨，就不会没有第二场。春雨从来就是这个样子，要么不下，要么你想挡都挡不住。当然，没有雨的春天花儿也照样开放，谁也挡不住它们想要开放的欲望。只不过有雨的日子会使花儿更加娇艳。它们会像着了盛装的女子，鲜活、美丽，就像年轻时的叶梅林。我像我的朋友一样知道叶梅林是谁，她是叶子千的独养女儿，曾经是我们这座城市最富贵的姑娘。当然那时的城市不是现在这个样子，没有这样高的楼，没有这样亮的灯，没有这样发达的通信和媒体。可一切都挡不住叶梅林的声名远播。她在那一夜的大火中被人救走了。谁救的，不知道。救往哪里，也没人知道。很多人都倾向于她与情人私奔了，说那个情人是她家的雇员。一个人失踪了就说她去会情人了，这在我们这座城市是有传统的。叶家的隆盛楼早已灰飞烟灭了，只剩下一些传说还活着。

早晨我与薛勇通了电话，我说我要到山里去，你能告诉我那眼井的位置吗？听得出薛勇那里很忙，话筒里很嘈杂。薛勇让我放了电话，说三分钟以后他会打过来。我紧盯着表，果然是三分钟，电话铃响了。薛勇说刚才在那个房间我听不清楚，现在可以说了，什么事？我说我想去山里，你告诉我那眼井的位置。薛勇沉了沉，说一定要去吗？我说一定要去。我说你给我画一张图，标明大致位置，我能够找得到。薛勇说冯诺。薛勇又说冯诺。我说这也让你为难？薛勇赶忙说我不是这个意思，我只是觉得你去也没什么意义。我说我不需要意义，我要意义没有用。薛勇说冯诺，你换一种思维，你这个样子你累我们也跟着你累。我啪地就把电话挂了。我又换上了那身衣服、鞋袜，是找伶俐时每天必穿的。我出了门，从车棚里推出自行车，薛勇开着一辆白色吉普车已经停在路边了。薛勇说，你不介意我跟你走一趟吧？那个地方正好可以把车开上去。我有些犹豫，这不是我意料之中的事。薛勇说冯诺，我还是陪你去吧，那个地方路远，又偏僻，你一个人未必找得到。我答应了，把自行车重又推回车棚里。

路上，薛勇给我讲述了那天发生的事。那天晚上他们正要下班，山里一位放牛的老汉来报案，说在他挖的一眼井里发现了一具女尸。老汉走得浑身大汗气喘吁吁，只说了一句话就要掉头往回走，他说他的牛还在山上拴着呢，他的老伴还在家里等着呢。我们赶忙把他迎了回来，给他倒了杯水，让他把事情说得详细些。这样我们才清楚那眼井原来是一眼枯井，坐落在原来废弃的那座村庄。那座村庄又遥远又偏僻，许多年前我们曾到那里打过兔子。我们曾经设想现场能给我们留下这样或那样的线索，可我们的希望却落了空。对手是太有准备了，包括隐匿尸体的地点都让人想象不到。多亏放牛的老人回“家”转了转，才有了被发现的可能。否则，三年五年，十年八年下去都很难说。薛勇小心翼翼地看了我一眼，说我这只是正常的逻辑推理，不表明我对这件事情的态度。我说薛勇，你能不能不把我当成史大鹏的老婆？薛勇说那我把你当成谁？我说我是冯诺，你忘了。薛勇说我当然没忘。你如果觉得我哪句话说错了可以指出来，我向你道歉。我说你是不是觉得我说的话有损你的人格了？薛勇叹了一口气，说冯诺，你何苦这样咄咄逼人。我们也是凡人，也是血肉之躯，我们干这行与你扫街没区别，都是在干工作。我们都希望能把工作干好，可有些事情不以人的意志为转移。我们非常想每个案件的犯罪分子都能破绽百出，都能让我们在短时间内迅速破案，可惜犯罪分子并不这样想。薛勇眯着眼睛注视着前方的路况，神情有些忧郁。我忽然想起了那头牛，我说那个山里老汉回去以后牛已经没有了，他的牛丢了。薛勇说这听起来倒像真的，你怎么什么都知道。我自言自语说伶俐会因为什么招来杀身之祸？有什么能比一个人的生命更重要？薛勇答话说肯定是因为钱。没有什么东西能跟钱比，如果事情无解，那就有一种解释，很多人都在为钱疯狂。

我起了一身鸡皮疙瘩。我吃惊地看着薛勇，不理解他怎么会讲出这样一番话。

我们走的是一条废弃的沙石路，很幽闭。沿路既看不见人，也看不见车。榆树上挂满了榆钱儿，一串串，一堆堆，已经干枯了，像极了焚烧的纸钱。风一吹，它们就离开了枝头。小的时候我和伶俐都是榆钱爱好者，我们吃过很多。生吃，炒熟了吃，也和到玉米面里做成菜娘娘。等到榆钱熟透了被风刮下来，我们会拿着笤帚端着簸箕去背风的地方扫，或者拿着纤细的铁丝一个一个地扎。成熟的榆钱像瓜子一样喷香，绝想不到榆钱还与一个生命的消亡有关。

薛勇把车靠路边停下了。

他说那个玫瑰之夜有一辆车也曾停在了这里，车上下来了至少四个人。他们对这一带地形很熟，证明他们提前早有准备。这是一座废弃的宅院，后边的坎下有一口井。他们是从这里穿过去走到了坎下，把人投到了井里。

人是他们用一条绳子勒死的，几乎没有出血。

如果他们把人平放在任何一个地方，说不定都会缓过来。人的生命力有时候是想象不到的顽强。

可那些人却把她扔到了井里，是头朝下扔下去的。那口井的直径不足一米。

井里的崔厚容曾经有过知觉，所以她的手里攥了两把泥土。

也许她还说过什么话，可惜没人能够听到。

我的心一点一点地碎裂了。

我来过这里。

四处一望我就知道我来过这里。只是走的不是这条路。出租车停在远处的路边，我和小兵横切过来的。小兵就曾经坐在这块石头上。

小兵大喊了一声姐，声音哗啦啦地被风刮走了。小兵说我找不到你，我真的找不到你。你到底在哪？你告诉我一声好吗？我看见了小兵的眼泪。一个男孩子的眼泪，特别晶莹，特别让人心碎。

这里离那口井很近。如果直线量过去，不会超过二十米。造物主真会捉弄人，我们离伶俐这样近，却没能让我们找到她。

可她一定听见了小兵的声音，不知这是不是值得欣慰。

我一个人也曾经到过这里。

我在这片林子的下边曾经认识了一个名叫伶俐的小女孩，她在那片地上挖野菜。那时的野菜刚有铜钱大，可她家的兔子想吃野菜已经想了整整一个冬天了。

我曾经站在这里喊过伶俐的名字，答话的是下边的那个小女孩。那个女孩的眼神像极了小时候的伶俐。女孩也梦见过起起牙，记得我那天曾经心存幻想：莫非我能找到她？

可是我没能找到她。

薛勇挽着我的手朝那口井走去。

我想起了我曾经做过的那个梦，就在我知道伶俐失踪的那天夜里。也是这样一口井，长在起起牙的花心里。我朝那口井走去的时候眼前出现了幻觉，仿佛我们一旦走近，就会有一个人像太阳一样从井口冉冉升起。

我停住了脚步。

我问薛勇："你看见那井口旁边绿油油地长了什么吗？"

薛勇不说话。

我说："那是一种野菜叫蓟草，它的学名叫大蓟，其实就是我们常说的起起牙。开紫色的花，果实长椭圆形，全草可以入药。知道我为什么这么熟悉它吗？"

薛勇说："不知道。"

我说："它还有一个名字叫伶俐，就是你所知道的崔厚容。"

薛勇忽然拥了我一下。当然我知道，这与爱情无关。

18

我牵着一儿一女回了罕村。

我没想到我能带回双赢。我在电话里对陈文化说，我可以带着双赢回罕村吗？虽然双赢一直也没有回去过，可罕村毕竟有双赢的亲人。他们怎样热盼着双赢回家我能想象得到。沙沙是在罕村长大的，我每一次回家崔叔崔婶都跟我打听过双赢，他们对待沙沙的那份亲爱有双重的情感在里边，这我能够看出来。我想，陈文化肯定是要拒绝的，陈文化拒绝有现成的理由。我甚至想，陈文化如果拒绝我决不多说一个字。双赢是他和伶俐的孩子，他们有权利决定孩子应该怎么做。没想到陈文化爽快地答应了，并早早就把双赢送到了我家。陈文化仍然叫我小茹姐，说我是回不惯罕村的，崔厚容不让我回去。其实我是很想拜见丈人丈母的，可崔厚容不愿意，有什么办法呢？陈文化皱着眉头，很是无可奈何。我一边给沙沙找衣服一边听着陈文化的话，像过去一样，我还是不喜欢他这个人和他所说的话，可我不能表示我的反感，我只能沉默。陈文化并不在意我的沉默，自己总结说现在崔厚容出了这种事，我更没有理由回去了。可双赢什么时候回去都可以，毕竟他是罕村的外孙。最后这句话让我感激涕零，我简直觉得陈文化是天底下最好的人，最宽厚的人。许多时候都是伶俐说我傻，可这个时候我想说，伶俐，你有多傻呀，你这么多年没回罕村是多傻的事情呀。没有任何人任何事情可以阻碍你，阻碍你的是你自己的那颗心啊！

我们去了长途汽车站，坐上了空荡荡的大巴车。我不知道那辆大巴车为什么如此空荡，就像给我们准备的专车一样。我们是在车上买的票，买票的时候售票员告诉我，坐稳了，司机会把车开得飞起来。我顿时毛骨悚然，紧张地说你们不知道安全第一吗？售票员奇怪地说有人包车，我们需要在人家约定的时间赶过去，这与不安全没有关系呀。我正色说我带着两个孩子呢，如果是我自己一个人，你们怎么飞我都没意见。可现在请你转告司机，一定要正常行驶。售票员“扑哧”一声笑了，说听你的意思好像我们拿自己的命不当回事一样，我们家里也一窝八口呢。售票员说完这话就回到了副驾驶的位子上。我注意到了她在和司机说什么，可一定不是在转述我的话。他们不约而同地回头看了我一眼，哧哧地笑。

虽然有许多空座位，可我们还是挤着坐在了一张座位上。沙沙在里边，我在外边，双赢坐在了中间。我的一只胳膊始终放在双赢的背后，若实若虚地搂着他。我想，这一路倘若有什么意外，我肯定要最先救助双赢。如果在两个孩子之间我只能保护一个，那么我只能保护双赢。

这些想法让我的眼睛潮湿了，同时也让我的心脏骤然有了疼痛的感觉。我赶紧把目光移到了车窗外，让满目的绿色舒缓了我心中的疼痛。车窗外是一望无际的田野，麦子已经有没膝高了。仿佛只是几个昼夜的事，麦穗就齐刷刷地从细麦秆里钻了出来，麦花的香气四处蔓延。这个季节我和伶俐在干什么？当然是采猪草。我们神圣而又伟大的事业就是采猪草。从这块地走到那块地，从天亮走到天黑。背着筐提着篮，像两个行吟诗人一样。真的，那个时候我们作过很多诗。在这方面我和伶俐都是天才，我们能把许多毫不相干的事说得顺口，诸如“走进大块地，麦苗正发育”之类。我们还能唱自己的歌，自己填词，自己谱曲。她唱我听，我唱她听。如果有第三者在场，那就谁也不唱谁也不听。

我和伶俐就是这样。

我和伶俐经常吵嘴，甚至大打出手。这是因为没有第三者在场。如果有第三者来犯，我们马上就能变成一个人，一致对外。

我和伶俐一直都是这样。

后来，不知是什么情形改变了我们。我们从没对这个问题进行过沟通或交流。我们应该沟通和交流的事情太多了，我们生疏了不止十几年。好像走出孩提时代起，我们就不怎么紧密了。

以往的许多遗憾都是不经意间留下了。如果知道伶俐的生命这么短暂，我不会那么漫不经心。

该说一说罕村了。

你一定觉得罕村这个村名有些别致，别致得不像我的生活中真的有过。我实实在在告诉你，我们那个村庄真的就叫罕村，而且没有什么典故。村里的人都知道村名是我爷爷的曾祖父起的。他老先人是一个大字不识的人，但德高望重，而且喜欢与众不同。别人叫他起一个村名，他说附近村庄的名字都与吃有关，有窝头庄，馒头庄。我们就起个稀罕一点的名字，就叫罕村吧。

罕村的名字就这样留了下来。

你不要觉得罕村有什么特别。它只是平原上的一个村庄，守着一条河，傍着一大片土地。整个村庄坐北朝南，面目与别的村庄没有什么不同。如果硬说它有什么不同，就是那条河把整个村庄环绕了，村庄三面环水。老人们会这样告诉你，这块地方是宝地，既避水火又避刀兵。日本鬼子那么凶，却从没往罕村送过脚印。为什么？那年头水大，他们怕被八路军包了饺子。

我和伶俐对罕村的热爱有一种盲目的成分。现在也搞不清楚那种盲目的成分是什么。从打记事起，我们就以自己是罕村人为荣。窝头庄的人尚可，我们尤其瞧不起馒头庄的人。吃得起馒头吗？吃不起馒头却让馒头馋着，出息。那时候我们经常与馒头庄的孩子开仗，为一片猪草或什么也不为，打得人仰马翻。打仗的人群里没我，我是看东西的。不管有多少孩子参战，做将军的永远是伶俐，看东西的永远是我。因为做将军与看东西同等重要。如果仗打胜了，草筐衣服之类的东西却被人掠去了，那种损失可是多少胜利也换不回来的。

罕村是我们的骄傲，我们也是罕村的骄傲。那样一种双重骄傲感我们在很小的年纪就有了。那个时候我们特别希望打仗，我们准是抗日女英雄。虽然我们后来没做成抗日女英雄，可我们仍然是惹人眼目的两个孩子。

村里人有时会当着我们的面说，这俩丫头将来准出息。

我和伶俐得意地笑，对这一说法表示赞同。

我们都认为自己是有大出息的人，不是英雄也得是烈士。不因为别的，只因为我们是罕村人，只因为罕村养育了我们两个。

我们从不认为自己是罕村嫁出去的女儿。嫁出去的女儿也不是泼出去的水。我们是把骨血溶入了这片土地的人，谁也别想把我们泼出去。

我们是比曲曲菜和起起牙更顽固的一种植物，采不尽挖不绝。只要天气和暖，就会发芽开花。

踏上罕村的土地我就止不住地想落泪，虽然我带回了双赢，可却把伶俐丢了。如果伶俐也能一起回来，该是多完满的结局呀！伶俐是应该回来的，她那么关心罕村，关心家人，她是能够回来的。我想，这其中的责任在我。我为她能够回来做过什么没有？什么也没有做过，甚至没多说过一句话。于是十年就这样过去了。在并不遥远的城市和乡村隔了一道天堑，阻碍了伶俐和她的家人。其实那道天堑就是薄薄的一层心壁，随便打一个孔，也许就能透出光来。我是唯一能做那个“打孔”的人，可惜我没有做，或者没想起来做，更或者懒得去做。想起这一点我就无地自容。我现在才知道我的那种狭隘是比伶俐更极端的一种狭隘，我没有在伶俐活着的时候把她的事当作自己的事，否则，她会十年不回家吗？

我为自己感到羞愧，从来也没觉得像现在这样没脸见人，没脸见罕村的人。我牵着两个孩子的手走在村路上，不时听凭过路人来打招呼。他们是认识沙沙的，可他们不认识双赢。我不能不告诉他们双赢是谁，我一告诉他们双赢是谁就招来了许多人的眼泪，尤其是那些婶子大娘们。她们会把双赢在怀里搂一搂，会在双赢的脸上亲一亲。她们无一例外地重复着相同的话，说伶俐是一个多好的人呀，儿子好丈夫也好，又新买了大房子，听说是带花园的（公共绿地），小茹连你都还没混上那样的房子吧？我说我没混上。于是长长短短的叹气声此起彼伏。她们说伶俐的命不好，小时候就没了妈，现在又撇下了儿子。是哪个挨千刀的那么毒，生生就要了人的命？我说我也不知道是谁要了伶俐的命。一个年纪大的婶婶立刻表示出了气愤，说你没有帮她吗？你当真没有帮她吗？我张口结舌，不知道我能帮伶俐什么，别人想让我帮伶俐什么。不过我很想告诉她们如果有人想害伶俐我是没有办法的，因为那些人提前不通知我。我知道这种想法有些卑鄙，可我没有办法让自己不卑鄙。一千种责任我都能承担，可伶俐遇害这一项我承担不了。我发现我回了罕村就有些弱智，我重复那些问话的时候弱智得要命。我被裹在人群里脱不了身，极力想说清楚什么却又根本说不清楚。我反复说着一些话，说着说着就痛哭失声。后来是妈妈把我拉出了人群。妈妈是一个高门大嗓的人，分开人群时用抱怨的口吻说，你们咋不先让小茹回家，她大老远地回来一趟，咋也该让她先歇歇腿吧！

于是我像个孩子一样被妈妈领走了。意识到我被妈妈领着我的眼泪就再也停不下来了。妈妈也掉了许多眼泪，絮絮地说自打伶俐出事她的右眼皮总跳。左眼跳财，右眼跳灾。她怕有什么灾祸降到我身上。妈妈冷不丁停下脚步问我：“你去看伶俐了？”我说我去看了。可看了以后什么事都没有发生。我知道她还迷信着产婆的那些话，否则她不会在爸爸死的时候都不让我见一面。妈妈克制了半天，到底还是没有忍住想要说的话。妈说：“小茹你就是让我操心，你就是这么不听话！你看伶俐一眼能把伶俐看活吗？你要是能把伶俐看活，看她一百眼我也不说什么。伶俐虽然不是我亲生的，可我也一直把她当闺女。就是让你们一命换一命，我也没啥可说的。可现在是……”我说：“妈，我好好的。”妈重复说：“你就是不听话，你比伶俐更让人淘神。大鹏也不管你？”我说：“谁都管不了我。妈管不了，产婆也管不了。我也以为我会被伶俐吓着呢，妈，我一点儿也不骗你——伶俐跟活着的时候一模一样。”

妈不相信地看着我。

我又说：“产婆说我不能见死去的人和新出生的人，可沙沙将来也要做母亲，到那天我会不守在她身边吗？”

妈有些被我这句话打动了。

妈自言自语地说：“早知道你不把产婆的话放在心里，当初就该让你见见你爸爸，他是最疼你的人。”

沙沙拉着双赢的手跑了过来。沙沙抱怨说：“姥姥看见自己的闺女就把我忘了。”

妈妈叫了声“心肝儿”，把沙沙和双赢一起搂在了怀里。

妈一手拉着一个往院子里走。我说：“妈。”

妈不解地回头看我。

我说：“我们还是先去崔叔家吧。”

妈恍然，让我牵过了双赢。

我们两家的房屋许多年前就是这样坐落着。我家在前，伶俐家在后，都走东偏门。我家的后院是她家的前院。那个时候不兴打院墙，也打不起。两个院子就被一些榆树枝象征性地隔着。我在自家的堂屋地里能看见伶俐家饭盆里的粥。她们家饭盆里的粥总是装得很满，崔叔是一个饭量惊人的人，虽然他的个子很矮，但绝不影响他的能干和能吃。

妈妈在这边种黄瓜，崔婶在那边种豆角。黄瓜结在这边我们吃，结在那边他们吃。豆角也是一样。妈妈还是一个喜欢摆弄花的人，一片火红的月季把我们两家的院子都照亮了。

许多年前和许多年后没有什么分别。

我拉着双赢走进了崔叔的院子，我想我要是伶俐该有多好。我领着儿子双赢来见阔别十多年的父母，不管过去曾经发生过什么，都会成为如烟往事。

没有翻不过去的山，没有解不开的结。尤其是对崔叔和伶俐来说，他们是深爱着对方的一对父女，我知道。只是崔叔不会表达，伶俐表达得婉转。

相似的性格使两个人变成了两座山。

崔叔和崔婶已经迎了出来，他们都很见老。崔叔出过一次车祸，走路总是一拐一拐的。崔婶站在她的身后，崔婶是一个永远站在崔叔身后的人。

我把双赢推到了崔叔的面前，我说："双赢，喊姥爷、姥姥。"

我以为双赢会像绅士那样喊声姥爷姥姥。在我的心目中，双赢就是一个小绅士。两岁时是两岁的小绅士，四岁时是四岁的小绅士。可想不到的事情发生了，双赢什么也不叫，却一头扑到了崔叔的怀里，无声地哭了。我没想到双赢会无声地哭，他还只是一个十多岁的孩子，凭什么要压抑自己的声音呢？双赢小小的肩膀抖动着，看上去非常可怜。崔叔紧紧搂着双赢，骨节粗大的手像两只小簸箕，与他那矮小的身躯根本不成比例。崔叔曾经是铁打的汉子，什么事都别想让他回头，可现在他的眼泪却比酸枣都大。我想，他除了伤心，肯定还有后悔。

崔婶把我拉进了屋里，崔叔领着双赢也走了进来。双赢的一双眼睛环视一圈，就盯住了一只相框，里面有几张伶俐的照片。

双赢把自己贴了上去，从始至终，他都没有说一句话。

我向崔叔崔婶简单说了伶俐追悼会的情况。我知道他们不关心这个，可除此以外，我还能说什么呢。我说有很多人都参加了伶俐的葬礼，她的朋友和同事，很多很多人。甚至连素不相识的人也来了。我指的是我的那位朋友，她放下了手里的那份工作，专程从山里跑来参加了伶俐的葬礼。说这些话时我很虚弱，我知道这些话对崔叔和崔婶都没意义，可我实在不知道说些什么好。伶俐葬礼的头天晚上史大鹏曾经来家里接崔叔崔婶，他们没有去。崔叔的话说得很强硬：她十多年都没来看我，我犯得上去看她吗？其实崔叔崔婶不来是我们意料之中的，说心里话，我们也不愿意他们来。一则怕他们承受不了那种打击，二则也怕崔叔为难陈文化。如果崔叔在大庭广众之下指认陈文化是杀人凶手，我们担心没法收场。

崔婶始终握着我的一只手，手心冰凉冰凉。崔婶说："小茹，伶俐不是我生的孩子，可我从来没把她另眼相看。"

我说我知道。

崔婶又说："多少日子了，我也睡不好觉。闭上眼就有一个小人儿在我耳朵边上喊我妈。我在梦里还告诉自己呢，这人不是伶俐，伶俐从来也不肯叫我什么。可醒来时我一遍一遍去想那个小人儿，不是伶俐是谁呢？那是跟小时候的伶俐一模一样的啊！只是我不明白，她怎么肯十年都不回家呢？"

我说："她其实可想家呢。总问我什么时候回罕村。她想你，也想崔叔。伶俐不是无情无义的人。"

崔婶赶忙说："我知道。她给小兵寄那么多钱，我知道她惦记我们。"

崔叔问："公安局还没破案？"

我说："还没有。"

崔叔提高声音说："要我说就是陈文化那个王八蛋！我一看他就不是个好东西！我早就看出他像个杀人犯！"

我刚要解释，双赢忽然转过头来，仇视地看着崔叔，一字一顿地说："不许你污蔑我爸爸！"

崔叔嚷："我没有污蔑他，就是他害死了你妈！"

双赢说："你说话要有证据！"

崔叔说："你妈死了就是证据！"

双赢说："我已经没妈了，你是不是还想让我没爸爸！"

说完这话，双赢怒气冲冲地扭头便走。

我赶忙追了出去。身后崔婶在抱怨崔叔，怪他不该对孩子说那种话。双赢第一次回家，咋能伤孩子的心呢。

崔叔像牛一样吼："就是陈文化杀了伶俐！公安局早晚会崩了

他，你等着瞧吧！”

我终于回了罕村，在起起牙开花的时候。

有一种野菜叫蓟草，它的学名叫大蓟，其实就是我们常说的起起牙。开紫红色的花，果实长椭圆形，全草可以入药。这是《辞海》里的话，被我随口说出来，感觉中就像我发明的一样。我说双赢，你认识起起牙吗？来，妈妈告诉你。你看地上到处都是，它们长着白茸茸的叶片，摸上去非常扎手。可扎在手上的刺都在皮肤的表面，因为它们非常细小，不会对皮肤有任何威胁。可就是这些细小的刺吓退了许多人，许多人都不敢欺负它们。沙沙吃惊地说，冯诺你在说什么，你是双赢的妈妈吗？我不满地看了沙沙一眼，我说你不应该大惊小怪。沙沙说可是，你不是伶俐阿姨呀。我严肃地说我就是伶俐阿姨，看见那一大片起起牙了吗？全都是我。

说这话时我一点也没迷糊，我是清醒的。我知道我是冯诺，沙沙的母亲。可我也是伶俐呀，也是双赢的妈妈呀。我搂着两个孩子的头往大地的深处走。我说双赢，我就是你的妈妈，在外边人家都叫我崔厚容，在罕村大家却叫我伶俐。我已经有十年没回家了，知道我为什么不回家吗？双赢奇怪地看着我。我说我不回家是因为我心里有一堵墙，我打不破它。我不回家不是因为家里人对我不好，是因为那堵墙垒在了我的心里，让我无法逾越。双赢，爸爸妈妈爱你，爸爸妈妈的爸爸妈妈仍然爱你，这是毫无疑问的。所以，妈妈不希望双赢心中也垒一堵墙，将来像妈妈一样难以逾越，那样我不单为自己伤心，也会为你伤心。双赢，你是一个聪明的孩子，你懂妈妈的意思吗？

双赢问："你真的是我妈妈？"

我说："我是。我从来就是。"

双赢说："那我问妈妈一个问题，你能回答吗？"

我说："双赢，你问吧。"

双赢说："到底是谁杀了你？他们为什么要怀疑我爸爸？"

我说："我先回答你后一个问题，这会让你的心里好受些。有人怀疑你爸爸这很正常，这其中的责任在我。我和他结婚十年，都没能让他名正言顺地回罕村，所以，你姥爷会把对我的怨恨强加在他的身上。你姥爷没有文化，说话办事不讲方式，但你不能怨恨他。你是爸爸妈妈的孩子，也是姥爷姥姥的孩子，他们之间或许有这样或那样的误会，但有一点是相同的，他们爱你。你也要爱他们，否则妈妈会更加伤心。"

双赢偏着头想了想，说："你回答第一个问题。"

我说："第一个是什么问题？"

双赢说："是谁杀了你？"

我说："让我想一想，容我好好想一想。我的头有点疼，有些事情已经想不起来了。我只记得那天天很黑，没有月亮，我走到天河商厦路口时就感觉有人在背后碰了我一下，然后就有一根绳子勒住了我，我很快就晕了过去……请原谅双赢，我只知道当时最少有三四个人，可真的没有看清他们是什么模样。"

双赢忽然吼了一声："你撒谎！你知道是谁害了你！那天说过

的话你忘了？”

我说：“我说过什么话？”

双赢说：“你说你知道有人想害你，你不告诉我是因为怕我杀了他！”

我突然通体冰凉，抓住双赢的肩膀说：“我说过这样的话吗？我怎么不记得我说过这样的话呢？双赢，你快告诉我我是在什么时候说了这样的话，我还说了些什么？”

双赢小脸憋得通红，可他再不肯说什么。

我把双赢搂在怀里。我说：“孩子，双赢，你怎么会有这么可怕的想法？虽然妈妈遭遇了不测，可绝不是你想杀人的理由！那些恶人自有国法惩治他们，双赢，你是妈妈唯一的希望，如果你也做了杀人犯，你知道妈妈会怎么样吗？妈妈会绝望地死上一千次、一万次！”

双赢哭了，是号。凄厉的声音像刀子一样切割着大地的神经。我看见眼前的植物都在瑟瑟发抖，真的，我一点也没意识到让那些植物发抖的是风。

沙沙小心地抻了抻我的衣襟，说：“妈妈。”

我握住了沙沙的手。我握住沙沙的手时是一种悲喜交加的感觉。我庆幸我还能握住女儿的手，女儿的小手绵软得让我心慌。

沙沙说：“你真的不记得自己是冯诺？”

我说：“我是谁并不重要，重要的是我在起起牙开花的时候回来了。许多天以前我就计划要在这个季节回家来，庆幸的是，我终于回来了。”

沙沙说："我知道有一个人永远也回不来了，妈妈，你想她。"

是的，我想她。

我在太阳下能看见她的影子，我在空气中能闻到她的气味。她许多年前的声音也能穿越时间隧道像豆角荚一样炸裂在我的耳鼓。那不是普通的豆角荚，是被我们称作野蚕豆的一种爬行植物，它的果实又小巧又挺括。它炸裂的声音又清脆又甜美。我和伶俐，或者我和小茹都愿意听这种声音。是的，我们都愿意听。我们会采集许多豆角荚，听任它们在耳朵边一同爆破。它们炸裂的声音能让耳朵发痒，那种痒能痒心里去。那年我们十五岁了，是大姑娘了。我们再也不歪着身子走路，再也不粗着嗓门说话。我们需要掩上房门才能说一些女孩的事情，我们迷上了豆角荚，其实是迷上了我们自己。有一个问题令我们非常苦恼，我们弄不明白小茹为什么是小茹，伶俐为什么是伶俐。为什么小茹不是伶俐，伶俐不是小茹。我们试着自己转换一下角色，我是你，你是我。找一找做另外一个人的感觉。找到过吗？找到过。做伶俐的小茹把头发梳成了朝天辫，和伶俐的一模一样，只是有些短。做小茹的伶俐则一剪刀把自己的头发剪短了。然后便是言行互相模仿，我称呼你，你称呼我。我们挽着手臂出现在爸妈面前。妈说，小茹，给我挠挠后脊梁。伶俐马上跑了过去。妈边舒服着边奇怪地回头看了一眼，小茹呢？伶俐清脆地答：我在这儿呢！

这样的结果是我们在很长时间有了双重身份。我们为这种双重身份激动、颤抖、莫名其妙。别人是一个人而我们是两个人。

我们不知道我们这种感觉意味着什么，可我们共守一个秘密的那种心情无法言表。我们许多时候都用眼神交流，我和伶俐，我和我自己。我们懂得那种眼神传导出来的会意是什么意思，我们学会了微笑，学会了让心底一些无法言传的情绪透过微笑写在脸上。那是一段难忘的美好时光，我们每天都心情愉悦，我们悄悄计算着我们有多长时间没吵嘴、打架、抬杠了。我们吓了一跳，整整三个月了！

我们有三个月没有吵嘴了吗？多不可思议呀！我们三天不吵嘴都会闲得难受，我们会安安静静相处三个月了吗？

是的，我们可以。我们在一个有月亮的夜晚来到了河边，坐在了一簇水柳上。那个晚上非常特别，我们认识了月亮。

说出来多有趣，我们确实在那个晚上认识了月亮。月亮原来是一块美丽的玉石，因为美丽而发光发亮。可在这之前我们从来不这样觉得，我们甚至给月亮起过外号，叫她“牛屎”。

天，我们居然这样糟蹋过月亮。

这个晚上的特别还在于我们达成了另一种共识，我们不是具有双重身份的两个人，而是合二为一，我们是一个人。小茹和伶俐是一个人。我们从小到大都没有分开过，原来我们是一个人。

那种感觉美妙极了。我们在月光下脱掉了所有的衣服，而后牵着手走进了河里。河水还很凉，可被我们发热的皮肤烫得吱吱作响。我们在河水里洗呀洗，把自己洗得通体透亮。从水里出来时，河水像银饰一样披挂在我们身上，我们打量着彼此的胴体，都感动得热泪盈眶。

我们情不自禁地拥抱在一起。

我们从来没有这样拥抱过，即使常年滚在一个被窝里，像这样能听见彼此心跳的拥抱也只有一次。我们都从那种拥抱中得到了莫大的享受，以致后来很长时间让我们不好意思。

我是小茹吗？我怎么觉得自己是伶俐？我想尖着嗓子喊，小茹，你个傻蛋，你新衣服穿反了！你怎么与二兰一起玩，她有虱子！狗屁揪了你的辫子，打他！你看我的脸上是不是长癣了，都是你吐的唾沫星子！老师，小茹今天肚子疼，我送她回家行吗？

老师一把把伶俐揪到了讲台上，一敲教鞭，说："小茹肚子疼你怎么知道？老实说，你们想玩什么花活儿？"

我眨巴眨巴眼睛，咧咧嘴，不想说。老师猛地又一敲教鞭，我马上说："五保户家的水缸没水了，老人家渴着呢。"

老师马上信了我的话，眉开眼笑说："你们去学雷锋呀，学去吧！"

可评选学雷锋标兵时却只有小茹没有我，这不公平。许多学雷锋活动都是我倡议和参与的，小茹只不过是跟从。可学雷锋的标兵只有小茹一个人。我在放学的路上对小茹说："知道老师为啥让你当标兵？你脸蛋子好看！"

小茹得意地说："这是大家公认的。"

我最见不得小茹这副嘴脸，她比无耻都无耻！就跟她咬耳朵："要是老师让你单独去办公室你可别去？"

小茹傻乎乎地问："为什么？"

我说："当心他咬你。"

小茹更傻了："他为什么咬我？他又不是狼。"

我说："你以为咬人的人都是狼？人咬起人来更狠。你不记得电影里的一个人，把另一个人的耳朵给咬掉了？"

其实那是一个女八路，把一个坏人的耳朵给咬掉了。可我说什么傻小茹信什么，她赶忙去捂自己的耳朵，仿佛下一个被咬掉耳朵的人真的是她。

我自信不是一个比小茹差的人，而且在很多方面都比小茹强。可命运总是欺负我，比如，小茹从上一年级就是班干部，可我直到上了高中仍然为能竞选成功在努力。我只能眼睁睁地看着干部那个标签像个狗皮膏药一样粘在了小茹身上。还有入团，当"三好"，还有许多乱七八糟的好处，总能让小茹碰上。还有学习成绩，我明明比小茹聪明，可就是怎么努力也追不上她。后来我就明白了是老师偏向她，每次考试老师都会多给她几分，好让她名列前茅。后来我经常研究小茹，她怎么会是一个我无论如何都追不上的人呢？这有多奇怪啊！

我不知道小茹身上有一种什么力量，能让周围的人轻易喜欢她。

小茹有的时候不是真傻而是装傻。有一件事给我的印象特别突出。班里有个男生给她写了封情书，出于安全考虑，男生没写收信人和自己的名字。男生让我把信转给小茹，小茹只随便看了一眼，对我说："不是给我的。"

我怎么解释她就是不相信信是写给她的。

我把男生牵到了小茹面前，让男生亲口告诉她。可小茹就是强调信不是写给她的，让男生有口难辩。男生灰溜溜地走了。

我终于明白了小茹有时候是会这样做事的：装傻。

可很多时候我都叫她傻小茹。

小茹在捉弄我。

她不傻装傻的时候尤其可恨。她经常摆出一副傻乎乎的样子给我看，结果我总是千篇一律地上当。

我有的时候真是恨死她了。

恨死她了。

太阳倏忽不见了。有一股风在原野上若隐若现。一种奇怪的信息若有若无，我不时仰脸去看天。

蓝色的浮云呈立体状在天空中堆积，然后在遥远的地平线上下坠。下坠的云彩其实仍在天上，可给人的感觉却是，它们像石头一样往大地上滚落。

我掉了眼泪。我是一个从不落泪的人。

我的怀里搂着我的儿子。双赢，在我的怀里迈着铿锵的脚步。我的儿子是一个聪明漂亮的天使，假如给他一对翅膀，他能飞到天上去。双赢是小学四年级的学生，班长，从上学那一天就当班长。我摸着他柔软的头发想，儿子，你将来一定比妈妈强！

19

有一个消息一直在流传，后来有一天终于被证实了。徐姐她们几个喜气洋洋地来找我，说终于有人给我们开会了。厂里通知了几个人，然后再让这几个人通知更多的人，于是很快人人都知道了。我们车间他们就通知了徐姐，徐姐一直是我们的车间主任，当然是我们加封的。真正的主任是不干活的，徐姐却比谁都不少干。她们几个来得早，沙沙还没去上学。沙沙端详着她们几个说："怎么比我当小组长都高兴啊！"沙沙终于当上了小组长，那天边写作业边告诉我："妈妈我高兴得心都要跳出来了。爸爸是什么级别？"我说爸爸没级别，我说你和爸爸一样都是为大家服务的，不过就是一个服务员，这与过去没分别。沙沙说："怎么没有啊！过去我都是主动找别人玩，现在都是他们追在我的屁股后头跑。你说，这是不是分别？"我得承认这是分别，我不能为了我的教育目的就对孩子撒谎。沙沙觉得她当小组长就是天底下最高兴的事了。她还不知道对于下岗女工来说最高兴的事是什么。我最早是从史大鹏的嘴里知道了一些信息。他们大领导去韩国招商，韩国的一个商人也是做饲料生意的，想来大陆投资办厂。结果双方一拍即合。只是在一些细节问题上分歧较大，谁都想控股。按照大领导的说法，我们那么多人，那么多设备都给了你，你再不听我们的，这不是拿我们当傻瓜吗？我们可是国有企业国有资产，装在你外国人的口袋我们能放心吗？几轮谈判下来，商人毫不通融。领导们自己想通了。那么大的企业倒了三年多了，几百口人没饭吃，这个问题比天都大。关键还得是转变观念，人家给你安置了工人，给你地方纳税，厂子他又搬不走，也不过是谁管理谁操心，有什么舍不得的。观念转变了事情就好办了，顺顺当当签下了合同，我们永兴的名字没变，可是成了合资企业。

再进厂门感觉就不一样了。虽然荒凉依旧，可人们的热情就像冬天里的一把火，没有什么荒凉是不能浇灭的。徐姐的眼睛湿润了，戴月月的眼睛也湿润了。所有的人见面都要拥抱一下，我们车间的和别的车间的，别的车间的和我们车间的，都要拥抱一下，还要蹭蹭脸。那种感觉真的就是一个字：爽。麻子副经理给我们开的会，说了大好形势，说了奋斗目标，最后要求各车间分组讨论。因为新的企业安置不了这么多人，只能留下二分之一。人群"哗"的一声沸腾了，许多张嘴巴一起嚷，你下去！你下去！我们不需要那么多副经理！副经理脸上的麻子坑立刻变得油汪汪的，像存了水一样。他在吵嚷中把几点意见讲完了，就挥一挥手走了。场面立刻乱得无法收拾，大家变得群情激奋。纷纷说他们把厂子搞垮了我们还没找他们算账，现在他们又算计到我们头上来了。空中亮晶晶的，都是唾沫星子。嚷够了大家各找各的车间，接着讨论麻子副经理留下的问题。一个车间下去二分之一，这是一个残酷的数字。虽然有许多人谋到了新职业，但如果只是和我与徐姐那样，大家还都是愿意回厂的。

何况还有一份感情难以割舍。离厂与女人离家没区别。

我们谁都没有嚷。我们这一方一直都很平静。我们在喧嚣中听清了麻子经理的每一个字。从车间到班组，每一个岗都平均裁员。如果有四个人，那么只留下两个。还有两个因素要考虑进去。如果学历有高有低，那么裁学历低的。年龄有大有小，裁年龄大的。这是韩方老板的意思。但具体到各班组，可协商解决。下岗的人公司也不是不管，厂里与劳动保障部门共同联手做善后事宜，不会让一个人没有饭吃。当然那些已经再就业的就不要回来了，回来只能给厂里增加负担。麻子就讲了这些。我们始终沉默着，徐姐、宋桂英、方静、戴月月都沉默着。后来人们都散了，把一大片场地空了下来。徐姐首先跌坐在地上，苍白着脸色看了会儿天，说："他们总是让我们失望。"是啊，总是让我们失望。事情总是与我们希望的相去甚远。他们不知道我们多渴望有一份工作。真是一段难以启齿的时光，谁都不敢看谁，谁都不敢碰谁的目光。方静首先说话。方静说："我有一件事也正要对大家说，我准备辞职了。"大家都慌里慌张去看她，否则真不知道把目光放在什么地方好。大家殷殷的目光注视着方静，方静又说："我准备和我先生一起出国，下个月就走。"气氛马上活跃了，戴月月一把搂住了方静，把自己的脸贴了上去。"心肝儿，带上我一起走吧，我做梦都想出国呢。"宋桂英说："你都去过海南了，已经到过国边上了。要带也轮不上带你。"戴月月说："你是有新单位的人，方静就是想带也带不走你。"宋桂英说："你不用怕我回来，厂里就是请我回来都未必请得动。"戴月月急了，横眉立目说："谁怕你回来？王八蛋才怕你回来呢！"

宋桂英小声说："谁是王八蛋谁知道。"

戴月月"嗷"的一声扑向宋桂英，两人就在地上翻滚起来。地上马上尘土飞扬，都是她们的鞋跟蹭起来的。我们捂着鼻子换了一个地方坐下，谁都没有多看她们一眼。

徐姐说："我们之中至少也得下去三个人。"

我说："是呀。方静只是帮了我们一半忙。"

方静说："就应该让戴月月下岗，反正她也不好好干活。"

我知道这是不可能的，两人还在那边滚来滚去。我叹了口气说："还是我下吧。"

徐姐赶忙说："我下。我的生意还不错。你不能扫一辈子街啊！"

我说："我当然不准备扫一辈子街。只是我都待了三年了，一下子不知道干些什么好，我想先适应适应。徐姐，你不用跟我争了。"

徐姐的眼圈红了。徐姐说："咱们几个人，方静走了，你再走，哪还有干活的人呢？"

我问方静怎么忽然想起要出国，方静说他们这两年其实一直在酝酿。方静的大伯在日本经营一家中餐馆，因为没有儿女，所以一直想请他们过去帮忙。过去方静和她爱人总是心有余悸，后来有些事情慢慢想通了。

我说："人往高处走。将来有一天我们也管方静叫华侨。"

我本来是想开句玩笑，可方静却捂着脸哭了。

我说："方静。"

我推了她一把："方静。"

方静用纸巾擦了擦脸，说："都说去国外好，谁都那样说。我们有几个同学眼热得不得了，总给我打电话，让我将来想办法也把他们办出去。可我怎么就觉不出好在哪里呢？我夜里做梦总在哭，总梦见有一天我想回来却回不来。"

徐姐说："这是你还没出去呢，出去以后过两年你就不这样想了。你没看见电视新闻里说，有些人赔上身家性命，偷渡也要往国外跑，证明外国的日子比中国好呗。"

方静说："再好的日子也是一份日子，有时候天堂与地狱没区别。"

我理解方静的话。

我想了想如果让我遇到这样一件事我会怎么样。眼泪肯定是要掉的，但也一定会像方静那样下定决心走。天堂与地狱的日子即便没区别，也要亲眼去看看到底是怎么回事。

宋桂英和戴月月两人一瘸一拐回来了。头发、脸上、身上到处都是土，戴月月手里拎着一只鞋，那只鞋的鞋跟断了。

戴月月狠狠啐了口唾沫，口红抹到了腮帮子上。戴月月气鼓鼓地说："你赔我鞋！"

宋桂英不屑地说："不值两块钱。"

戴月月尖着嗓子说："这是鳄鱼皮的，别说你没穿过，你见都没见过！"

宋桂英更加不屑地说："假的。"

戴月月一下泄了气，抬手就把那只鞋扔远了。

方静问："你回家穿什么？"

戴月月说："让宋老二背着我。"

戴月月的话把我们都逗笑了。我们知道宋桂英在家行二。

宋桂英说："反正我得回来。那个厂子什么都好，可就是没熟人。我舍不得你们。"

方静激动地说："你还回来干什么？连冯姐都下去了你还回来干什么？冯姐去扫大街却让你有了单位，为了你的事别人费了多少心思你知道吗？宋桂英你别不领情！"

宋桂英吃惊地说："方静你怎么这么厉害？你要出国了就这样对待我们？"

方静说："你不说谢谢冯姐还来挑我的态度！"

宋桂英说："你怎么知道我没谢她？我都给她家送礼了你知不知道？冯诺不收是她够姐儿们义气，可你不能说我没谢她！"

方静无可奈何地看了我一眼。

我什么话也没说。其实我非常想说的一句话是：我收下你的礼物就不够姐儿们义气？早知事情可以这样理解，我情愿不要那份义气。

我实在不愿意说什么。

戴月月说："冯诺你真的要下岗？你若下岗了我们上班也没什么意思了。"

我说："要不，你下？"

戴月月脸红了，说："你知道我是个没本事的人。"

方静说："你再没本事扫街总会吧？"

戴月月说："我凭什么扫街？方静你怎么不去扫？你要出国是你自己的事，也犯不着和我们洋蹦！我们没想沾你的光，你不用现在就看我们不顺眼！冯诺扫街是她自己的事，下岗也是她自己的事，用得着你在这儿说三道四！"

方静嘴唇都气白了，嚷："戴月月你摸摸良心，如果公平竞争，下岗的会是冯诺吗？”

戴月月也不示弱：“那也不会是我戴月月！你出国了就数我年龄小，谁下也轮不到我！”

方静狠狠地说：“谁不知道你不务正业！要论干活卖力气，咱们厂的耗子都比你强！你去别的车间问问，除了我们几个谁还要你！”

戴月月又要扑过去和方静比试，被我死死拉住了。戴月月用力一甩，就把我甩出去好几步远。戴月月用手指着方静说：“我天天拿你们当朋友，敢情你们合伙欺负我！方静你今天给我说清楚，都是谁不要我，老娘我跟她拼了！”

我给方静使了个眼色，示意她不要再说了。戴月月不依不饶地一个人在那里嚷，终于有嚷够了的时候。

戴月月安静了。

徐姐说：“我知道应该下的人是我。我年龄比你们大，文化没你们高。我知道冯诺是心疼我，她是替我下去的。”

我不愿意听这种话。我说我胃疼，要先走一步。方静说冯姐我和你一起走。

我是真的胃疼，一会儿额上就冒出汗来了。我在厂外边的一棵树上靠了好半天，疼痛才慢慢减轻了。

方静问我：“冯姐，你就这么轻易地把机会让给别人了？”

我的胃又疼了起来。

我说：“我们别谈这个问题了。方静，跟我说点高兴的事。”

方静说：“我女儿从幼儿园回来学会了背古诗。春眠不觉晓，处处蚊子咬。夜来风雨声，花落人不少。还有白日依山尽，黄河入海流。要想吃海鲜，请你上二楼。”

我笑了。方静问我现在去哪，我说找个安静的地方，我请你喝咖啡。

方静高兴地说：“我请你。”

史大鹏说真是弄不懂你们。都什么年代了，人家都择优上岗，你们怎么还让来让去。这是“文革”那一套，冲这样你们厂子仍然搞不好。冯诺你这样没人说你风格高，只能说你迂腐，这是活命的事，有什么不好意思的。史大鹏在房间里转来转去，其实我知道他想说的话一直没有说。大家都下岗行，我也可以下。如果有一个人不下岗，那也最好是我。我知道他喜欢事情是这样的结局。其实我又何尝不喜欢呢？我选择下岗也是万不得已。我知道戴月月不愿下，徐姐不能下。连宋桂英都还想再回来，我有什么办法呢？

我们面对的事情史大鹏并不理解。如果公司选择让戴月月下岗，戴月月不择手段也会把名额争取了来，她有这本事。然后就是一个徐姐一个老郭。徐姐两个孩子，丈夫的工资并不高。老郭家在农村，一份日子过得苦苦巴巴。我们都得过老郭的许多好处，他们家地里长什么，我们就能吃什么。我们组就他一个男人，谁都不会忍心让他下岗。

何况我们这里没有技术工种，谁上谁下都无所谓。

所以我只能温情脉脉一次。否则我的胃会比这更疼。

我与史大鹏推心置腹地谈了谈。过去我从没与他这么郑重其事谈过话。我先给了他一个下马威，告诉他我胃疼，你别再指责我，否则我的胃会越来越疼。其次，我对他说，你大小是一个政府官僚，史大鹏马上反驳我，说你能不能把话说得好听一些？我马上改口说，是政府官员。这下总行了吧？多贪多占不敢说，但总比别人的日子轻松些。你算算你一年在家吃过几顿饭，你的保险多少，你的公积金多少，我再说句不好听的话——你在咱家吃的米，都不比那只鹌鹑多（我们家曾经养过一只鸟）。还有，你从不自己花钱买烟，你抽的烟又都是高档的——你比别人多占了多少便宜你知道吗？

史大鹏说："你不用转着弯骂我。你就直接告诉我你想对我说什么。"

我说："我就是想告诉你我为什么选择下岗。如果徐姐的爱人是你的上司，那么上岗的人肯定是我不是她。也就是说，我选择下岗的一个重要原因是因为你，你比他们活得好。"

史大鹏咧嘴笑了，他爱听这话。

我说："当然，你只是这个事件的一个原因。起主导作用的还是我自己。我不愿意再回到那个工作环境中去了，我想尝试着做点别的。"

史大鹏撇着嘴道："扫大街？"

我硬着头皮说："也包括扫大街。"

史大鹏说："除此之外你还能做什么？"

我说："我不知道我还能做什么，可我知道没有什么事情我不能做。我与伶俐在一个炕上爬过，她能做的，我就能做。"

史大鹏说：“这样说来不是你施舍别人上岗，而是别人施舍你下岗。不是别人感谢你，而是你应该感谢别人。”

我的胃又开始难受起来，我用一只拳头顶住了胸口。

史大鹏赶紧投降：“你已经决定的事没必要跟我商量，对吧？既是这样你爱怎么着就怎么着吧，反正我也管不了你。”

史大鹏拿出一沓钞票扔到了床上，我看也没看，就塞进了抽屉里。

我看了看日历，又到了发工资的日子。

一声枪响划破了夜的岑寂。

沙沙从她的房间跑了过来，说：“妈妈你听见了吗？刚才是不是有人打枪？”

随后又传来了几声枪响，一声比一声震耳欲聋。

沙沙像兔子一样跳上床来，用手堵着耳朵，钻进了我的被窝里。

沙沙说：“肯定是要打仗了，鬼子来了。”

史大鹏抖抖手里的《晚报》，没说话。

我说：“你没听见女儿说什么？”

史大鹏侧过脸问：“兔子来了？”

我和沙沙哈哈大笑。

史大鹏说：“朋友来了有好酒，兔子来了有猎枪。”

沙沙问：“是真的猎枪在响吗？”

我说：“这年头连兔子毛都没有，哪有什么猎枪。再说，有猎枪也不能晚上响，猎手又不是夜光眼。”

沙沙说：“那是谁在打枪，咱们这里有解放军吗？”

史大鹏说：“当然有。咱这里住着装甲旅呢。”

沙沙问：“改天我去看看装甲旅。”

我说：“快睡吧，明天还得上学呢。”

是的，沙沙明天还要去上学，史大鹏还要去上班，我每天天不亮就起来，去天河商厦那段路去扫街。我已经扫了一个多月了，把第一个月的工资挣到了手，就去邮局汇给了小兵。这是几年来我第一次摸自己挣的钱，放到手心里是潮的。我给小兵汇了 1800 元钱，我还剩下 500 元。我每月的工资是 2300 元。是少了点，只有史大鹏的四分之一。可我一点也不嫌它少，真的。我出了邮局就去麦当劳，给沙沙买了两个汉堡一只鸡腿。若是史大鹏的钱，我从来也不敢这么花。他给我五千我不敢这样花，给我八千我同样不敢这样花。人的感觉就是这样怪。出了麦当劳我就去了农贸市场，用剩余的钱买了海鲜和新鲜蔬菜，都是平时嫌价钱贵不舍得买的。从农贸市场出来，我看见有卖棉花糖的，我知道沙沙不爱吃，可我喜欢看棉花糖肥肥胖胖的样子，买了两支。

我的新生活就这样开始了。在找到新工作之前，我会一直这样干下去。我喜欢这种工作状态，一段路只交给我一个人负责，干好干赖都是我自己的。我会力争把它干到最好，把那段路当成我家客厅。没有人知道我这种积极工作的动力从何而来。我喜欢每一个清晨，喜欢清晨和煦的风，喜欢风中那隐隐约约传来的风铃声。我这里离那座古塔很近，古塔是白色的，庞大的身影被楼群遮住了。可风铃声是遮不住的。它清脆的声音从高远的天空传过来，明净得不落一丝尘埃。我时常会产生幻觉，仿佛我不是来这里扫街的，而是专门来听风铃声的。风铃是明代的风铃，从几百年前的岁月走到了现在，听上去恍若隔世。

有时我会想，风铃知道我在听它吗？没有人倾听的时候风铃的声音会这样清脆吗？

时常会有各种各样的疑问涌上我的心头，这让我的思想变得丰富。

有一天，一辆摩托车在我身后骤然停下。不用回头我就能猜到这个人准是路学伟。我故意不回头，故意等着路学伟叫我。终于憋不住了，小心地回头一看，原来不是路学伟一个人，是他和苏格两个人。我没想到状况是这样，居然不知说什么好。天光还青着，晨练的老人像蘑菇一样陆续往街上冒出来。我没法一下子应付他们两个人，不知该说句什么。我好不容易才憋出一句话："你们这是去哪儿？"苏格这才从摩托车上跳了下来，说我们去赶火车，冯诺你怎么干上这个了？我说，我都干一个多月了。苏格说，要不是路学伟说这人是你，我根本不信，冯诺，你不能干这个！苏格上来就抢我手中的扫把，说这种事是你干的吗？你干这个会把自己糟蹋了。我把扫把握紧了，苏格用劲都没能从我手中抢走。我说苏格，你快去赶火车吧，否则火车不会等着你一个人。

苏格说："冯诺，答应我别干这个。"

我说："我女儿和女儿的爸爸都不反对我干这个。"

其实我这样说话是有些违心的。我起床的时候把史大鹏弄醒了，史大鹏还狠狠地诅咒了我干的这个行当。

苏格看了看表，有几分焦急，“冯诺，答应我别干这个!”

我说：“你快去赶火车吧。”

苏格说：“冯诺……”

被路学伟拦住了。路学伟说：“冯诺，苏格是为你好。否则你以后再找像样的工作都难。”

我说：“这是我自己的事。你们还是去赶火车吧。”

苏格有些无奈地上了摩托车，摩托车“突突突”地开走了。

我有些难过。我觉得苏格不应该对我这样。她有什么权利对我这样呢？即使她是好意，我仍觉得她这样对我有些过分。我们只是有过一个拥抱，没有别的。那样一个拥抱说明不了任何问题。如果她以此就认为自己拥有某种权利，那她就错了。我为苏格感到惋惜。为她的错感到惋惜。我不希望苏格是一个高高在上的人，即使我将来混得比这更惨，即使世界上所有的人都在我面前高高在上，我仍不希望苏格是这样的人。也许是我对苏格的要求高了。我为什么会对她要求高呢？大概与她抢我的扫把的道理一样。我情不自禁地微笑了，觉得我刚才的难过有些好笑。苏格怎么理解是她的事，与我的关系并不大。

好半天听不见那么清脆的风铃声了，人在有的时候什么也听不到。哪怕好听的声音就在你的耳边，它那么需要你能听到它，可你就是听不到。许多时候你听到的都是你不想听到的声音，哪怕你多么不想听到它。

我在扫把上坐了好一阵儿，直到耳朵里清净了。

风铃声又响了起来。

其实我一直在留意各方面的信息，我希望找到一个适合我而我又适合的工作。可这个工作它在哪儿呢？史大鹏说，早知道你愿意扫街就把你正式办到环卫局，让你扫一辈子。工作脏点累点不说，起码工资比这多。史大鹏这样说话你可别以为他就能办得到，事实是他办不到他才会这样说。有一天我碰见了宋桂英，宋桂英眼泪汪汪地对我说：“咱们厂已经正式投产了，外国人的效率就是快。听说产品直接出口好几个国家，订单已经排到了两年后了。我好几宿都睡不着觉了，早知这样等些日子多好。看着人家上班下班我难受死了。都怪戴月月，那么急着去找史大鹏。这事要是放在你身上，说不定你现在还没跟史大鹏说呢。我知道你有拖拖拉拉的毛病。”宋桂英的话让我哭笑不得。宋桂英又说：“冯诺，你说我们就这样一辈子了？”我说：“你问我，我问谁？”宋桂英说：“这样干一辈子肯定不行，孩子在外边都抬不起头来。”我说：“沙沙没这样对我说过。”宋桂英说：“那是她还小，有些事情翻不过个儿来。等上了初中就什么都知道了。小的时候好糊弄，你说什么她信什么。长大了你糊弄不了她呀！我说早起去加班，我儿子一闻我身上的味就说，你是打扫卫生的呀。那么多工作干什么不好，干吗干它！”

我说：“我从来没糊弄过沙沙，我第一天就告诉她妈妈去做环卫工人，工作就是扫街。”

宋桂英说："你说我们还能回厂吗?"

我说："不知道。"

宋桂英说："该着戴月月好王八时气，混了一个好工作。下班还穿着工作服，神气得不得了。听说工作服都是从韩国空运过来的，比咱这里的时装都新潮。冯诺，你怎么那样傻，干吗要替别人下岗?"

我说："我谁也没替下，是我自己不想干了。"

宋桂英说："我才不信呢。你说的不是心里话。"

我说："我没让你相信。我说的是心里话。"

宋桂英说："你就是太深沉了，很多时候我们都看不懂你。"

我说："这句怎么不像你说的话?"

宋桂英说得没错。她看不懂我，有时我也看不懂我自己。我一点也不留恋我们那个厂，虽然那天我决定下岗的时候胃疼。可如果我选择上岗，可能胃会比这更疼。这是我的心里话，虽然我不能对人说，连史大鹏也不能说，可那些想法确实是我心中实实在在的想法，我之所以不把它说出来，是因为没人能理解。史大鹏也不会理解。史大鹏能够理解我给小兵寄钱，却不能理解我选择下岗不是迫不得已。迫不得已只是表象，是大家都能看在眼里的表象。大家看不见的是我的心中锁着一把锁，那把锁沉甸甸的，非常有分量。我想告别以往的岁月，还想告别以往的朋友，还想告别以往的生活方式。总之，我一点也不想回到生活旧有的轨道上。

其实，我最想告别的还是我自己。

哪怕扫一辈子街，我也要让自己的心灵舒展些。

我过去的那些日子不舒展，说过太多违心的话，做过太多不愿做的事，结交了太多不想结交的人，我总觉得自己在为别人活着。

那样活着我并不舒服。只有我自己知道，我活得有多么累。

其实我特别感谢史大鹏，是他给了我一份稳定的生活，让我能做自己想做的事。我可以大大方方地把钱寄给小兵而一点也不用穷尽心思。只是我不能明白无误地告诉史大鹏，我不能让他太骄傲。我一向觉得男人骄傲起来是一件非常可怕的事，他们会从心里瞧不起女人。所以我仍然会在适当的时机敲打他，把他说得一无是处，把他的工作说得一无是处。又尖酸又刻薄地使些小女人伎俩，最好能把他气糊涂。

所以古人说："惟女子与小人难养也。"我觉得这话说的就是我。

当然，这只是我一厢情愿的想法。有时候看见史大鹏摆出好男不和女斗的架势，我什么脾气都没有。

你不知道这一个早晨我能碰见谁，碰见多么有趣的事。那天两个年老的女人站在我身边说闲话。一个说："明天我就出不来了，我要送孙子上学。"另一个说："咋不让你家老头子送？"这个说："他才不送呢，他就在家里压沙发，把沙发压得薄薄的。我说，跟你妈一样，会看家。"另一个说："我家老头也不出来，早晨睁开眼睛就开电视。我气得嚷，跟你妈一样，电视台还没上班呢。”俩人愉快地笑了起来。我想，这就是早晨的缘故，早晨总是让人心情舒畅。人一心情舒畅就显得宽厚和慈善，许多必然计较的事情都由它去了。我站着听她们说话的时候有一辆白色的轿车停了下来。我认不准牌子，在这方面我甚至还不如沙沙。我有理由认为与两位老人相比白色轿车根本不值得我关注，因为老人们的谈话让我愉快。于是我瞅也没瞅那辆车一眼，更没瞅车上下来的是什么人。那人喊了我的名字，我才不情愿地回了一下头，原来是张学友。张学友在太阳没出来的时候也戴着墨镜，这使他的样子有点“酷”。那天我对沙沙说我遭遇了张学友，沙沙居然哈哈大笑。沙沙说，这么俗的名字怎么还有人叫？想起沙沙的话我情不自禁就要笑。张学友说：“我到处找你，没想到可以在这里碰到你。”我知道男人都喜欢夸大其词，所以我只是笑得张扬了些，并不问他找我什么事。他说：“你知道我那天包里的现金有多少吗？”吓死我了，我一下子就不会出气了。我说：“我没点。我只是翻了你的名片夹，其余的我什么都没仔细看。所以如果东西不对你也不用找我，我只负责捡包，不负责数钱。”张学友说：“你和崔厚容真是不一样。”我冷冷地说：“你这样对我说话不合适。”他赶忙摆摆手，承认自己把话说错了。他说：“我没别的意思，只是觉得你不够仔细。不过我有些理解你，知道你前一段时间在到处找她。”我问：“你到底少了多少现金？”张学友说我那里没有现金。我想起来了，他的包里是没有钱。他拿出一个牛皮纸的信袋，我一看就是我常用的那个，上边还写着史大鹏三个字，里面只有很少的几个零用钱，所以即使找不着我也不以为意。我把信袋接了过来，张开嘴看了看，里面最大的钞票是五十元，而且只有一张。我把自己的散碎银子放进了人家的包里，也是一件让人脸红的事。我说："这几个钱哪值得你找我。"张学友说："不错了，有八十多块呢。就是八毛多我也一样得找你。"我说："谢谢啊，还有别的事吗?"他说："说出来有些不好意思，我还是想请你去天籁。不是施舍你一份工作，而是确实需要你帮忙。"我想不出我能帮他什么忙，张学友说，我确实需要你这样的一个人，给我管理一下财务，当然也打点生意，我们那儿都是一个人要干几个人的活，不知你会不会觉得辛苦。我说："我中午需要时间给女儿做饭。"张学友说："你可以回去呀，只不过没有休息时间。"我说我可以考虑。你给我多少钱一个月？他说我的生意不是很好，每月只能给你三千五百元底薪，提成另算。这也是我们店里的雇员中最高的。我眨了眨眼睛，好像自己有了几分聪明。我飞快地说："我能在你那里做兼职吗?"

张学友看了看这条街，说："你那么需要钱?"

我说："我需要工作。"

张学友说："我给你工作了呀!"

我说："你不懂，我需要更多的工作。"

张学友说："三天两天可以，时间长了你吃不消。在我那里工作很辛苦。"

我说："吃不消的时候我会自己想办法。而且我在这里的时间与你那里并不重叠。如果有一天我需要辞掉一种工作，我会好好考虑辞掉哪一方。"

张学友吃惊地说："你愿意扫街?"

我说："我只是需要工作。"

张学友说："你这个时候与崔厚容真是有些像，她是一个精力超群的人。"

我说："你不用对我寄予希望，我永远也赶不上她。"

张学友开车走了，摇下车窗后告诉我，下午一定去找他。过几天他要出国旅行，他的天籁需要我帮他照应。

我很想问问他为什么相信我。又想，他相信我是因为他聪明，我是永远值得别人相信的人。

这一点小得意藏在我的心灵深处，是我唯一可以骄傲的资本。

我不知道在冥冥之中伶俐是不是在帮我，否则哪里会有这种巧合，让我捡到张学友的包。这也太戏剧化了一些，连我自己都感觉有点不真实。

我居然也能去天籁上班，而且走的是伶俐以往走过的路。除了命运的安排，我想不通这还能有什么解释。

20

陈文化在电话里说，小茹姐，我在收拾崔厚容的遗物。你过来看一看，有没有你需要的东西。

我马上想到了那张照片，那是我和伶俐的第一次合影照，在一片麦田上，打着花布伞。我说拜托你把那张照片给我收起来，那张照片我手里没有。我仔细说了那是一张怎样的照片，夹在什么样的一本书里。可陈文化说，无论如何需要我过去一趟。我为难地看了一下表，八点半了。沙沙已经睡了，而史大鹏还没有回来。当然这都不是理由。理由是我为取一张照片去跑夜路不值得，虽然那张照片对我很重要。问题是我今天不取它也没不了。我委婉地说了我不去的理由，没想到陈文化的脾气很坏，他这样对我说："你是不是觉得到我家来不安全？如果那样就算了。"这话在我的心里咯噔了一下。我不说话，他也不说话。这样僵持了好一会儿，陈文化压低声音说："你还是不相信我。"一句话说得我毛骨悚然。我一下子想到我也曾接到过一个电话，也是压低声音说的。但很显然，他们不是一个人。也许就是这一点分别鼓舞了我，我脱口说："我去。"

我说："我去。"

说完这话其实我就后悔了。我不想去，我不想去不是因为陈文化，而是因为随便一个理由。可容不得我后悔，声音压低时的那种感觉攫住了我。声音压低的时候是扁的，弹起来时是那个样子。我试了试自己的声音，一无所获。

可我还是觉得那天那个声音在哪里听到过。即便是恶作剧，我也仿佛听到过那个声音。是的，我听到过。我一边想一边换好了衣服，也没忘记给史大鹏留个字条。上面写的是："陈文化让我过去一趟，特此告知。"

我想我的"特此告知"有两点理由。一是解释我为什么不在家，二是万一有什么意外，史大鹏也好知道我的去向。

我对自己说我不是怀疑陈文化。我如果真的怀疑他，我就不会去他家。最起码我不会一个人去他家。是伶俐的事让我有了警惕，生活中存在着许多危险，你看不见是因为你眼里只有玫瑰花。

当然，我最终也没想起那个仿佛相熟的声音是谁，也许是我的错觉。我这一段的错觉实在是太多了，我不敢再相信自己。

我走出了家门。

天气已经有了一点夏季的趋向。有风，风是热的。爱美的女孩已经穿起了吊带裙，手里端着冰淇淋或炒冰。这样的女孩很少有一个人在路上走的，她们的身边都有女友或男友。

红色的爱情正如花一样开放。当然也有黄色或紫色。花儿有多少颜色，人间就有多少种爱情。

当你不得不用羡慕的眼光去看待爱情的时候，说明你已经老了。

我上楼时用了很大的劲来跺脚，楼道里夸张地响着我的脚步声。最后两步楼梯我还是迟疑了，我在外边喊："双赢，双赢。"

门开了，露出陈文化那张又瘦又窄的脸。

陈文化说："小茹姐，你终于来了。"

居然让我听出了弦外之音。

我说："双赢呢？"

陈文化说："睡了。"

陈文化又说："双赢喜欢你，他说小茹阿姨要当妈妈也行啊。"

我敏感地说："你这话是什么意思？"

陈文化涨红了脸，说："我没什么意思，我不过是在告诉你双赢说过这样一句话。"

我心安了些，是因为陈文化涨红了的脸。我先去看了双赢，双嬴的睡相非常可爱，我想把他怀里搂着的一个娃娃拿出来，轻轻一动，双嬴又搂紧了。

我去了伶俐的房间。房门敞开着，过去灵堂一样的陈设没有了，房间里朴素干净得空空荡荡。我径直走到书柜前，找到那本时尚杂志，翻了翻，却没见到那张照片。

显然东西都被陈文化收拾过。我问："你有没有见到那张照片？是我和伶俐小时候，坐在麦田里，打着花布伞。"

陈文化说没有看见。他也动手帮我找了找，没有找见。

我说："我上次来它就夹在那本时尚杂志里。"

陈文化说："你别急，会找到的。除此之外你还需要别的东西吗？"

我说："谢谢你，我不需要。"

陈文化说："你这样说话我心里不舒服，其实我们应该是亲戚。"

我说："你会毁掉伶俐所有的遗物吗？"

陈文化果断地说："不会，我还给儿子留着呢。"

陈文化一心一意在书柜里翻来翻去，我打开了写字台的抽屉。我疑心我曾经把照片放错了地方。但写字台的抽屉里空空如也。我试图想找到那个夹着字条的笔记本，但那个抽屉也是空的。

我疑心过去的一切都是一场梦。我在梦里见到过那张照片和那张字条。

我想走。

陈文化说你不能走。

我吃惊地说："我为什么不能走？"

陈文化说："我要你听听我和崔厚容的故事。我们之间的故事谁都不知道。"

我这才明白陈文化让我来的真正目的。事关伶俐，我当然要听一听。

我在一把椅子上坐了下来。

陈文化哗哗翻动着一本书，说："我知道你怀疑我是凶手，换了任何人都不会容忍你。可我却不怪你，知道为什么吗？"

我说："你不应该怪我。"

陈文化倒憋了一口气："为什么？"

我说："你自己心里清楚。"

陈文化脸红了，咕哝了句："我不知道你的话是什么意思。"

我说："你都对伶俐做了些什么？"

陈文化急了。我发觉他发起急来真的像一匹动物。陈文化说："你说我都对她做了什么？"

我忽然泄了气，觉得说些什么都没意思。

陈文化说："我会把所有的事情都告诉你的，你不用急。"

我说："我不急。"

陈文化仰头想了想，说："从哪儿说起呢？"

就从我认识崔厚容说起。在说起之前我先简单介绍一下我自己。我从北师大毕业，是高才生。你知道北师大吗？与我们城市的这座师大不同，你知道不同在哪里，人家牌子硬。高考的时候我本来有许多选择，可我只选择师大，而且选最好的学校。这是我与别人不同的地方，我喜欢做教育工作者。毕业以后我分到了一中。你知道一中是重点学校，每年的升学率都在95%以上。凭什么？就凭有一支过硬的教师队伍。而我一个初出茅庐的年轻人，从一开始就表现得不同凡响。那年学校出了一码事，一个女生因为失恋要跳楼。我得到消息时楼下已经聚集了许多人。有人打了110报警，有人打了120急救中心，还有人在拼命喊话，说些生命是宝贵的之类，其实声音根本传不上去。我稍一动脑筋，就从楼道里的一个天窗爬了上去。我攀上了楼顶，那个女生就在我的前边站着，离我有十多步远。一看她就不是患有恐高症的人，一只脚已经悬空了。按道理我应该扑上去，从后面紧紧搂住她。可我担心如果我真的那样做了掉下楼去的恐怕就不是她一个人。于是我在她身后坐了下来。我说，屈菁菁，我们坐下来谈谈好吗？她猛然一回头，用手指着我说，别过来——话没说完就发现我根本没打算过去，于是她有些尴尬。我把这一切看在了眼里，索性在楼顶上盘起了腿。我说，屈菁菁，过来坐一坐，我有心里话想对你说。她看也不看我一眼。屈菁菁不是我们班的学生，可我带过他们班的课，所以对她有些印象。我说屈菁菁，你的裤子上蹭了什么？其实我知道那是什么，她来月经了。我还知道女孩子在这段时间情绪是最不稳定的。她在自己的裤子上抹了一把，果然手上有了颜色。她穿了一条浅米色的裤子，所以裤子上的颜色很是鲜艳。她羞涩地看了我一眼，脸红了。我说我也失恋过，你不知道我对我的女友多好。她是我的大学同学，她家里困难，我每个月都要省下一大半的生活费给她打牙祭。她非常馋嘴，一顿离开肉都受不了。四年大学生活过去了，按道理我们应该谈婚论嫁了。可你知道她是怎么对我的吗？她领来了一个我们同系不同班的男生，说是她的未婚夫，说不久之后他们就要举行婚礼了。我一宿一宿地睡不着觉，在楼顶上转来转去。我们住的是八楼，要是从八楼上往下一跳，肯定是一了百了。可在关键时刻我想明白了一些事情。我想，她将来肯定是要后悔的，因为她不会遇到像我这样对她的人。我宁可半月吃不饱饭也要让她吃肉，不是每一个人都能做到这一点。可如果我真的自杀了，她会庆幸多亏没有选择我，一个把生命看得轻于鸿毛的人，他本身就轻如鸿毛。于是我唱着歌从那座楼上走了下来，从此就把她忘了。这时我才发现那是一个根本不值得我爱的人，好吃懒做，爱慕虚荣，见异思迁。这样的人怎么能让我为她去死呢？想一想都觉得好笑。

我说屈菁菁，你在听我说话吗？

屈菁菁喊了声陈老师。

我说你谈恋爱已经不对了，再选择自杀，那就是错上加错。从这一点看你就不如那个男生。男生知错能改，你却做不到。

屈菁菁哭着说他不是知错能改，他是爱上别人了。

我说我知道他爱上别人了。从某种意义上说，他可以那样做。你也可以爱上别人，只要你可爱，也会有别人爱上你。

我悄声问，你与他发生性关系了吗？

屈菁菁瞪了我一眼，说没有。

我说你为什么没有与他发生性关系？没机会？

屈菁菁不屑一顾地说我不会做那种事。

我故意说我不相信。连性关系都没发生，你怎么会为他去死？如果不是你的裤子被血染红了，我甚至会怀疑你已经怀孕了。

屈菁菁气急败坏地说你这样说话是侮辱我！

我说你做没做过我一眼就能看出来。你过来，让我看看。

屈菁菁迟疑了一下，还是走了过来。我让她看着我的眼睛。她的眼睛很潮，很亮，是一双漂亮的眼睛。我说我现在信你了。你真的是一个白璧无瑕的女孩。你没把贞操给那个混蛋男生真的是不幸中的万幸。屈菁菁忽然扑到了我的怀里，说，陈老师，你为什么不让我跳楼，我想死啊！我紧紧搂着她说，那就让我和你一起死，否则你一个人死多孤单啊！说着我的脚步就开始往外移。屈菁菁惊恐地睁大眼睛说，陈老师你不能死，你死了学校的损失就大了。我说那怎么办，我又不能把你一个人丢在这里。屈菁菁说陈老师你千万不能死，我跟你下楼。于是我们从那个天窗爬了下来，一场灾难就这样化解了。

我之所以不厌其烦跟你说这件事，是想告诉你我是什么样的一个人。这是十多年前的事了，那时我还没有结婚。现在屈菁菁的日子过得很好，几天前我还看见了她，还说起当年如果不是遇见了我，她肯定就从那幢楼上跳下去了。

现在该说一说我与崔厚容了。那时我已经成了学校的知名人物，先进、劳模、优秀教师，名副其实地荣誉等身。有一天，同事魏老师对我说，要给我介绍一个女朋友。当时学校有两个同事在追我，我之所以同意见面是因为我不知道选择她们之中的谁好，她们都是非常优秀的人选。那个晚上我去了崔厚容的宿舍，魏老师把我领到那里就走了。房间里只剩下了我们两个人。我记得第一句话是我说的，我问她喜欢看什么书。她说她不喜欢读书，她连书都没读过。她就是那个样子，让人急不得恼不得。我承认我一下子就有点喜欢她，她身材娇小，穿一套白裙装，头发盘得很古典。我喜欢她不是因为她美丽，美丽的女子到处都是，而是因为她干净。真的，我从来没见过比她更干净的女人，是一种彻头彻尾的干净，我怀疑她连鞋底都可能一尘不染，这让我的两个同事都黯然失色。因为她们的身上经常落有粉笔灰。我倒不是说粉笔灰如何不好，我也是经常落粉笔灰的。可人有的时候是非常奇怪的，这样一个女人和另外一个女人摆在一起，你就是喜欢干净的那一个，没办法。我们先是坐在两把椅子上，后来又坐在了那张单人床上，那种吸引是情不自禁地。我记得很清楚，是她先握住了我的手，然后慢慢把身体偎了过来。你不知道我的情况，我虽然有过初恋，可我基本上连她的手都没牵过。所以崔厚容那一偎，就把我的全身点着了。我想吻她，可她把头抵在我的怀里，不让我吻。我实在不知道做什么好，是的，不知道做什么好。我非常想咬她一口，不管咬在哪里。可我的嘴却没处放，我像狗一样嗅她的全身，却没处放一张嘴，我把自己都咬出血来了。我说我受不了了，你告诉我怎么办。她说你愿意怎么办？我说我哪里知道怎么办，你快告诉我，我都难受死了。这个时候想不到的事情发生了。你知道发生了什么事情吗？你想都想不到。她忽然把自己的衣服脱了，脱得一丝不挂！天啊！一丝不挂！于是一切都发生了，那么突然，那么出人意料，那么不可思议的一切都发生了！那一瞬间我都被吓傻了。一个一丝不挂的女人，就像一个大人参，让你又激动又害怕。我一激动就不行了，怎么着都不行。我急得都要哭出来了，怎么就不行了呢。关键时刻是崔厚容安慰了我，她说你别紧张，别害怕，会好起来的，这不就好起来了吗？这是多好的一个女人呀，多善解人意啊。别说给她做丈夫，就是一辈子做牛做马也不亏啊。我当时就是这样想的。

我对她的那种复杂的感情就是从那一刻开始的，又爱又恨。你也许觉得这种感情不可思议，是的，我恨她。这是我的第一次，我不想那么草率和匆忙。如果不是她那个样子吓着我，我不会那样难堪的。你不是男人，你不理解男人那种感情。一个在女人面前性无能的男人，是多伤尊严的事。幸亏她也是第一次，否则我一定要怀疑她的动机。我恨她，可我又爱她，一天到晚着魔一样想和她在一起，想把她搂在怀里，想和她一起做那种事，想证明一下我自己。真的，不是我的欲望强烈，而是我想证明一下自己是一个优秀的男人。所以，我下了班就往她那里跑，可她却不同意了。连我牵一下手都不同意。她说你真的对我好？我说真的对你好。真的爱我？我说真爱你。她说，那么我们就结婚吧，反正我们已经做成夫妻了。又把我吓了一跳，我想她这人怎么回事，怎么总有吓人一跳的想法。要知道我们刚刚认识，怎么就谈及结婚呢？那天她在我怀里哭，委屈得不行。她说她想有个家，自己的家。她说她从小就是一个没有家的人，想有人疼她爱她。她说得合情合理，不由我不信。再看她的居住环境，那道门像纸糊的，锁不上关不严。顶棚上糊满了报纸，让雨水洇得一块一块的。这哪像她那么干净的人住的地方。我鼻子一酸，答应了她的结婚请求。

十天后我们就结婚了。我顶了多大的压力谁也不知道。主要是来自家里的。我上面有两个姐姐，都已经出嫁了。我是家里唯一的儿子，我父母都是那种很传统的人，许多年前就开始辛辛苦苦攒钱，想在娶儿媳妇时大办一场。可我们的计划让他们的设想落了空。一共就八九天的时间，能干什么呢？什么都不能干。甚至连房子都来不及粉刷，我妈整天抹眼泪，说这样上门的是儿媳妇吗？怕的是不会生养吧？一句话说得我五雷轰顶。我想，可不是，她也许真的是不会生养。我没想到我们之间还存在着这样一个问题。可着急上火都没用，生米已经煮成熟饭，一切都无法挽回了。我们就那样草草结了婚，连个仪式都没有。

有一些事情我日后慢慢咂摸出了滋味。比如，她为什么和我结婚，肯定不是她嘴上说的那些理由。还有，她不是放荡的人，可她在和我见第一面就发生了那件事，为什么？因为一切都是她主动的，所以我一直耿耿于怀。我天生就是喜欢刨根问底的人，我希望她能把事情给我说清楚，她讲清楚我就能原谅她。可是她不讲，她一个字都不讲。她回答我时就是一句话：没什么可说的。你瞧，这是什么话，什么叫没有可说的，你不讲，当然就没什么可说的。我问急了她就跟我吵，你不知道她吵起来的样子，可怕极了。那时我们结婚还没一个月，吵成那个样子我一点儿也没想到。你想，我的要求并不过分，我只想知道她为什么要跟我结婚，为什么第一次见面就把自己脱得一丝不挂。我只希望她跟我说清楚，她说清楚我就能原谅她。可你不知道她是一个多顽固的女人，她宁可跟我吵得暗无天日，却什么也不肯说。

我很快意识到了她不爱我。虽然她跟我闪电般地结婚，虽然第一次见面就跟我干那种事，可她不爱我。她看我的眼光经常很复杂，没有一点温情，没有一点爱情，一点也不温情脉脉。你不知道意识到这一点我有多痛苦，我的痛苦甚至都不是可以倾诉的。我觉得我被她耍了，被她愚弄了。这个崔厚容，她欺骗了我。要命的是这种欺骗谁都看不见，我又没法对任何人说。

她很快就怀孕了。我算了算，如果那个孩子是我的，那么就是在我们第一次那回有的。可我仍是不放心，不得不怀疑这个孩子的来路。怎么那么巧，一次就能使人怀孕？不可能，肯定不可能。虽然和我在一起那天她是处女，可我知道现在的医院都有一种修复技术，能让一个人重复做几次处女。这样一想我几乎接近了事情的核心，知道了她所做的这一切都是早有预谋。我每天都在惴惴不安中度日，每天都冷眼观瞧她一天比一天明显发育的肚子。我的想法她不知道，我的父母也不知道。我的父亲是个木匠，他忙着给她未来的孙子做摇椅。我的母亲终日缝缝连连做婴儿的衣服。自从知道崔厚容怀孕，她就把对儿媳妇的一切不满都抛到九霄云外去了。可这一切每天都刺激着我的神经，让我吃也吃不下，睡也睡不着。我甚至这样想，假如崔厚容把实情告诉我，哪怕这个孩子不是我的，我也能视同己出。我一个人民教师，哪能连这点胸怀都没有。可她不坦白的样子让我觉得孩子即便是我的我也怀疑她心怀鬼胎。后来这个孩子流产了。你知道我有多高兴吗？孩子三个月大才流产，真乃上天的安排。流下来的孩子我让医生给我看了看，我一点心疼的感觉也没有，足见他与我关系不大。是啊，没有比这更好的结局了。我父亲望着他的摇椅唉声叹气，我母亲看着自己缝的一堆婴儿衣服抹眼泪。再看崔厚容，像死鱼一样好多天连动静都没有。她心疼死那个孩子了。她为什么心疼那个孩子？会没有原因吗？

后来她又好长时间不怀孕，把我们一家急得够呛。我买来了好多那方面的书，自己看也让她看。有的书上说能不能怀孕与姿势有关，我让她照着书上说的去做，她不做。我找来一些偏方的汤药，她也不喝。总之，我让她干什么她不干什么。她见不得我高兴，我一高兴她就这也不行那也不行。我说你第一次咋就行了？与男人见第一面就行你说你是什么东西？我心里的难受就别提了，她把我毁了，她把我一生的幸福都给毁了。我要是跟我们两个同事中的任何一个人结婚，都比她强。可她就是让我栽在了她手里。你说我这一肚子苦水，跟谁说？

所幸后来有了双赢。其实那一年我已经准备离婚了。我想离婚的事跟任何人也没说，只是悄悄找人咨询，悄悄写了离婚协议。我们的婚也好离，没孩子，工资都没往一块放，也就没什么共同财产。所以也没什么纠扯不清的事。那天晚上我都要向她摊牌了，她却把一张化验单放在桌子上，轻描淡写地说自己怀孕了。你说这不是天意是什么？我赶紧把这个喜讯告诉了我母亲，顺便把离婚协议偷偷撕了，然后我就去街上买鱼，准备给她熬汤。你知道她的身体一直很瘦弱，我担心她生孩子的时候会难产。总之是双赢挽救了我们的婚姻。如果不是双赢，我们的婚姻早解体了。

你也知道我的儿子，是多优秀的一个孩子。如果说我对崔厚容有什么感情的话，就因为她是我儿子的母亲。否则，对于我来说她与大街上的任何一个女人没什么两样。

我们就这样过了许多年，我经常有透不过气的那种感觉。跟你我不说假话，我就是透不过气。而且一想到我一辈子都要憋住这口气我就有一种要发疯的感觉。白天还好说，我把全部精力都投入到工作上。可晚上你知道有多难熬吗？我们很少在一起坐坐。如果不是孩子的事，我们甚至连话也不说。我们从来不吵架，不红脸，不一起出去散步，不在一张床上睡觉。我们偶尔在一起完全像两个陌生人，一点安慰也没有，一点温情也没有。有时候晚上停电，我们从来也不备蜡烛，家里就像坟墓一样一点声音也没有。那时候我就想，怎么就不是坟墓呢？不是坟墓的时光多难熬啊！

不知从什么时候起，我的仇恨把我填充得像一只充满气的气球，我需要小心地克制，才能不使自己爆炸。你知道爆炸的后果是什么吗？是的，就是这个人从我的眼前彻底消失，消失得无影无踪。是的，我喜欢这种结局，并不止一次地为这样一种结局做各种各样的设想。不瞒你说，我想到了谋杀。谋杀这个字眼让我激动得战栗。有好几次我都想下手了，在熬的粥里放足了安眠药。可最后我还是给狗吃了。那是一只京巴狗，倒下就再也没醒过来，让双赢哭了好几天。我一点也没想让那只狗死，可却把粥给它吃了，足见我的脑子已经出毛病了。

双赢哭了好几天，我从来没见孩子这么伤心过。他哭我也哭，他哭京巴我哭他。双赢是一个孤僻的孩子，没什么朋友。所以这只狗在他心目中的分量很重。就是儿子的哭声触动了我，打消了我的一些念头。我想，就是为了儿子，我委屈自己的一生也是应该的。

没想到发生了那件事。就在我给她买玫瑰花的那一晚，她失踪了。那天几个学生鼓动我，要我在情人节的日子别忘了买花。于是我跑遍全城买了几枝最漂亮的花。谁想到她会不回来呢。意识到她可能不回来了，你知道我的感觉是什么吗？兴奋，是的，我就是兴奋。轻松，从没有过的轻松。痛快，从没有的痛快。我知道我这种感觉很不正常，可我就是控制不了我自己。我一个人在房间里手舞足蹈，唱歌。我就怕她突然回来，那样会兜头浇我一盆凉水。日子一天一天过去，她回来的可能性越来越小，我才知道我将永远失去她了。

我为她哭了好几场。真的，我真的在为失去她伤心，为我儿子失去了妈妈伤心。

所以，指认我是杀人凶手我一点都不觉得冤枉。有时候连我自己都会觉得我就是凶手，虽然我想不出作案时的细节，可我会把电视上的一些情节移植过来，当作我自己的。

有一段时间我吓坏了，就是你怀疑我的那段时间。我总觉得公安局随时都可能来抓我，为此我已经做了准备。万一公安局误判误杀，我就把双赢托付给你。

往好的方面讲，这是为了崔厚容。往坏的方面讲，这是为了你。

既然你把我送进监狱，我们做不了的事，只好你来做。

这也算一种惩罚。

这是全部的真实的情况，我原原本本告诉你，是想让你了解一下崔厚容。你们从小玩到大，你肯定也不知道崔厚容是什么样的人。

我知道。我当然知道。

我知道伶俐为什么要那么急着结婚，她想赶在我之前结婚，一定是这样。

一切不幸的根源都来自一闪念，一定是这样。

我想起了我们曾经有过的一场争论，是好多年前的事了。我们曾经探讨过我们谁先结婚，我说一定是我，因为我是姐姐。伶俐说我屁姐姐，大三个月也是你先结婚的理由？怎么什么事都是你占先？伶俐不喜欢我的那种优越感，可我的优越感无处不在。我在妈妈怀里吃奶的时候伶俐就在我的身边吮大拇指，模样就像可怜的小猫。妈妈奶水不足，但仍然让我长得身高体壮。伶俐总也长不大的身体也许真的与遗传没有关系，而是与奶水或其他一些与奶水密切相关的因素有关。所以伶俐气宇轩昂地对我说："我一定会比你先结婚，等着瞧吧！"

这能解释伶俐吗？

不管能不能解释，我都要把这种解释告诉陈文化。不管能不能解释，伶俐都不是陈文化怀疑的那种人。

不管伶俐是什么样的人，都不是陈文化漠视一个生命失踪甚或兴高采烈的理由。

陈文化像鱼一样张大了嘴巴。

他以为我会同情他，做他的白日梦吧。

我起身告辞，陈文化的嘴巴仍然像鱼一样大张着。我打开房门的一刹那，陈文化忽然喊了声："你等等。"

我回头看着他。

陈文化却没有下文。

我耐心等了一下，陈文化直着眼睛去了自己的屋里，出来时拿着一只信袋。陈文化说："你要的那张照片。"

我接过照片，头也不回地走了。

外边有人在接我，是史大鹏。

我把手插进史大鹏的臂弯里，史大鹏还频频回头看那扇窗。

史大鹏说："知道我在这里等多长时间了吗?"

我说："我知道。"

史大鹏不满地说："你怎么知道?"

我说："我怎么不知道?"

史大鹏说："好吧，就算你知道。你干吗在那里耽搁那么久，不知道几点?"

我说："我知道。"

史大鹏说："你都什么不知道?"

我想了想，说："不知道。"

史大鹏笑了。史大鹏问我这么长时间都跟陈文化说了些什么，我说什么也没说，我一直都在书柜里找那张照片，是我和伶俐的第一张合影照，坐在麦田里，打着花布伞，脸上的笑容明媚极了。史大鹏不屑地说不过是两个傻丫头，有什么好。我吃惊地说："你看过那张照片？"史大鹏说，不用看，一想就能想象出来，穿着破衣烂衫，拖着两条鼻涕虫。史大鹏的话让我很不愉快，但看在五月春风的面子上，我没跟他计较。

史大鹏说："也不知案子什么样了。"

我不说话。

史大鹏说："一直没有消息，看来还是棘手。"

马路上只有我们两个人，身边偶尔滑过一辆车。

我忽然大声唱起了歌，把史大鹏吓了一大跳。他上来捂我的嘴说："你疯了！"

我说："你是不是想谋杀！"

史大鹏气咻咻地看着我，我也看着他。他转身走了。我迟疑了一下，追了上去，还是把手插到了他的臂弯里。

21

这就是一个童话。

所以你不用相信它是真的，因为连我也不相信。我能相信这个案子的破获跟我有直接关系吗？显然不能。正如你所知道的，我的确没有做什么，什么也没有做。从知道伶俐失踪的那一刻起，我有过什么对案件进展有意义的行为吗？显然没有。相反，我深陷误区而又把我自己的误区搬给了薛勇。值得庆幸的是，薛勇没有被我的误区所误，否则，导致一个怎样的结局想一想都让人不寒而栗。我把在我看来准确无误的信息提供给了薛勇，可薛勇并没有按照我的思路行事。他们进行着怎样去伪存真的努力我不得而知，我知道有些事情对我而言将是永远的秘密。可这样一个隐匿很深的案件真的在很短的时间内破获了，大家都啧啧称奇。你还记得那一晚的枪声吗？你可能不记得了。在我的感觉中它的声音也是淡而又淡了，甚至与放几声鞭炮没有什么区别。谁能对声音有什么特别的记忆呢？反正我没有，它们没有在我的印象里留下任何痕迹。可那几声枪响真的与伶俐有关，只是在很久以后我才知道。那天我做了一个梦，梦见所有的一切都是我年轻时的故事，它们距我已非常遥远了。我有多大年纪了？我躺在床上使劲儿地想，想不起来。可我知道我的年纪已经非常大了，头发都白了，背也弯了。史大鹏扛着鱼竿儿像扛着一段木头那样步履蹒跚。我甚至想，也不知叶梅林和那个放牛的老人是不是还活着。还有那个名叫碗儿的村庄，我真应该去一趟，真应该去看他们一眼，代替伶俐去看他们一眼。看见沙沙我甚至以为她是我女儿的女儿，我甚至不知道我能不能从床上爬起来。

沙沙喊了一声："妈妈——"

我快速地算了一下年龄，沙沙的女儿长到这么大我也不至于老得爬不起床。那么我赖在床上一点意义也没有。我懵懂着坐了起来，窗外的太阳很亮，有鸟儿唧唧叫着。有小贩高一声低一声地叫卖着。马路上有车轰隆轰隆地驶过。这一切都是我熟悉的市井生活，并没有因为岁月更迭而有所变化。后来我小心翼翼地把一张脸伸进镜子里，我激动地发出了一声大叫。镜子里的人虽然蓬头垢面，但还依然年轻。那个已然老去的人不是我，而是叶梅林。她的故事发生在半个多世纪前，她没有不老的道理。

我不知道我怎么会把叶梅林纳入我的思维。叶梅林老了而我依然年轻，我就是因为这个发出了一声大叫。

我确实把所有的心思都放下。在看着伶俐化成一缕青烟的一刹那，我就知道我远离了这一事件。

因为，我已经无事可做。

那一晚的枪声有许多版本流传着，就像伶俐失踪时有许多版本流传着一样。史大鹏的信息来源一般比较准确，可我还是断然拒绝听他讲述明显也是来源小道的消息。我对一切小道消息深恶痛绝。我等着事情有正大光明揭开谜底的那一天。那晚的枪声真的与伶俐有关，这一点也不出乎我的意料，因为我根本没去意料。等到这个消息终于被官方证实时我甚至安静得像一只老猫。是的，我就像一只老猫，蜷缩在沙发里，眯着眼睛打量着电视画面中那些乌涂的身影。那些身影有一个共同的名字，叫犯罪嫌疑人。他们都还年轻，头发墨黑，眼睛水亮。如果他们从你身边经过，你一定不会多看他们一眼。他们和你周围的许多人都没区别。可许多区别都不是眼睛能够看出来的。你甚至不敢打死一只耗子，他却敢杀死不止一个人。这座城市的许多恶性案件都与他们有关。

杀了人以后他们要去酒吧喝酒，要去舞厅跳舞。遇见乞丐他们要施舍几个小钱，乞丐会视他们如恩人。他们看见熟人也要打招呼，也会和邻里互问“你吃了没有”，也有妻子儿女，也爱着家人和被家人爱着。他们说不定还是模范丈夫和模范父亲。可他们选择的职业却是杀人，他们是这座城市寥若晨星的职业杀手。新闻中没有提到伶俐的名字，只说她是永泰集团的一名女工。只说2月14日的晚上走到天河商厦附近被人谋杀了。主谋是永泰集团的总经理袁仲和。袁某在事情败露以后曾持枪与警方对峙，后开枪自杀未遂。也就能够想象那几声枪响源于何人之手。最后一声枪响一定源于袁仲和，他想用一颗子弹洞穿自己的头颅。

可那颗子弹长了眼睛，从致命处一闪而过。

镜头在一张又一张邪恶的脸上摇过。播音员在介绍他们的姓名、年龄、籍贯，他们都是本地人，平时都有正当职业做掩护，他们是一群活得逍遥而又自在的人，犯下累累罪行，却人鬼不知。

播音员又说，还有一名名叫夏刚的犯罪嫌疑人已非法逃往境外。他是永泰集团的员工，男，生于1970年5月。目前警方已与国际刑警组织取得联系，不日将抓捕归案。天网恢恢，疏而不漏。不管犯罪分子逃到哪里，最终都会受到法律制裁。

我从沙发上跳了起来：“史大鹏，给我打电话的那个人是夏刚！”

是的，那个人就是夏刚。

薛勇证实说，就是夏刚给你打的那个电话，还有前边一连串的匿名电话，也都是他打的。我们现在也无法解释这是为什么。如果他不是犯罪嫌疑人，他打这个电话没意义。如果他是犯罪嫌疑人，他打这个电话就更没意义。如果不是他在最后一个电话里开口说话，我们还是无法判断他与这个案件有关系。不能判断他与案件有关系，就不能判断袁仲和和他身后的那些人与这个案件有关系，他们是一串蚂蚱。可惜打电话时他人已经在机场，再有十几分钟飞机就要起飞了。他以前的那些电话大部分都是在街边的公用电话亭打的，有时也在酒店，或在朋友的家里。他的情绪比较反常，不光引起了我们的注意，也引起了袁仲和的注意，所以，袁仲和决定把他打发到国外，让他远离这件事。

看得出他一直想告诉你一句话，这句话应该是崔厚容在哪里。不是为了你，而是为了崔厚容。在上飞机前说出的这句话，还是对这件事情做最后的交代。

我知道他和你并不相熟，只是在小书屋坐过一个下午。所以有些事情很难解释，他为什么一定要和你说这样一句话？

只有一种解释，他也许爱着崔厚容。或者，他为参与谋杀一直在后悔。

冯诺，你对这件事是什么感觉？

我没感觉。我真的没感觉。我只是觉得冷，周身冷得不行。而且我能感觉到伶俐也在打摆子。虽然那个世界无日无光，那里的魂灵已经习惯了阴冷，可毕竟与这种冷不同。这种冷是寒彻肺腑的那种冷，是寒彻牙龈的那种冷。我能看见伶俐瞪大绝望的眼睛打量着她生活过的这个世界，缓缓摇着头。缓缓摇着头。她的脸孔雪白，嘴唇乌紫，口里喃喃喊着一个名字：“夏刚，夏刚。”是的，她在喊夏刚。我能看见伶俐眼中的夏刚，与我眼里的夏刚没区别。年轻，虽然他只比伶俐小两岁，可那张脸实在是太年轻了，年轻得甚至让我觉得他听不懂我的话。他长着长长的睫毛和浓密的眉毛，看上去是一个心性耿直的人。这种人非常容易被别人信任。所以我完全相信夏刚跟我讲的那些话。伶俐在最后一刻跟他在一起，把隐私告诉了他一个人。伶俐的失望和绝望让那个玫瑰之夜都灰蒙蒙的。伶俐说抱抱我。伶俐说吻吻我。伶俐说长这么大都没有人吻过我。伶俐说我活不长了，哪一天我如果死了你一点都不要吃惊。还有许多许多话，让那个年轻人泪流满面。我想他的泪流满面可能不仅仅是因为被伶俐感动，还因为他知道一个生命就要被毁灭了，而那个生命是他热爱着的。我打算这样解释夏刚，这样解释能让我心里舒服。如果把夏刚看成一个演技超群的人，我还活不活？

我给伶俐写了一封信。我在信里告诉她，那些恶魔都已经被就地正法了。他们都是谁谁，谁谁。还有那个双手长满白癜风的人，请原谅我不能提到他的姓名，提到他我就恶心。你也看到了他在你葬礼上的那番表演，是一个多让人恶心的人啊！

我还告诉伶俐我把双赢带到了罕村。我们把罕村的角角落落都走遍了。我们采了许多野菜，蘸酱吃，炒了吃，做馅吃。两个孩子吃得都有点勉强，他们说这是兔子吃的东西啊，人能吃吗？我教他们辨认野菜，他们总是记住这个忘了那个。可他们对曲曲菜和起起牙却很熟悉。双赢居然知道起起牙就是大蓟。我问双赢谁告诉你的，双赢想了半天，说没人告诉我，我好像天生就知道。

双赢说小茹阿姨，我喜欢起起牙。起起牙的花多美丽啊！

还有那个红月里三号。那是我在许久之前做的一个梦，我在梦里听你提及了这句话。这座城市当真有个红月里，只是那个红月里不只有一个三号。伶俐，我始终也没弄明白，你到底想告诉我什么？

当然这是一封无法邮寄的信，伶俐，我不知道你的邮编。你不知道现在邮局卡得多严，没有邮编他们会把信退回来。

可是，我会不间断地给你写信，把这边的事告诉你。等到知道你邮编的那一天，你一下子会接到很多信。

伶俐，你会给我写信吗？

电话铃响了。戴月月在那边说："冯诺，告诉你一个千真万确的消息，崔厚容的房子是香港老板给买的，香港老板一次性给了她三百万港币。"

我说："你放屁。"

戴月月说："你怎么骂人？"

我说："如果总是这种屁话，请不要用电话麻烦我。"

我温柔地说。

戴月月说："冯诺你越来越不知道好歹。"

我说："我知道你就够了。"

戴月月说："气死我了。你这人怎么这样？"

我说：“什么样？跟你这种人还能什么样？”

戴月月气得半天说不出话来。

我说：“没有别的事我就把电话挂了。”

我当真把电话挂了。电话铃又哇哇响了两下，我没接。

我继续给伶俐写信，我知道我这封信永远写不完了。我要代替伶俐把日子一年一年过下去，这一年里得有多少事情发生啊！

2017 年 6 月 8 时 6 分 11 秒

图书在版编目 (CIP) 数据

菜根谣 / 尹学芸著. — 北京 : 北京十月文艺出版社，2018.10
ISBN 978-7-5302-1847-1

Ⅰ. ①菜… Ⅱ. ①尹… Ⅲ. ①长篇小说—中国—当代 Ⅳ. ① I247.5

中国版本图书馆 CIP 数据核字 (2018) 第 136348 号

菜根谣
CAIGENYAO
尹学芸 著

出　　版　北京出版集团公司
　　　　　北京十月文艺出版社
地　　址　北京北三环中路 6 号
邮　　编　100120
网　　址　www.bph.com.cn
发　　行　新经典发行有限公司
　　　　　电话（010）68423599
经　　销　新华书店
印　　刷　三河市宏图印务有限公司
版　　次　2018 年 10 月第 1 版
　　　　　2018 年 10 月第 1 次印刷
开　　本　880 毫米 ×1230 毫米　1/32
印　　张　11.625
字　　数　237 千字
书　　号　ISBN 978-7-5302-1847-1
定　　价　39.00 元
质量监督电话　010-58572393
如有印装质量问题，由本社负责调换。